最後の竜殺し
ジャスパー・フォード［著］
ないとうふみこ［訳］
The Last Dragonslayer
Jasper Fforde
竹書房文庫

THE LAST DRAGONSLAYER by Jasper Fforde
Copyright © Jasper Fforde 2010

Japanese translation rights arranged with
JANKLOW & NESBIT (UK) LIMITED
through Japan UNI Agency, Inc., Tokyo

日本語版出版権独占
竹 書 房

最後の竜殺し

Contents

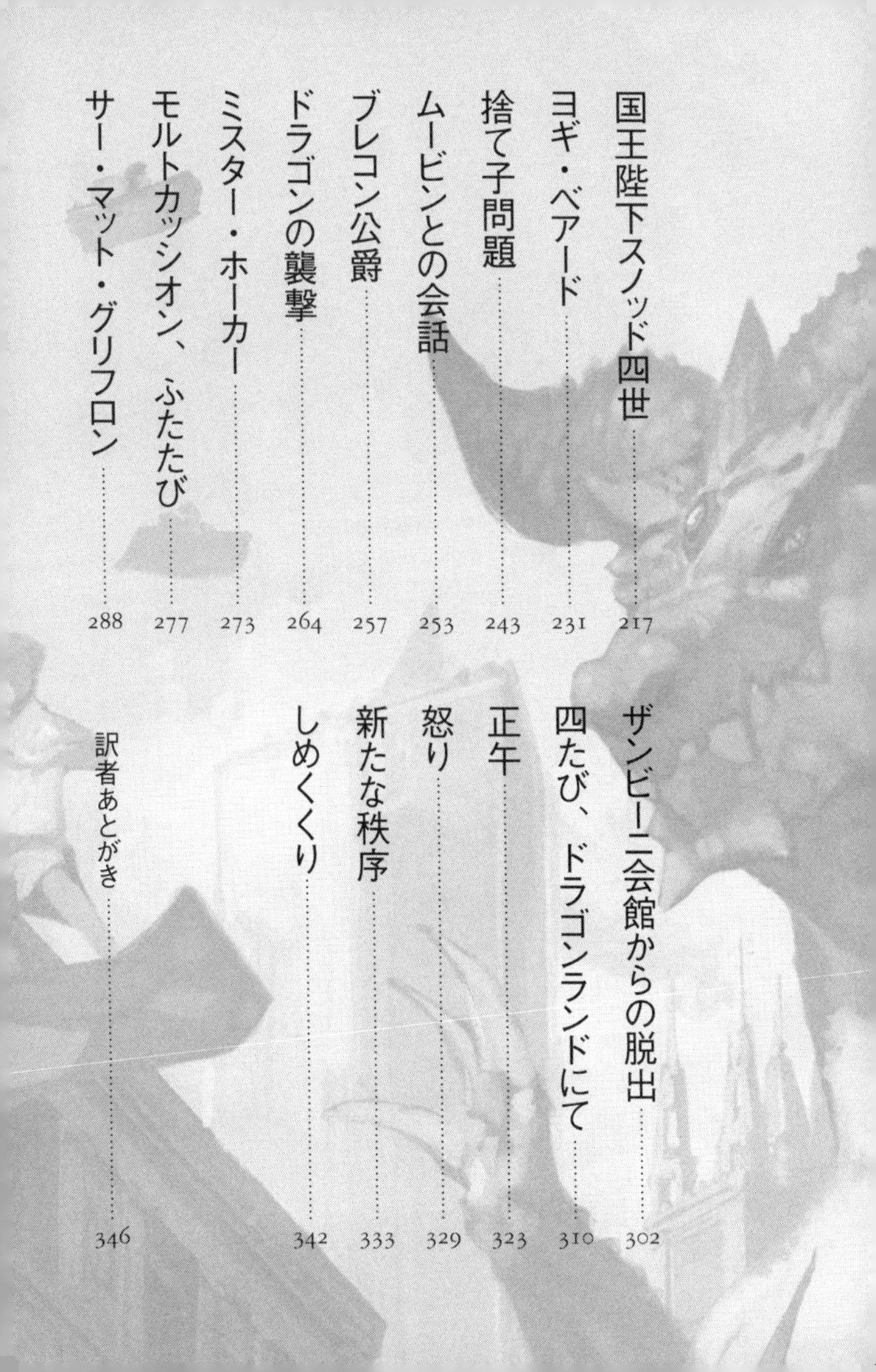

ステラ・モレルに
一八九七年〜一九三三年
二〇一〇年〜
会うことのなかった祖母と
出会ったばかりの我が娘

主な登場人物

ジェニファー（ジェニー）・ストレンジ……カザム魔法マネジメント社長代理。十五歳
ホートン（タイガー）・プローンズ……カザム魔法マネジメントの新入社員
マザー・ゼノビア……ロブスター女子修道院院長
ブライアン・スポールディング……ドラゴンスレイヤー
ゴードン・ヴァン・ゴードン……ドラゴンスレイヤー見習い志願者
レディ・モーゴン……魔術師
〝めざましき〟ケヴィン・ジップ……魔術師。予知能力者
〝魔法使い《ウイザード》〟・ムービン……魔術師
〝若々しい〟パーキンス……魔術師
ディアドラ・カラマゾフ……引退した魔術師。ディアドラの姉
ディアドラ・カラマゾフ……引退した魔術師。ディアドラの妹
スノッド四世……ヘレフォード王国国王
サー・マット・グリフロン……騎士兼歌手
クォークビースト……ジェニファーのペット
モルトカッシオン……最後の一頭のドラゴン

わたしは、しばらくのあいだ有名人だったことがある。自分の顔がプリントされたTシャツや、バッジや、記念のマグカップや、ポスターが売られ、新聞の一面に記事がのったり、テレビに出演したりした。〈ヨギ・ベアード・ショー〉に出たこともある。「デイリー・クラム」紙には「今年最も影響力があったティーンエイジャー」と紹介されたし、「モラスク日曜版」では「ウーマン・オブ・ザ・イヤー」に選ばれた。ふたりの人間に殺されそうになったし、留置所行きだとおどされたり、十六人の男性から結婚の申しこみが殺到したりもした。そしてスノッド国王からおたずね者にされた。ほかのもろもろもふくめて、どれもこれも一週間のうちに起きたことだ。

わたしの名前は、ジェニファー・ストレンジ。

実用の魔法

太陽が照りつけて、午後にはいっそう暑くなりそうだった。きょうの仕事は、ちょうどそのころ山場にさしかかって、集中力が必要になるというのに。でも天気がいいことにも、利点はある。魔法は、空気が乾燥しているほうが威力が強くて、遠くまで飛ぶのだ。反対に、湿気には魔法の力を弱める作用がある。有能な魔術師でも、雨のなかではまともに魔法をかけられない。「朝にシャワーを浴びるのは朝飯前でも、ふっている雨《シャワー》をやませるのは無理な相談」といわれるのは、そのせいだ。

うちの会社は、もう何年も前から大型車を使う余裕がないので、わたしは、愛車のオレンジ色と赤さび色の（ほんとうに半分以上さびてる）フォルクスワーゲンに、魔術師三人とクォークビーストといっしょに乗りこんだ。ヘレフォードから近郊のディンモアへ向かうのだ。レディ・モーゴンは、自分が助手席にすわるといってゆずらなかった。「だってそういうものだから」というのが理由だ。しかたなく魔法使い《ウィザード》・ムービンと、体格のいい〝フル〟・プライスがうしろの座席に乗りこみ、クォークビーストはふたりのあいだに、暑さでハアハアいいながらすわることになった。運転手は、わたしだ。このヘレフォード王国以外では、わたしが運転するなんてあり得ないだろうけど、不連合王国《アンユナイテッド・キングダムズ》のなかでヘレフォードだけは、運転免許の受験資格を年齢ではなく習熟度で判断している。だからわたしは十三歳で免許を取れたし、逆に四十になってもまだ試験に落ちる人もいる。わたしが運転できるのは、さいわいだった。魔術師って日常生活では注意力が散漫だから、彼らに運転をまかせるのは安全性からいうとチェーンソーをフルスロットルにして満員のディスコで振りまわすようなものなのだ。

車内では、その気になれば、話す事柄はたくさんあった。これから取り組む仕事のこと、きょうの天気、魔法の実験。それがだめなら、スノッド国王がときどきとっぴな行動を取ることを話題にしてもいい。でも、だれも口をひらかない。プライスとムービンとレディ・モーゴンはうちの魔術師のなかでも腕ききの三人だけど、あまり仲はよくない。別に個人的にいがみあっているわけではなく、魔術師というのはそういう人たちなのだ。気まぐれで、急に不機嫌になることもしょっちゅうだし、一度機嫌をそこねるとなだめるのに手間も時間もかかる。だからうちの会社――カザム魔法マネジメント――をたばねるのは、呪文とか、魔法とか、駆けひきとか、書類仕事とかよりも、子どものお守りに近い。魔術師たちと仕事をするのはゆでたスパゲティで編み物をするのに似ていて、何かができあがりそうだと思った瞬間に手のなかでバラバラにほどけてしまう。でも、ほんとうのところ、わたしはあまり気にしていなかった。たしかに魔術師たちには、しょっちゅういらいらさせられる。でも、退屈することはけっしてない。

「そんなまねは、よしてくれるとうれしいね」レディ・モーゴンが、〝フル〟・プライスのほうをちらっと見て、うんざりしたような声を出した。プライスはゆっくりと、慎重なペースで、人間からセイウチに変身し、また人間にもどろうとしていた。クォークビーストが、怪《あや》しむような目つきでプライスを凝視している。プライスの姿が変わるたびに、小さな車のなかに魚くさいにおいがただよう。窓をあけておいてよかった。レディ・モーゴンは、魔法がもてはやされた時代に、王室おかかえの魔術師だった人だから、人に見られる可能性のあるところで変身術を使うなんて、とんでもなく無作法だと思っているらしい。

「グフ、グフ」〝フル〟・プライスは、人間にもどりかけでしゃべろうとしたけど、言葉にならなかった。しばらくして非セイウチ化してから、というか人間化してから——見方によってどっちともいえる——むっとした口調でいった。「ウォーミングアップをしてるんですよ。だれだって準備は必要でしょう？」

わたしとムービンは、レディ・モーゴンに目をやった。この人はいったいどうやって準備をしているんだろう。ムービンのほうは、さっき「ヘレフォード日刊疲れ目《アイ・ストレイン》」紙を使ってウォーミングアップをしていた。車が走りだして二十分かそこらで、クロスワードパズルを完成させたのだ。「疲れ目」紙のクロスワードはたいしてむずかしくないから、二十分で終えることと自体は驚きではないけれど、ムービンは同じページの別の記事にある活字を目力でひっぱってきて、パズルの穴を埋めていた。クロスワードは完成して答えもだいたい合っているようだけど、そのせいで「トロール戦争寡婦《かふ》基金をミモザ王妃が支援」という記事のほうは、だいぶすかすかになっている。

「あんたの質問に答える義務はないよ」レディ・モーゴンが、プライスに向かってつんけんといった。「だいいち〝ウォーミングアップ〟なんていう言いまわしは、虫唾《むしず》が走るね。ちゃんと〝先備え〟という言葉があるんだ、昔から」

「昔の言葉を使うと、古くさくて、時代に取り残された感じがしますよ」プライスがいった。

「そんなことはない。本来の、高貴な職業らしさが伝わるだろう」と、レディ・モーゴン。

〝かつて高貴だった職業、でしょ〟ムービンが無意識の声をアルファ波のうんと周波数の低いところへうっかり流したので、魔法を使わないわたしでも感じとることができた。レディ・モーゴンが助手席でぱっと振り向いて、ムービンをにらみつける。

「思考をたれ流すんじゃないよ、お兄さん」

するとムービンが、思考で何か返したけれど、こんどは彼女にしか聞こえないように周波数の高いアルファ波を使った。何をいわれたのかはわからないけど、レディ・モーゴンは、とげとげしく「ふん！」というと、不機嫌な顔で横の窓から外を見つめた。

思わずため息が出た。ふう。これがわたしの人生なんだ。

カザム魔法マネジメントにいる四十五人の魔術師、移動術師、予言者、変身術師、気象操作士、空飛ぶじゅうたん乗りなどの半数以上は、もう現役をしりぞいていた。体や精神に異常をきたしたり、魔法をかけるために必要な人さし指を事故やリウマチで失ったり痛めたりしたのがその理由だ。四十五人のうち十三人は、仕事をする能力を持っているけど、今、免許を持っているのは九人だけ。そのうちじゅうたん乗りがふたりと、予知能力者がふたり。そして何よりも大切なのは、法律に従って魔法行為をおこなう資格を持つ魔術師が五人いることだ。魔術師はみんなそうだけど、とりわけレディ・モーゴンは、この三十年ぐらいのあいだに魔力がひどくおとろえてしまった。ところが彼女はほかの魔術師とちがって、自分の力がおとろえたことを受けいれられずにいる。たしかに過去が華やかだった分、落ち幅も大きいから同情の余地はあるけれど、それは言いわけにはならない。カラマゾフ姉妹だってかつては王室おかかえの魔術師だった。でも今は、アップルパイみたいに、ひたすらほんわかしてる。ふたりとも袋いっぱいのタマネギのように頭のなかは空っぽだけど、それでも感じがいいことにはちがいない。

レディ・モーゴンがこんなにいつも気むずかしくなければ、こちらももう少し同情心を持てるのに。いつもものすごく高圧的にふるまうので、わたしは気圧《けお》されて、自分がちっぽけだと感じてしまう。しかも少しでもすきを見せれば、身の程を思いしらせようとしてくる。ミスター・ザンビーニが姿を消してからというもの、やさしくなるどころか、前よりいっそう不機嫌になった。

「クォーク」クォークビーストがいった。

「こいつ、連れてこなきゃならなかったのか？」〝フル〟・プライスがきいた。クォークビーストが苦手なのだ。

「車のドアをあけたとたん、飛びのってきちゃったの」

クォークビーストがあくびをした。何列にもならんだカミソリ状の鋭い牙が顔をのぞかせた。クォークビーストはとてもおとなしい生き物だけど、見た目がものすごく恐ろしいので、ちょっと目をはなしたすきにがぶりとやられるんじゃないかという不安を、完全にぬぐいされる人はいない。

「ねえ、カザムの社長代理としていっておきたいんですけど」不機嫌な魔術師たちを励まして、なんとかチームワークを高めてもらおうとして、わたしはいった。「きょうの仕事はとっても大切なの。ミスター・ザンビーニがいつもいってたでしょ。適応しなければ、生きのびられないって。この仕事をうまくこなせば、将来有望な市場に食いこめるかもしれないんですよ。うちは、かせげる仕事がどうしても必要だし」

「ふん！」と、レディ・モーゴン。

「とにかくみんなで力を合わせて、てきぱきやらなきゃね。ディグビーさんには、夕方の六時までにしあげますっていってあるから」

魔術師たちは、いいかえしてこなかった。みんな、事情はちゃんとわかっているみたいだ。言葉の代わりにレディ・モーゴンがパチンと指を鳴らすと、今の今まで、いかにも修理代のかかりそうな、ゴロゴロという音を立てていたフォルクスワーゲンのギアまわりが、突然静かになった。走っている最中に車のギアの部品を交換できるなら、レディ・モーゴンは三人分の仕事ができるくらい準備万端なのだろう。

村はずれにある赤煉瓦《あかれんが》の家の玄関をノックすると、赤ら顔をした中年の男性がドアをあけた。

「ディグビーさんですね？　カザム魔法マネジメントのジェニファー・ストレンジです。ミスター・ザンビーニに代わって社長代理を務めています。お電話でお話ししましたよね」

ディグビー氏は、わたしをじろじろとながめまわした。

「社長というには、ずいぶん若いようだが」

「十六歳です」わたしはにこやかにいった。

「十六？」

「はい。あと二週間で十六になります」

「てことは、まだ十五歳か？」

わたしはちょっと考えた。

「今年が十六年めの年にあたるのはたしかです」

ディグビー氏は、怪しむように目を細くした。「じゃあ、学校かなんかに行くのがふつうじゃないのかね？」

「年季奉公がありますから」わたしは思いきり明るい声で答えて、たいていの自由市民がわたしのような人間に対していだいている軽蔑心をかわそうとした。わたしは修道院で育って、四年前にカザムに売られてきた。あと二年無給で働かないと、自由になるための最初の手続きを申請しようと考えることすらできない。最初の書類を出したあと、十四段階の書類提出や手続きを経《へ》れば、ある日、自由の身になれるはずだ。

「年季奉公でもなんでもいいが、ミスター・ザンビーニはどうしたんだね？」ディグビー氏は、かんたんに引きさがるつもりはないらしい。

「一身上の都合で休職中です」わたしはできるだけ大人びて聞こえるように説明した。「ですからわたしが一時的に社長の代理を務めています」

「一時的に社長代理を務める？　なんであんたたちのひとりじゃなく、このお嬢さんがやってるんだね？」ディグビー氏は、車のわきに立っている三人の魔術師に向かってきいた。

「お役所の手続きなんていうのは、子どものやることだからね」レディ・モーゴンが、傲然《ごうぜん》といいはなった。

「ぼくはいそがしいし、書類仕事をしてると額の生えぎわがますます後退しちゃうんですよ」と、〝フル〟・プライス。

「おれたちはジェニファーを心から信頼してます」たぶんわたしの仕事ぶりをだれよりも評

価してくれているウィザード・ムービンがいった。「捨て子は、たいていの子どもより早く大人になりますからね。はじめてもいいですか？」

「なるほど」ディグビー氏は、キャンセルしようかどうしようかという顔で、わたしたちを何度か順繰りに見まわしたあと、ようやくそういった。どうやらまかせることにしたらしく、帽子とコートを取りにいった。

「六時までに終えるという約束だからな？」

わたしが承知していますと答えると、ディグビー氏は、家の鍵《かぎ》をこっちによこして歩きだした。そしてクォークビーストの横を大きくまわりこんでよけ、自分の車に乗って去っていった。魔法を使うとき、近くに一般人がいるのはあまりよくない。どんなにしっかりした魔術でも、余分な、はぐれものの魔力がつきもので、万が一それが一般人に当たると、面倒なことになりかねない。といっても深刻な問題ではなく、突然鼻毛がのびるとか、ブタみたいにブーブー鳴くとか、青いおしっこが出るというたぐいの症状だ。しかも少し時間がたてば元どおりになる。それでもやっぱりイメージが悪くなるし、裁判沙汰やら、もっと厄介なことやらが起きる心配もつきまとう。

「よかった。じゃあここからは、おまかせしますね」

わたしがいうと、三人の魔術師は顔を見あわせた。

「あたしゃ、かつては嵐を巻きおこしたものだよ」レディ・モーゴンが、ため息まじりにいった。

「嵐を起こすのは、おれら、みんなやりましたよ」ムービンが答える。

「クォーク」と、クォークビースト。

三人が、どこから手をつけるのがいいかという話しあいをはじめたので、わたしはその場をはなれた。家の配線を魔法で修理するのは三人ともはじめてだけれど、〈アラマイック〉という、大元の魔法プログラミング言語のルートディレクトリを少し書きかえれば、配線修理のような作業も比較的かんたんにできることはわかっている。もちろん三人が力を出しあうのが前提ではあるけれど。住宅改修の分野に進出するのは、ミスター・ザンビーニのアイディアだった。庭のモグラを魔法で追いだすとか、収納のために物の大きさを変えるとか、なくし物を見つけるといったことはかんたんにできるけど、あまりお金にならない。でも配線の修理となると話が別だ。従来の配線工事とちがって、魔術師は家に手をふれる必要がない。だから手間がかからないし問題も起きない。しかも一日かからずに作業が終わるのだ。

わたしはフォルクスワーゲンのなかで、無線電話の番をすることにした。会社にかかってきた電話はぜんぶこちらに転送されることになっている。わたしはカザムの社長代理というだけでなく、受付や、予約の手配や、経理もやっている。そのうえカザムにいる四十五人の魔術師の面倒を見て、その住まいであるぼろぼろの建物を管理し、数かぎりない書類を埋めなくてはならない。〈魔法法（一九六六年改正）〉によって、どんなに小さな魔法を使ったときでも、書類を提出することが義務づけられているからだ。わたしがこれらもろもろを一手に引きうけている理由は、三つあった。第一に、ミスター・ザンビーニが行方不明になってしまって、この仕事ができないから。第二に、わたしは十二歳のころからカザムにいて、魔法管理ビジネスを知りつくしているから。そして第三に、ほかにやりたい人がいないから。

無線電話が鳴った。

「カザム魔法マネジメントです」思いきり明るい声でいった。「ご用件をうけたまわります」

「ええっと……」ティーンエイジャーらしき声が、おずおずといった。「パティ・シムコックスに好きになってもらえるような方法ってありませんか？」

「お花を贈るのはいかがですか？」

「花？」

「ええ。映画を見にいったり、おもしろいジョークを飛ばしたりするのもいいですね。いっしょにディナーを食べたり、ダンスをしたり、ボドミンのアフターシェーブ・ローションをつけたりするのも効果がありますよ」

「ボドミンのアフターシェーブ・ローション？」

「そう。ひげはそります？」

「最近は、週に一度だけ。ちょっとめんどくさくなっちゃって。でも、ほら、もっと手っ取り早い方法があるんじゃないかなって——」

「魔法も使えないわけではないんですけど、そうするとパティ・シムコックスさんの、ご本人らしさが消えてしまうんです。なんでもいうことをきくだけの人になって、まるでマネキンとデートをしているみたいになってしまうの。恋愛って、あまり魔法でいじくりまわさないほうがいいみたいですよ。だから、わたしからは昔ながらのやり方でのぞんだほうがうまくいくと申しあげておきますね」

静かになったので電話が切れたのかと思ったら、ティーンエイジャーはわたしの言葉をじっくり考えていたらしい。

「花は、どんなのがいいんですか?」

わたしはいくつか花の種類をあげ、いいレストランも二、三教えてあげた。ティーンエイジャーは、ありがとうといって電話を切った。ムービンとレディ・モーゴンと〝フル〟・プライスのほうへ目をやると、三人は家のつくりをじっくりと調べているところだった。魔法というのは、手っ取り早く呪文を唱えて力を解きはなてばききめがあらわれるというものではない。まず最初に問題をきちんと見きわめて、どの魔術を使えばいちばん効果的かをあらかじめ値踏みし、そのうえで呪文を唱えて力を解きはなつのだ。三人はまだ「問題を見きわめる」段階にいた。「見きわめ」の具体的な作業は、たいていの場合、上から下までじろじろ見まわして、お茶を飲み、話しあって、意見がぶつかって、また話しあって、お茶して、またじろじろ見まわす……というようなことだ。

また無線電話が鳴った。

「ジェニー？」パーキンスだ。

〝若々しい〟という形容詞つきで呼ばれるパーキンスは、カザムの最年少の魔術師だった。カザムがめずらしく経済的に安定していたころ入社して、見習いのようなことをしている。特に力を入れているのが「遠隔暗示」の魔法だけど、まだあまりうまくない。一度なんか、好感度をあげようと、わたしたちに一般向けの低いアルファ波で「ぼくってかっこいいよね？」という暗示を送ろうとしたのに、「ぼく、スクラブルでちょいちょいズルしてるんだよね」という思考を誤送信してしまい、どうしてみんなが自分のことをじろじろ見て、悲しそうに首を振るんだろうと悩んでいた。みんなひとしきり笑ってから飽きて忘れたけど、パーキンスにとっては笑い事じゃなかったらしい。わたしはパーキンスと年が近くてウマが合うし、じつはけっこう彼のことが好きだ。でも、それはひょっとするとパーキンスから送られた暗示のせいかもしれないし、ほんとうに彼のことを好きなのかどうか、たしかめる方法がない。だから、映画に行こうとか、お茶しようとか、または夕暮れどきに精製所の煙突の炎を見ようとか誘われても、今のところはやりすごして、「ハーイ」と声をかけあうぐらいで止まっている。

「ハーイ、パーキンス。パトリックが仕事にまにあうよう送りだしてくれた？」わたしはきいた。

「ぎりぎりにね。でも、あの人、またマジパンの摂取をはじめちゃったみたいだ」

それは気がかりだった。ラドローのパトリックは移動術の使い手だ。切れ者ではないけど、人当たりがよくて親切だし、物を浮揚させる能力はずば抜けているので、市の交通課の委託で違法駐車の車を移動させる仕事をして、カザムの定期収入をかせいでくれている。すごく労力を使う仕事なので、二十四時間のうち十四時間は眠るし、覚醒作用のあるマジパンの摂取癖もある。それは彼があまり語ろうとしない、人生の暗黒期に始まったものらしい。

「で、用件は？」

「ああ、修道会が、きみの後釜《あとがま》の男の子をよこしたんだ。そっちに行かせようか？」

早く補充が来ないかなと思っていたからよかった。わたしのいた修道会は、昔から四年おきに捨て子をカザムに提供してきた。後進の育成には時間がかかる。魔法管理業に必要な、風変わりな技能をあれこれ身につけなくてはならないし、物の見方にも柔軟性が必要だからだ。途中でやめる人もいる。シャロン・ゾイクスという人が、修道会から送られてきた四代めの捨て子で、わたしは六代め。こんどの新しい子が七代めだ。五代めのことは、だれも語らないことになっている。

「タクシーに乗せてこっちへ来させて。あー、やっぱり高いからだめだ。ナシル王子のじゅうたんに乗っけてもらって。いつものように念のため段ボール箱にかくれるよういってね」

「了解。ところでさ、サー・マット・グリフロンのライブのチケットが二枚あるんだけど、行かない？」

「だれと？」

「だれとって、ぼくに決まってるじゃん」

「えーと、考えておくね」

「わかった」パーキンスはそういってから、人を殺してでもサー・マットを見たいって人が、少なくとも一ダースはいるけどね、とぶつくさいいながら電話を切った。

じつをいうと、マット・グリフロンのライブはすごく見てみたい。スノッド国王のお気に入りというだけでなく、すばらしい歌手だし、あごががっちりしていて、波打つような長髪で、とってもハンサムなのだ。だから一瞬迷ったけど、やっぱりやめておくことにした。デートっていうのがどういうものか、知りたい気持ちはある。でも、たとえパーキンスが人の気を引く魔法を使っていないとしても、やっぱりカザムの魔術師とつきあうのはよくない気がする。彼らがみんな独身なのにはちゃんとした理由がある。恋と魔法は水と油みたいなもので、どうやってもうまくなじまないのだ。

車からおりてみると、魔術師たちは家をありとあらゆる方向からじっと観察しているところだった。一見、何もしていないように見えるけれど、ここで、何をしているの？　とか、進んでる？　などときかない程度の分別は持ちあわせていた。一瞬気が散っただけで、魔法はあっというまに崩壊しかねない。ムービンとプライスは動きやすい格好をしていて、火傷《やけど》を避けるため、金属は身につけていない。でもレディ・モーゴンは、昔ながらの黒のロングドレスに身を包んでいた。ドレスは歩くとさらさらと木の葉のような音を立て、暗いところでは遠くの花火みたいにきらきら光って見える。ヘレフォードではしじゅう停電があるのだけど、真っ暗ななかでもザンビーニ会館の長い廊下の向こうからレディ・モーゴンがすべるように近づいてくると、すぐに彼女だと見わけがつく。一度、大胆にもだれかが彼女のドレスにアルミ箔《はく》を切りぬいてつくった星と三日月を貼《は》りつけて、レディ・モーゴンが激怒したことがあった。彼女はミスター・ザンビーニに向かって二十分近くも「だれも自分の仕事にまじめに取りくんでいない、なんであたしはこんな幼稚なトンチキどもと仕事をしなければならないのか」とどなりまくった。そのあとミスター・ザンビーニは、魔術師ひとりひとりと面談したけど、たぶんみんなと同じくらいおもしろがっていたと思う。結局犯人はわからなかったけれど、たぶん〝フル〟・プライスの双子の弟で、小柄な〝ハーフ〟・プライスのしわざだろうとわたしはにらんでいた。〝ハーフ〟は以前、ほんの冗談のつもりで近所の猫を何匹か緑色に変えたことがある。ところが地元の人が警察に知らせて、捜査がはじまったので、おおごとになってしまった。「迷惑な、あるいは、いやがらせや悪意にもとづく魔法、詐術」は厳重に禁じられていて、たとえ必要な書類を提出しても許されない。十八世紀に例の「恐怖におののけちびども め、そしてこの悪漢ブリックスさまに従え」事件があって以来、世間には魔法使いというものに対する偏見が根強く存在している。だから〝ハーフ〟・プライスのいたずらだったとわかって問題になる前に、グレート・ザンビーニは不連合王国じゅうから適当に選んだ猫六百匹を緑色に変えるという荒技に出た。そうして猫の毛の色が変わったのは、法律に反する魔術のせいではなく、「モギリッシオスのキャットフードに不良品があったせいだ」という主張を押しとおしたのだ。

三人の魔術師を見まもるぐらいしかすることがなかったので、わたしはまた車の座席にすわって、ウィザード・ムービンの持ってきた新聞をひろげた。ムービンが別の記事からひっぱってきてクロスワードの穴埋めに使った文字がまだそのままになっていたので、おやっと思った。こういう準備運動の魔法は、たいてい一時的なものなので、文字は元の記事にもどるんだけど。変えた物を固定するには、変えるときの倍近いエネルギーが必要だ。魔術師はたいてい固定するためのエネルギーを温存するので、魔法で何かを変えても、時間がたつと結わえていない三つ編みのように元にもどってしまう。魔術をおこなうのはマラソンを走るのに似ていて、ペース配分が大切だ。序盤に力を使いすぎると、ゴールする前にへばってしまう。ムービンは準備運動の魔術で固定のエネルギーを使うくらいだから、よほど力がみなぎってると感じているんだろう。ふと思いついて車の下まわりをのぞいてみると、ギアボックスのあたりが新品みたいにぴかぴかで、オイルもれもなかった。レディ・モーゴンも調子がよさそうだ。

「クォーク」

「え、どこ？」

クォークビーストは、かみそりみたいにとがった爪で東の空を指した。じゅうたん乗りのナシル王子が、どう見てもスピード違反だろうという勢いで吹っとんでくる。家の上空にさしかかると、ぐっとじゅうたんをかたむけて二度旋回し、わたしのとなりに完璧な着地を決めた。ナシルはサーファーのように立ち乗りするのが好きで、うちのもうひとりのじゅうたん乗りであるレイダーのオーウェンからばかにされている。オーウェンのほうは、じゅうたんの後部にあぐらをかいてすわるという昔ながらのスタイルだ。ナシルはまた、ぶかぶかのショートパンツにアロハシャツという格好をしていて、これがいつもレディ・モーゴンの神経をさかなでしていた。

「やあ、ジェニー」ナシルはにやっとして飛行記録を差しだし、わたしがサインすると「おとどけものだよ」といった。

じゅうたんの前のほうに大きな〈ヤミーフレークス〉の段ボールがのっていて、なかから十一歳の男の子が顔を出した。十一歳にしては背が高くてひょろっとしている。くるくるカールした薄茶色の髪に、そばかすをちらしただんごっ鼻。ひと目でおさがりだとわかる服を着て、いきなり変なところへ連れてこられてどうしようと思っているような、とまどった顔をしていた。

タイガー・プローンズ

「こんにちは」わたしはさっと手を差しだした。「ジェニファー・ストレンジです」

「孤児院では、シスターたちが、あなたのことすごくほめてました」男の子は、箱から出てくると、そつなく答えて握手をした。「お目にかかれてうれしいです。ぼくはホートン・プローンズ。でもみんなからはタイガーって呼ばれてます」

「わたしもタイガーって呼んでもいい？」

「そのほうがいいです」

タイガーは照れくさそうな笑みを浮かべたけど、自分の新しい住まいや仕事のことをどう受けとめればいいのか、まだとまどっているのがわかった。わたしがカザムに入ったのは十二歳のときだから、この子ももうすぐ十二になるはずだ。わたしと同じく捨て子で、ロブスターで育ったのだろう。正確にいうとロブスター女子修道会孤児院。修道院になっているのは、かつてクリフォード城と呼ばれた建物で、ドラゴンランドからさほど遠くないところにある。

タイガーが封筒を取りだした。

「マザー・ゼノビアから、これをグレート・ザンビーニに渡すようにいわれたんですけど」

「今はわたしが社長代理だからあずかるよ」わたしはいった。

「捨て子なのに、魔法会社の社長代理をしてるんですか？」

「びっくりしたのは、あなたが最初じゃないわ。たぶん最後でもない。封筒をちょうだい」

タイガーは、やすやすといいなりになるつもりはないらしい。

「でもマザー・ゼノビアからグレート・ザンビーニにしか渡しちゃいけないっていわれました」

「ミスター・ザンビーニは消えちゃったの。いつもどってくるかわからない」

「じゃあ、待ちます」

「いいからちょうだい」

「でも――」

しばらくもみあったあと、わたしはタイガーの手から封筒をもぎとると、破って封をあけ中身をたしかめた。それはタイガーの年季奉公に関する文書で、ようするに受領書みたいなものだ。くわしく読む必要もないので、さっとながめて終わりにした。わたしのようにタイガーは、十八になるまでカザムに預けられることになる。

「カザムへようこそ」そういって、封筒を自分のかばんにしまった。「一日のうちに、予想もつかない恐怖と、はてしない混乱と、究極のでたらめにお目にかかれる場所。遊園地のびっくりハウスも真っ青の、正真正銘のびっくりハウスだよ」

「びっくりを二乗して、さらにびっくりを足した感じ？」

「まあ、そんなところ。でもだいじょうぶ。ロブスターの孤児院にくらべれば、ずっとまともだから。マザー・ゼノビアは元気？」

マザー・ゼノビアは孤児院の院長だ。かつて魔法使いだった厳《いかつ》いおばあさんで、顔はクルミみたいにしわくちゃだけど、体はクルミの殻のように頑丈だ。

「残念ながら、もう完全にいっちゃってて、目の前をぼーっと見つめてます」

「じゃあ、前と変わらないね」

「あのさ」横からナシル王子がいった。「もう用事がなければ、おれは行くよ。アベリストウィスまで腎臓をひとつとどけなきゃならないから」

「腎臓って、あなたの？」タイガーがきく。

ナシル王子に、タイガーを連れてきてくれてありがとうとお礼をいうと、王子は元気よく手を振って、じゅうたんを宙に浮かせ、西へ向かって猛スピードで飛びさった。移植用臓器の配送契約は間もなく終了してしまうのだけれど、わたしはまだどちらのじゅうたん乗りにも、そのことを伝えていなかった。

「わたしもロブスターの孤児院で育ったの」わたしはタイガーが早くなじめるよう、少しでも助けになればと思っていった。わたしもカザムに来て最初の数週間は、五代めの捨て子――カザムでタブーになっている人――が気を遣ってくれたおかげで、だいぶ居心地がよくなった。だからわたしもタイガーに対して同じような心遣いをしてあげたい。もっとも、ロブスターの孤児院で育った子はけっこうたくましい。あそこは子どもをいじめたりはしないけど、とても厳格だ。わたしは八歳になるまで、人に話しかけられる前に自分からしゃべってもいいということを知らなかった。

「マザー・ゼノビアが、あなたのこと、すごくほめてました」

「わたしもマザー・ゼノビアのこと、高く買ってる」

「ねえ、ストレンジさん」

「ジェニーでいいよ」

「ジェニーさん、じゅうたんに乗せてもらって飛んでくるとき、どうして段ボール箱にかくれていなくちゃならなかったんですか？」

「じゅうたんには、乗客を乗せちゃいけないことになってるの。ナシルとオーウェンは、最近では移植用の臓器を運んだり、食品のデリバリーをしたりしてる」

「臓器と食べ物がごっちゃにならないといいですね」

わたしはにやっとした。

「うん、だいたいはだいじょうぶ。ねえ、タイガーはどうしてカザムに来ることになったの？」

「ほかの男子五人といっしょにテストを受けたんです」

「へえ。成績は？」

「落第でした」

　これはめずらしいことではなかった。五十年前には、魔法管理会社の仕事はまともな勤め口だと考えられていて、一般の人たちが先を争うように就職していたらしい。でも今では、魔法会社の事務員は、農場労働者やホテルの従業員やファストフード店の店員と同じで、年季奉公の捨て子ばかり。しかも五十年前に二十社前後あった魔法管理会社のうち今も残っているのは、ヘレフォード王国のカザムとストラウドにあるインダストリアル・マジックの二社だけ。どうしようもない斜陽産業なのだ。魔力のレベル自体が何世紀も前からじり貧になっていて、それとともに魔術師も軽んじられるようになった。魔術師といえば、昔は国王の顧問を務めたのに、今は家の配線の修理をしたり、配水管の詰まりをとったりしているのだから。

「魔法会社の仕事って、クセになるのよね」

「マジパンみたいに？」

「まあね。だけど、ほかの人にはそんな言い方をしないほうがいいよ。魔術師はみんな、昔偉大だった人たちだから、今の姿じゃなくて過去の栄光を尊重することが大事。でないとなじめないし、あなたにはどうしてもなじんでもらわなくちゃこまるんだから。毎日顔をつきあわせる人といがみあっていたら、六年間は死ぬほど長く感じるでしょ。だから第一印象を大切にね。魔術師って変わり者が多くて、ものすごく気にさわるようなことをいったりやったりすることもあるから、ときどき棒でひっぱたきたくなるけど、だんだん家族みたいに愛情がわいてくるの――わたしはそうだった」

「六年間？」

「そう、六年間。でも、ここにいるとあっというまだよ。いろいろなことがあるから」

また無線電話が鳴った。

「もしもし。ケヴィンだけど」

ケヴィン・ジップは予知能力者で、数日前、きょうのこれくらいの時間に、わたしに電話することになるだろうといっていた。ただし、ぼんやりした未来が見える人によくあることだけど、なぜ電話するのかはわからないと、そのときはいってた。どうやらその理由がわかったらしい。

「会社にもどってこられないか？」

わたしは三人の魔術師のほうを見た。全力で精神を集中しているけど、まだ何もしていない。

「んー、今は帰れそうにないんだけど。何があったの？」

「予知の幻視を見たんだ」

もう少しで「やっと見られてよかったね。予知できない予言者なんて脚が四本しかないブゾンジみたいなものだもん」といいそうになったけど、ぐっとこらえた。

「どんな幻視？」

「すごいやつだ。カラーで、ステレオで、３Ｄ。あの手の幻視はもう何年もなかった。きみに話しておこうと思って」

電話はそこで切れた。

「ねえ、ちょっと――」

そのときタイガーが恐怖のきわみといった表情を浮かべていることに気づいた。目を大きく見ひらいて、左脚をがくがくふるわせ、首をしめられたような声をもらしている。この反応には見覚えがあった。

「ああ、これ、クォークビーストっていうの。刃物屋さんの陳列棚に脚をくっつりたみたいな見た目だし、今にも飛びかかってきて八つ裂きにされそうって思うだろうけど、じつはすごくおとなしくて、猫を食べたりすることもめったにないの。そうよね、クォークビースト？」

「クォーク」クォークビーストがいった。

「あなたのことは、髪の毛一本傷つけないからだいじょうぶ」わたしがいうと、クォークビーストは親愛の情を見せようと、二番めにむずかしい芸を披露した。庭に置かれていたコンクリート製のノームを口でくわえると、強い歯で粉々にかみくだき、その粉をぷーっと吹きだして空中に輪っかをつくってから、その輪をくぐりぬけてみせたのだ。タイガーが片方のほおだけで無理に笑ってみせると、クォークビーストは重たいしっぽをぶんぶん振った。でも、あいにくフォルクスワーゲンの間近にいたので、すでにぼこぼこのフロントウィングに、もうひとつへこみが増えてしまった。

タイガーはわたしのハンカチで目をぬぐってから、クォークビーストの背中を軽くぽんぽんとたたいた。クォークビーストは、これ以上タイガーをおびえさせないよう、ちゃんと口を閉じていた。

「ぼく、もう、ここが大きらいになった」と、タイガー。「それって、孤児院の倍は気に入ってるっていうことだよ。ねえ、孤児院にいたころ、シスター・アサンプタにたたかれたことある？」

「いいえ」

「ぼくもない。でもたたかれるんじゃないかと、いつもびくびくしてた」

そういうと、タイガーはおびえたようにははっと笑ってから、ちょっと考えこんだ。タイガーの頭のなかで、疑問が千個ぐらいぐるぐるまわっているのが見えるようだ。きっと、どこからはじめたらいいかわからなくて迷っているのだろう。

「グレート・ザンビーニは、どうなっちゃったの？」

「正確にいうと、今はただの〝ミスター・ザンビーニ〟なの。〝グレート〟っていう称号は十年以上前になくしちゃったから」

「称号って、一生ものじゃないんだ？」

「魔力で決まるの。あの黒いドレスの年とった魔術師、見える？」

「あの気むずかしそうな人？」

「威厳のある人っていってあげて。彼女は六十年前には〝風を従わせる者マスターソーサレス・レディ・モーゴン〟って呼ばれていたの。でも今は、単にレディ・モーゴン。環境魔力がこれ以上さがったら、ただのダフネ・モーゴンになって、わたしやあなたと変わらない一般人になっちゃう。そういうこと。少しずつおぼえればいいよ」

　わたしたちは、しばらくそこに立って見ていた。

「あのでぶの人、ハープをひくみたいな仕草をしてる」タイガーがずけずけといった。

「あれは、かつて〝尊き〟と呼ばれていたデニス・プライス」わたしは少しむっとした口調でいった。「そんな失礼な言い方しちゃだめだよ。プライスのニックネームは〝フル〟。デイヴィッドっていう双子の弟がいて、そっちは〝ハーフ〟って呼ばれてる」

「呼び名はともかく、やっぱり目に見えないハープをひいてるみたい」

「うん。あの動作は〝ハープひき〟って呼ばれてるの。たしかに目に見えないハープをひいているみたいだものね。あれが、魔法をかける前の仕草」

「知らなかった。魔法の杖《つえ》とか、そういうのは使わないの？」

「杖やほうきやとんがり帽子は、お話の本に出てくるだけだね」わたしは両手の人さし指を立てて見せた。「実際に使うのは、この指。昔は人さし指に保険をかけたらしいけど、もう保険料が払えなくなっちゃったんだ。ね、感じる？」

魔法の呪文が発するかすかなうなりが空気中に満ちてきた。静電気に似た、少しちくちくする感覚だ。と、プライスが魔法を解きはなった。セロハンを丸めるようなパリパリという音がして空気がふるえたかと思うと、ディグビー氏宅の電気の配線全体が、スイッチやコンセントや配電盤や照明器具をぜんぶくっつけたまま、ひとまとまりでゆらりと浮かびあがった。すり減った電線と、ひび割れた樹脂と、黒ずんだケーブルの立体構造。それが芝生の上に浮かんでゆらゆらとゆれている。少したつと、〝フル〟・プライスがレディ・モーゴンの顔を見てうなずき、ふっと力をゆるめた。配線の立体構造――家そのものの形とよく似ている――は、地面から五十センチぐらいの高さにぽっかりと浮かんでいる。プライスは熟練した電気工でも一週間はかかることを一時間かそこらでやってのけたのだ。しかも壁紙や、壁のしっくいには、まったく手をふれていない。

「しっかり押さえていてくれてありがとう、ダフネ」プライスがいった。

「あたしじゃないよ」レディ・モーゴンがいう。「まだ準備ができてなかった。ムービンじゃないの？」

「いや、おれじゃない」ムービンもいい、ほかにもだれか魔法を使った者がいたのかと、あたりを見まわした。そのとき三人はタイガーに目をとめた。

「そのちびっこはだれだい?」レディ・モーゴンが、すたすたと歩みよってきた。

「七代めの捨て子のタイガー・プローンズです」わたしは説明した。「タイガー、こちらは〝フル〟・プライスと、ウィザード・ムービンとレディ・モーゴン」

プライスとムービンは、明るく「やあ、いらっしゃい」といってくれたけれど、レディ・モーゴンはあまり歓迎してくれなかった。

「役に立つところを見せるまでは〝七号〟と呼ぶことにするよ」彼女はいって、肩をそびやかした。「舌を出してごらん、ぼうや」

タイガーは必要とあらば礼儀正しくふるまえるようなので、わたしはほっとした。うやうやしくおじぎをすると、いわれたとおり舌を突きだした。レディ・モーゴンはタイガーの舌先に小指でふれて、眉根を寄せた。

「この子じゃないね。ミスター・プライス、あんた、サージを起こしたんだと思う」

「えっ、サージ?」

それから三人は、魔術師が魔法について話しあいたいときによくやる、長くてこみいった意見交換をはじめた。アラム語とラテン語とギリシア語と英語を駆使した会話だからわたしには四分の一ぐらいしかわからなかったけど、正直いって、彼らもぜんぶはわかっていないんじゃないかと思う。

「もう舌を引っこめてもいいよ、タイガー」わたしはいった。

サージ、つまり魔力の過剰放出はたまに起こることがある。どうやらサージだったらしいという結論に達すると、三人は魔法瓶のお茶を飲み、ドーナッツをかじって、また少し話しあい、それから真新しい電線やスイッチや配電盤を用いて、いたんだ配線とそっくり同じものをつくりあげるという繊細な作業に取りかかった。やがて新しい配線が古い配線のとなりに浮かびあがりはじめた。このあと三人は、新しい配線を建物のなかに入れ、古い配線のなかから銅線だけ切りとってリサイクルにまわす。それがすんだらつぎは配管の修理。上下水道とセントラルヒーティングの両方だ。

「ねえ、用事ができてザンビーニ会館にもどらなきゃいけないんですけど、わたしがいなくてもだいじょうぶ？」

魔術師たちにたずねたら、だいじょうぶだといってくれた。クォークビーストはわたしがうなずくと、フォルクスワーゲンの後部座席に飛びのった。わたしとタイガーは魔術師たちにあとをまかせて現場をはなれた。

ザンビーニ会館

「ぼくは何をすればいいの？」車で走りだすとすぐ、タイガーがきいた。

「孤児院で、洗濯したことある？」

わたしがきくと、タイガーはうめき声をあげた。

「まず洗濯でしょ、あとは電話番と、いろんな用事で走りまわることかな。来てくれてほんとうにうれしいよ。二年前に五代めの捨て子がいなくなって、去年はザンビーニがいなくなった。だから、しばらくは何もかもわたしひとりでやってたの」

「何もかも？」

「料理だけは〝怒れるメイベル〟がやってくれるけど。あと皿洗いは、ありがたいことに魔法ですませてるし。あ、キッチンには近づかないほうがいいよ。メイベルはものすごいかんしゃく持ちで、おたまを持った悪魔みたいなものだから」

「洗濯も魔法でやればいいのに」

「やればできるんだろうけど、やらないの。魔力を節約して、もっと大事なことに使わないといけないから」

「皿洗いの分を洗濯にまわせば？」

「皿洗いの魔法は、ルニックスっていう古い魔法言語で書かれていてリードオンリーになってるから、もう変えられないんだ」

「ふーん。あ、それから、ぼく、あの不機嫌な人にずっと〝七号〟って呼ばれなきゃならないの？」

「そのうち慣れるよ。『おい、おまえ』なんていわれるよりましでしょ。わたしだって、一か月前まで〝六号〟って呼ばれてたんだから」

「ぼくはジェニーさんとはちがうもん。それとミスター・ザンビーニに何が起きたのか、まだ話してくれてないよね」

「あっ、〈ヨギ・ベアード・ショー〉だ」わたしはラジオのボリュームをあげた。この番組は好きだけど、なにがなんでも聴くというほどでもない。ただ、ミスター・ザンビーニの失踪のことは話したくなかった。今はまだ無理だ。


二十分後、ザンビーニ会館に着いた。かつては〈マジェスティック〉という高級ホテルだった大きな建物だ。ヘレフォードではスノッド国王の議事堂につぐ高層建築だけど、手入れはゆきとどいていない。雨どいははずれてぶらさがっているし、窓はよごれているうえ、ひびだらけだし、煉瓦のすき間からは雑草が顔をのぞかせている。

「すっごいぼろ屋」ロビーに足を踏みいれたとたん、タイガーがつぶやいた。

「修理してまともな状態にするお金がないからね。ミスター・ザンビーニは、まだ〝グレート〟の称号がついていたころ、この建物を買ったの。そのころは、一個のどんぐりから二週間足らずでオークの木を生やすことができたらしいよ」

「あれがそう？」タイガーが大きく枝をひろげたオークの木を指さした。ロビーの真ん中に生えていて、こぶだらけの枝や根が昔のフロントデスクをゆったりと包みこみ、今は使われていない〈パーム・コート〉と呼ばれるレストランへの入り口も半分ぐらいかくしている。

「ううん。あれは〝ハーフ〟・プライスの卒業研究」

「終わったら消せばいいのに」

「つぎの研究課題ね」

「魔法で建物を修理したりできないの？」

「大きいからむずかしいね。あと、みんな魔力を温存してるし」

「なんのために？」

わたしは肩をすくめていった。

「日々の糧《かて》をかせぐため。それに魔術師たちは、このままがいいみたい」

わたしたちはロビーのなかを歩いた。そこここに昔の業績をしのばせるトロフィーや絵や表彰状が飾ってある。

「みすぼらしいところにこういうものが飾ってあると、過去の栄光が引きたつでしょう。それに、人目を引きたくないときは、少しうらぶれてるぐらいのほうが都合がいいの。あ、おばさま方、おはようございます」

　ふたりの老婦人が朝食の部屋へ向かって歩いていた。おそろいのジャージの上下を着て、どちらも声をたてずにくすくす笑った。

「こちらは、新しい捨て子のタイガー・プローンズです」わたしは紹介した。「タイガー、こちらはカラマゾフ姉妹よ。ディアドラとディアドラ」

「どうしてふたりとも同じ名前なの？」

「お父さんが、ほかの名前を思いつかなかったんでしょ」

　カラマゾフ姉妹はタイガーをまじまじと見つめて、その顔や体を骨ばった長い指でつんつんとつついた。

「ふうむ」ふたりのうち、より醜くないほうがいった。「子豚ちゃん、あんた、針で刺したら悲鳴をあげるかい？」

　わたしはタイガーと目をあわせて首を横に振り、この人はそんなことをしないと伝えた。

「タイガー・プローンズ《クルマエビ》だって？」ディアドラがいう。「マザー・ゼノビアのところから来たのかね？」

「はい、そうです」タイガーが礼儀正しく答えた。「ロブスター女子修道会は捨て子に甲殻類の名前をつけることが多いですから」

姉妹はわたしの顔を見た。

「よくしこんでおやりよ、ジェニファー」

「はい、全力でがんばります」

「もう、あんな……捨て子の事件はごめんだからね」

「ええ、ほんとうに」

わたしが返事をすると、ふたりはスパゲッティがまずいと文句をいいあいながら、よたよたと歩みさった。

「あの人たち、昔は天気予報でけっこうかせいでいたのよ」姉妹が遠ざかると、わたしはタイガーにいった。「天気予報がコンピューター化されたから、今じゃただの趣味みたいになっちゃったけど。あ、それから、外に出たらあの人たちのとなりに立っちゃだめ。あまりにも長いこと天気をあやつってきたから、雷を引きよせるようになって、ディアドラなんか数えきれないほど雷に打たれてる。そのせいですっかり脳みそをやられて、もう取りかえしがつかないくらいおかしくなってるの」

「ニコニコおばかちゃんビビビのビー」ディアドラがいって、食堂へ消えた。

「あの人がいってた〝捨て子の事件〟ってなんのこと？」

「そのうちわかるよ」

「わかる前にやめるかも」

この子はやめないとわたしは確信していた。たしかにうちの会社は貧乏で、配管はこわれ、壁紙ははがれ、魔術師が魔法をかけそこなったり、危なっかしい魔法を使ったりすることもあるけれど、それでもやっぱりカザムは楽しい。魔術師たちは、たっぷり時間をさいて、古きよき時代のことを楽しそうに話してくれる。すばらしい業績を残したことも、とんでもない大失敗のことも、同じくらい熱をこめて語ってくれる。魔法の力が強くて、規制する法律もなく、どんなに強力な魔法を使っても〝B1－7G〟の書類さえ提出する必要がなかった時代のことを。思い出にひたっていないときには、静かに瞑想《めいそう》したり、知らずにいたほうがよさそうな奇妙な魔術の実験をしたりしている。

「部屋に案内してあげる」

廊下を歩いていくとエレベーターホールがある。でもエレベーターの箱はない。住人たちの記憶にあるかぎり、ずっとこの状態らしい。装飾のほどこされた銅製のドアは、くさびを打ちこんで開けっぱなしにしてあり、なかをのぞくと地下までつづくエレベーターシャフトが見える。

「階段で行ったほうがよくない？」タイガーがいった。

「それでもいいよ。でも行きたい階の番号をどなって、シャフトに飛びこんだほうがずっと早いの」

タイガーが、ええっ？　という顔をしたので、わたしは「十階！」と大声でいうと、何もない空間に足を踏みいれた。そのとたん、十階まで上に向かって落ち、動きが止まった瞬間にエレベーターから出た。ひと呼吸おいてからシャフトをのぞくと、はるか下で小さな顔がこちらを見あげていた。

「〝十階〟ってさけぶの、忘れないでね」下に向かっていう。

タイガーは恐怖の叫びをあげながらわたしのほうへ落ちてきたけれど、十階の出口で止まるころにはげらげら笑っていた。それから体勢を立てなおして外に出ようとしたものの、タイミングを逃して、また叫びながら一階へ落ちていき、そこでもおりずにもう一度十階まであがってきた。わたしはタイガーの手をぱっとにぎって、引っぱりだしてやった。そうしないと午後じゅう一階と十階を行ったり来たりするはめになる。わたしもはじめて来たときはそうだった。

「あー、おもしろかった」タイガーは恐怖と興奮でふるえながらいった。「落ちてる途中で行き先を変更したくなったらどうするの？」

「自分の行きたい階でおりればいいの。きょうはスピードが速いみたい。空気が乾燥してるせいかな」

「どういう仕組み？」

「標準的な不確定性魔法。この場合だと〝上昇〟と〝下降〟の差が意味を持つの。カルパチアン・ボブっていう魔術師が遺書でカザムに遺《のこ》してくれたらしい。魔術師の最期《さいご》の魔法って、すごく強力なんだ。さ、ここがあなたの部屋。一〇三九号室ね。ちょっとエコーがあるけど、ひとりでに物を片づける部屋だから便利だよ」

わたしはドアをあけて、タイガーといっしょに部屋に入った。広々とした明るい部屋で、ザンビーニ会館のほかの部屋と同様みすぼらしい。壁紙はしみだらけで破れめがあるし、窓枠はゆがんでるし、天井には湿気がたまってできた見苦しいしみがある。でもタイガーはほおをゆるめてにっこりし、目をしばたたいて涙をこらえている。孤児院では、五十人の男の子たちと相部屋で暮らしていたはずだ。ほとんどの人にとって一〇三九号室はあばら屋みたいなものだろうけど、孤児院から来た捨て子にとっては大変なぜいたくだ。わたしは窓に歩みよってガラスの割れたところをふさいでいるボール紙をはずし、外の空気を入れた。

「十階はひとりでに片づける魔法がかかってるから、ものが出しっぱなしになったり、乱雑なままになったりということがないの」

実際に見せたほうがわかりやすいので、まずは机の上の吸い取り紙をちょっとななめにすると、一、二秒後にはひとりでに真っすぐにもどった。つぎにポケットからハンカチを取りだして、床に落としてみた。すると床についたとたん、チョウのようにひらひらと舞いあがり、途中で自然にたたまれながら、たんすのいちばん上の引き出しにおさまった。

「どういう仕組みかも、だれの魔法かもわからないんだけど、ひとつだけ気をつけて。魔法には知性がないの。呪文のサブルーチンに従うだけで、ほかの条件はいっさい考えない。この部屋で床に寝ころんだら、たちまち洋服だんすにしまわれちゃうよ。たぶんコート用のハンガーにかけられる」

「わかった。気をつける」

「おりこうね。あ、それから自動片づけは利用してもかまわないけど、あまり使いすぎないように。どの魔法でも使った分だけ会館全体の魔力のレベルがさがるから。全員が散らかすと、魔法の速度がガクンと落ちるの。ハンカチがひとりでにたたまれるのに一時間かかったり、永久ティーポットが干あがったりする。エレベーターも同じで、あまり長いこと遊んでると、だんだん遅くなって最後には止まっちゃう。わたしは前に階と階のあいだで止まったことがあるんだ。ウィザード・ムービンが錬金術の呪文をためしていたからなんだけど。ザンビーニ会館全体が魔力の巨大な蓄電池で、いつも別の器具を充電していると考えればわかりやすいかも。一気に使うとすぐ充電が切れちゃうけど、大切に使えば一日持つから。この部屋、気に入った？」

「バスルームを使いたい人は、みんなこの部屋のドアをノックするのかな？」タイガーは大理石とはがれかけた金メッキのバスルームをのぞきこみながらきいた。

「どの部屋にも専用のバスルームがついてるから心配しなくていいよ」

わたしがいうと、タイガーはそんなぜいたくがこの世に存在するばかりか、自分に許されているのだと知って、驚愕《きょうがく》の表情になった。

「ベッドがあって、窓があって、ベッドのわきにライトがあって、そのうえバスルームまでついてるの？」タイガーは顔いっぱいに笑みを浮かべた。「これまでの人生で最高の部屋だよ！　少しぐらいへんてこでも、洗濯をしなくちゃいけなくても、ぜったいここが気に入る」

「じゃあ、しばらくひとりにしてあげるから、持ち物を整理して。用意ができたら一階の〈エイヴォン・スイート〉っていう部屋に来てね。仕事の説明をするから。それから夜は、変な物音がしても気にしないこと。たまに廊下がヒキガエルだらけになったりすることもあるけど、どうってことないから。ただ、きらきら光る球には近寄らないように。それと十三階には、ぜったいぜったい行っちゃだめだよ。あ、あと、〝足の悪い男〟とすれちがったときは振りかえらないで。じゃあ、あとでね」

部屋から一歩出たとたん、タイガーの悲鳴が聞こえた。わたしは部屋に首だけつっこんだ。

「あそこになんかいた」指をふるわせながらバスルームのほうを指している。「たぶん幽霊」

「ないない。幻影のたぐいは三階にしか出ないの。今見えたのは、さっき説明したエコーだよ」

「エコーが見えるなんてことあるの？」

「音のエコーじゃなくて、視覚のエコーなの」

実演のため、わたしは部屋の奥まで歩いていって十秒間とどまり、それから元の位置にもどった。すると思ったとおり数秒後に、わたし自身の薄いかげが現れた。

「同じ場所に長くいればいるほど、はっきりしたエコーになるの。片づけの魔法のなかの余分な呪文が、こういう形で現れるんじゃないかって考えられてる。部屋、変えてあげようか？」

「不気味じゃない部屋ってある？」

「うーん、どこも似たり寄ったりかな」

「じゃあ、ここでいいや」

「よかった。準備ができたら下に来て」

わたしがいうと、タイガーはこわごわとあたりを見まわした。

「ちょっと待って。すぐに荷物を片づけちゃうから」

そういうとポケットからたたんだネクタイを出して、引き出しにしまった。

「これでよし」

タイガーはわたしについてエレベーターシャフトをくだった。さっきより少し落ちついていて、さっきほど悲鳴をあげずにすんだ。

ケヴィン・ジップ

「ジェニーって、魔法使えるの？」シャッターのおりた舞踏場の前を通って、事務室である〈エイヴォン・スイート〉へ向かう途中でタイガーがきいた。

「だれにでもほんの少しは魔法の力があるの」ケヴィン・ジップはどこへ行ったんだろうと思いながら、わたしはいった。「だれかのことを考えていたら電話が鳴って、出てみたらその人だったっていうのは、魔法。ここへは前に来たことがあるとか、これはやったことがあるって感じるのも、魔法。魔法はどこにでもひそんでる。世界っていう織物のなかに織りこまれていて、偶然とか、運命とか、まぐれとか、運とか、いろいろな形で顔を出すの。むずかしいのは、それを役に立つ形で使いこなすこと」

「前にマザー・ゼノビアが魔法は砂金みたいなものだっていってた」タイガーがいった。

「価値は高いけど、うまく取りだせなければ意味がないって」

マザー・ゼノビアのいうとおりだ。逆にいうと、魔法の素質があってちゃんとした訓練を受け、心の水路をひらく力があれば、魔術師という職業で生きていくことができる。

「テスト、受けたことある？」タイガーにきいた。

「うん。一六二・八だった」

「わたしは一五九・三。このコンビは魔法じゃ役に立たないね」

一〇〇〇以上の数値を出さなければ、だれも注目してくれない。結局のところ、魔法は素質があるかないかの問題なのだ。そういう意味では、ピアノを弾く才能や、一輪車で逆走しながらクラブ七本でジャグリングする才能なんかと、少し似ているかもしれない。

「ここで暮らしてる人たちのなかで魔法の力がないのは、あなたとわたしと〝怒れるメイベル〟の三人だけってことね」

「クォークビーストは？」

「この子はそもそも魔法の産物だよ。十六世紀に強大《マイティ》なる・シャンダーがつくった魔法生物のひとつなんだもの」

タイガーはわたしたちにくっついて歩いているクォークビーストに目をやった。

「シャンダーがつくったの？」

「うん、そういわれてる。ここだよ」

わたしはカザムの事務室のドアをあけて電気をつけた。この〈エイヴォン・スイート〉は、ほんとうは大きな部屋なのに、あまりにもがらくたがたくさん置いてあるので、せまく感じる。ファイルキャビネット、昔事務員が使っていた今では用なしの机、書類の山、「スペルズ」誌のバックナンバー、座面のすりきれたソファが何脚か。そして部屋のすみにはヘラジカがいた。むしゃむしゃと草を食べながら、こちらをじっと見ている。

「あれは〝はかなきヘラジカ〟」わたしは郵便物をチェックしながらいった。「わたしがここへ来るずっと前に、だれかがいたずらで残していった幻影なの。会館のなかをふらふら動きまわって、あっちこっち、いろんな人の前に出てくる。みんな、そのうち消えてくれると願ってるけど」

タイガーはヘラジカに歩みよって鼻にさわろうとしたけど、煙にふれたみたいに手が通りぬけた。わたしは近くの机にのっていた書類を二枚とってもう一枚の書類に重ね、回転椅子を引っぱってきて、タイガーに電話の使い方を説明した。

「会館内のどこからでも電話に出られる。わたしが受話器を取らないときは、あなたが出て。伝言をメモしてくれれば、あとでわたしがかけなおすから」

「ぼく、自分の机って持ったことがないんだ」タイガーはうれしそうに机を見つめた。

「じゃあ、これがはじめての机ね。あの棚にティーポットが置いてあるでしょ？」

タイガーがうなずく。

「あれがさっきちらっと話した〝永久ティーポット〟。いつでもお茶がたっぷり入ってる。ビスケットの缶も同じ。好きなだけ食べたり飲んだりしていいよ」

そう説明すると、タイガーはわたしがいいたいことを敏感に察して立ちあがった。砂糖はスプーン半分ねとお願いすると、湯気をあげるティーポットのほうへ早足で歩いていった。それからとなりにあるビスケットの缶をあけて、がっかりしたような声を出した。

「二枚しか残ってないよ」

「節約モードだから、満杯になる魔法じゃなくて、いつもビスケットが二枚だけ入っている魔法がかけてあるの。それだけで魔力がすっごく節約できるんだよ」

「そっか」タイガーはビスケットを二枚取りだして、いったんふたを閉めた。またあけると、ちゃんと新しいビスケットが二枚入っていた。

「プレーンのビスケットで甘くないのも節約モードだから？」

「正解」

「クォーク」

「どうしたの？」

クォークビーストが鋭い爪で、ソファのひとつにくしゃっと置いてある古着の山を指さした。近くまで行ってよく見ると〝めざましき〟ケヴィン・ジップだった。静かな寝息を立てながら、ぐっすり眠っている。

「おはよ、ケヴィン」明るく声をかけると、ケヴィンは目をあけてぱちぱちさせ、それから起きあがった。「レミンスターの仕事はどう？」わたしはきいた。

レミンスターの仕事というのは、わたしが見つけてきてケヴィンに紹介した園芸店の仕事で、芽が出る前の球根を見て花の色を予想するのが役目だ。ケヴィンはうちの有能な予知能力者で、的中率はたいてい七十二パーセント以上を保っている。

「ああ、ありがたいよ」ケヴィンはぼそぼそいった。ケヴィンは小柄で、着ているものはみすぼらしいを通りこしてぼろ切れに近い。それなのにいつものすごく身ぎれいで、きれいにひげをそり、顔も洗って、髪はひと筋の乱れもなくぴたっとなでつけている。まるでホームレスの格好で仮装パーティーに行く会計士みたいだ。

　ケヴィンが事務室に来たのは発芽前の球根のせいではなさそうだった。予知能力者がふだんとちがう行動をとったら、竜巻用の地下壕《ちかごう》に駆けこんだほうがいい。

「こちらはタイガー・プローンズ」わたしは紹介した。「七代めの捨て子」

　ケヴィンはタイガーの手をとって、じっと目をのぞきこんだ。

「木曜日に青い車に乗っちゃいけない」

「え、いつの木曜日？」

「どの木曜日でも」

「車って？」

「青いやつだ。木曜日」

「わ、わかりました」タイガーはいった。

「で、幻視って？」わたしは郵便物の中身をたしかめながらきいた。

「すごいやつだよ」ケヴィンが不安そうにいった。

「へえ？」ちょっと不安になってきた。これまでに、実現しなかった予言をたくさん聞いてきたけれど、実現してしまった恐ろしい予言もいくつか聞いたことがある。

「モルトカッシオンは知ってるよね、ドラゴンの」ケヴィンがいった。

「うん。知りあいではないけど」

「でもモルトカッシオンのことは知ってるだろ」

もちろん知っている。知らない人はいないだろう。ドラゴンの最後の一頭で、ここからそう遠くないドラゴンランドで暮らしている。巣穴に引きこもっているらしく、ドラゴンの姿をちらりとでも見かけたという人はほとんどいない。タイガーがお茶を持ってきてくれたので、わたしはカップを受けとって机に置いた。

「モルトカッシオンがどうかしたの？」

「死ぬところを見たんだ。ドラゴンスレイヤーの剣に刺されて」

「いつ？」

ケヴィンは目を半分閉じた。

「来週中なのはまちがいない」

わたしは郵便――どっちみちほとんどがダイレクトメールか請求書だ――の封をあける手を止めて、ケヴィン・ジップの顔を見た。向こうもわたしのことをじっと見つめている。ケヴィンはこの予知の重大さを知っているし、もちろんわたしにもよくわかっていた。昔の取りきめによって、ドラゴンが死ぬとドラゴンランドの土地は、それをいち早く囲いこんで所有権を宣言した人のものになる。ドラゴンが死んだら二十四時間以内に、土地はひとかけらも残さずだれかのものになるだろう。そしてつづく何か月かのうちにいろいろ裁判沙汰が起こり、それが決着すると工事がはじまる。新しい道路、新しい住宅地、電気やガス、ショッピングモール、工業地区。手つかずの土地はたちまちアスファルトやコンクリートで固められ、四百年前から自然が保たれてきた土地は永遠に消えうせてしまう。

「十二年前にドラゴンのダンウッディが死んだときは、人が殺到して、四十七人死んだんでしょ」タイガーがいった。

わたしはケヴィンと顔を見あわせた。最後のドラゴンが死ぬとなったら大騒ぎになる。事故が起こる危険があるからというだけじゃない。わたしはお腹のなかで何かがひっくりかえるような感じがした。最後のドラゴンは一大事だ。どうしてそう思うのかわからないけど、はっきりとそう感じた。

「予感はどれくらいの強さだった？」わたしはきいた。

「一から十までのレベルでいうと十二ぐらい」と、ジップ。「今まで経験したことがないほどの強さだ。まるでマイティ・シャンダーがコレクトコールで電話してきたみたいだった。予知低いアルファ波でも感じたし、脳波のもっと幅広い波長でもメッセージを受けとった。予知したのはぼくだけじゃないと思うよ」

わたしもそう思った。だから第十四代ペンブリッジ伯爵のランドルフに電話してみた。うちの名簿にのっている予知能力者は、ケヴィン以外ではランドルフだけだ。ペンブリッジ伯《Earl of Pembridge》の頭文字をとって〝ＥＰ14〟と呼ばれることもあるランドルフは、ヘレフォード王国の下位の貴族であるとともに、工業予言者でもあって、今は〈なんでも便利株式会社《コンソリデーテッド・ユースフル・スタッフ》〉略して〝コンスタッフ〟の鉄鋼部門で溶接の不良品発生率を予測している。

「もしもしランドルフ、ジェニファーだけど」

「やあ、ジェニー！　電話してくると思った」

「今、〝めざましき〟ケヴィン・ジップと話してたんだけど、ひょっとして――」

　話を引きだそうとするまでもなかった。やはりランドルフも同じことを予知していて、日付と時間も受けとっていた。こんどの日曜日の正午だという。わたしはお礼をいって、電話を切った。

「ほかにもなんか予知した？」ケヴィンにきいてみた。

「うん。〝ビッグマジック〟っていう単語」

「大文字ではじまる〝ビッグマジック〟？」

「大文字か小文字かでちがいがあるのか？」ケヴィンがきく。

「うん。小文字のビッグマジックは魔法《マジック》ですごいビッグなことをやったね、っていうぐらいの意味だけど、大文字の〝ビッグマジック〟はまるっきり別物らしい」

「どう別物なの？」タイガーがきいた。

「わからない。だから『らしい』としかいえないの。魔術師たちは〝ビッグマジック〟の話をするとき、声をひそめるんだ。一度、くわしくきこうとしたら、じろっとにらまれた」

「レディ・モーゴンに？」ケヴィンが察する。

「そう」

「あの人ににらまれるのは、ほんとうにいやだよな」ケヴィンはぶつぶついって、すりへったリノリウムの床を見つめながら考えにふけった。予知能力を持つというのは、けっして楽しいことではない。せっかく予知してもたいていの場合、なぜもっとくわしく教えなかった、などとなじられる。そして予知の意味を解きあかすころには、もう人が死にはじめている。

「そうそう、帰る前にこれを渡しておかなきゃ」ケヴィンはポケットからくしゃくしゃの紙を引っぱりだした。「はいよ」

そういって、わたしではなくタイガーに渡した。

タイガーが紙をひろげたのをうしろからのぞきこんだ。意味のわからないメモが書きつけてある。

スミス
7、11、13
ウランバートル

しばらくして、タイガーがいった。「なんのことだろう」

「ぼくにもわからない」ジップは肩をすぼめた。「未来予知って意味不明だよね?」

タイガーがこっちを見たので、まじめに受けとめたほうがいいよ、という意味でうなずいてみせた。

「どうもありがとうございます」タイガーはケヴィンにおじぎをした。

「とにかく渡したから」ケヴィンはそういうと、足早に事務室を出ていった。ヘレフォードゴールドステークスのハンデキャッププレースに出走する六歳の牝馬バロンにいい予感がしたらしい。

電話が鳴ったので受話器を取り、話を聞いて、申請用紙に書きこんだ。

「これは〝B2-5C〟の申請用紙」タイガーに教える。「千シャンダー以下の小さな魔法を報告するためのものだよ。これを二四五号室の〝ミステリアスX〟のところへ持っていって、わたしの使いで来たと伝えてから、この書類にすぐサインするようお願いして」

タイガーは書類を受けとって、不安そうにわたしを見た。

「〝ミステリアスX〟ってだれなの?」

「だれっていうよりは、何、かな。ぱっと見てわかるような姿はしていないし、ほかにも理
由があって、かんたんには説明できないの。人格っていうより、感覚に近いかも。または、

真の姿を見えなくする覆いをまとっているというか。あと、洗ってない靴下とピーナッツバターをまぜたようなにおいがするよ。だいじょうぶ、なんとかなるから」

タイガーは用紙の書きこみを見て、クォークビーストを見て、さっきまでヘラジカがいたけど消えてしまったあたりに目をやってから、わたしに目をもどした。

「これって試験なんでしょ？」

やっぱりこの子は察しがいい。わたしはうなずいた。

「夕方のお茶の時間までに、あなたが孤児院へもどったとしても、だれも悪く思ったりしない。でも、いいことを教えてあげる。あなたがここへ送られてきたのは、罰でもないし、たまたまでもない。マザー・ゼノビアは、自分も昔、魔術師だったから、ほんとうに見こみがあると思った子しかここへはよこさないの。五代めの捨て子のことはタブーになっているけど、それ以外に今まで見こみちがいはなかった」

「じゃあ〝足の悪い男〟とか、十三階のこととか、光る球に近づかないとか、じゅうたんに乗るとき段ボール箱に入るとかいうことも、ぜんぶ試験だったの？」

「ううん、あれは本気。しかも、たまたま思いだしたことだけだからね。緊急時の手配のことやなんかには、まだふれてもいないし」

「そっか」タイガーはいうと、大きく息を吸って部屋を出た。が、またすぐもどってきた。

「ねえ、この仕事って」と、〝B2－5C〟の用紙を振る。「闇の力と関係がある？」

「お話には出てくるかもしれないけど、〝闇の力〟なんていうものはないよ。黒魔術とか闇落ちした魔法使いなんていうものもない。善悪は人間の心のなかにあるだけ。心得ちがいをして魔法を悪のために使う人はいるけど、悪いのはその人で、魔法じゃない。魔法には知性がないの。よく使うのも悪く使うのも人間の選択だよ。わたしたちみんなの選択。だから、たとえザンビーニがいなくても、魔法を腐敗させずに高潔さを保つっていう彼の目標は、わたしがかならず守ってみせる！」

わたしの声がどんどん大きくなったので、タイガーはぎょっとして一歩さがり、ティーカップが流しに落ちて割れた。わたしは体がほてっていた。

「落ちついてよ。ぼく、まだ見習いなんだから」

「ごめん」窓をあけて、ひんやりした空気を吸いこむ。「電話番をして、帳簿の帳尻を合わせるだけじゃや、ザンビーニの代わりは務まらないっていいたかったの」

タイガーは、小さな手をわたしの腕にのせた。捨て子はいつだっていたわりあう。

「ザンビーニさんがいなくなって、さびしいんだね？」

「うん。父親と生きわかれたような気持ち」

わたしは顔をそむけて涙をこらえた。ドラゴンが死ぬというケヴィンの予知もあって、自分でも思いがけないほど心がざわついている。

「ぼくも父親がいないのがさびしい」タイガーがいった。「どんな人で、どこにいるのかも、生きてるのか死んでるのかも知らないし、向こうもぼくがここにいるってことを知らないだろうけど、やっぱりさびしい」

「同じく」わたしは鼻をかんで、ちょっと物思いにふけってから、パンと手をたたいた。

「さ、仕事仕事。さっきの話だけど、〝ミステリアスX〟に仕事をさせるのは、木にのぼっておりられなくなった猫を助けるようなものなんだ。ぶつぶついうだろうけど、やることはやるからだいじょうぶ。荷電粒子を弱い磁場でつなぎとめた、わけのわからない存在でも、生活費は必要だから」

魔術のこと

「なんか……ぼわーっとしてた。形がなくて――でもところどころとがってた」

「それこそまさに〝ミステリアスX〟よ。切手のコレクションを見せようとした？」

「うん。でもその前に逃げだした。いったい〝ミステリアスX〟って何者なの？」

わたしは、さあねと肩をすくめた。Xに〝ミステリアス〟という称号がついているのは、ほんとうにわけがわからないからなのだ。

わたしとタイガーは、寝る前にキッチンでホット・チョコレートを飲みながらおしゃべりしていた。ウィザード・ムービン、レディ・モーゴン、〝フル〟・プライスの三人は、配線と配管を直す作業を手早く終えて、バスでもどってきた。仕事が首尾よく運んだので三人とも上機嫌で、レディ・モーゴンですら、お祝い代わりにちょっぴり笑みを浮かべたほどだ。きょうは魔力が強かった――だれもが気づいていた。「ヘレフォード日刊疲れ目」紙の記者からは、ドラゴンの死について教えてほしいという電話がかかってきた。やはり予知がひろがっているようだ。わたしは彼女に、わかりませんといって電話を切った。

そのあとは、夕方までかけてタイガーにカザムでの仕事を説明したり、比較的頭がはっきりしている魔術師たちにタイガーを紹介したりした。タイガーはウッドシーヴスのブラザー・ジリングレックスに、すごく心をひかれたらしい。ジリングレックスの専門は鳥語だ。アヒル語に精通していて、アヒルが水をいいあらわす八十二種類の表現を知っている。ほかにハト語、ガチョウ語、サギ語もしゃべれるし、ハトとスズメの共通語であるピーチクも話せる。今はミサゴ語の習得に励んでいて、ノスリ語でもいくつか役に立つフレーズを学んだ。フクロウ語の「ネズミ」という単語もおぼえたけど、それはくちばしがないと発音がむずかしいらしい。たいていはバードウォッチャーの依頼で仕事をしていて、特に鳥の足に識別用の足環をつけるときが出番だ。鳥は見た目にものすごくこだわる。せっせと羽づくろいするのは、飛ぶための手入れだという印象をあたえようとしているけど、じつはそれだけじゃない。だから「その足環、すごくおしゃれだし、羽根の色ともぴったりですよお」とおだてると、すごくききめがあるのだ。

「称号がある人って、カザムではほかにだれがいるの？」タイガーがきいた。おぼえることがたくさんあるから、早くとりかかったほうがいいということにすぐ気づいたらしい。

「えーと、〝レディ〟がふたりでしょ、〝ミステリアス〟がひとり、〝魔法使い《ウィザード》〟が二人、〝めざまし〟がひとり、〝尊き〟がふたり、それから〝なまくら〟がひとりかな」わたしは指を折りながらぶつぶついった。「でも、その昔は全員が称号を持っていたんだよ。それも、今いったのよりランクの高い称号を」

「〝なまくら〟ってだれ？」

「失礼だから、いわないでおく。でもきっとすぐにわかるよ」

「じゃあ、今のところ〝ウィザード〟がいちばん強い力を持った人なんだね？」

「そうともかぎらない」わたしは答えた。「称号は魔力の強さだけにもとづいているわけじゃなくて、確実性も考えに入れてるから。ウィザード・ムービンは、魔力の面ではカザムでいちばん強いわけじゃないけど、だれよりも堅実なの。しかもややこしいことに、称号と魔術師のランクはまたちがう。たとえば、いちばん下っ端の〝呪文管理者《スペルマネージャー》〟がふたりいるとするでしょ。で、そのうちのひとりはヤギを原付自転車に変えられて、もうひとりはできなかったとしても、ふたりとも〝魔法使い〟と名乗ることができるわけ」

「ヤギを原付自転車に変える？」

「ただの例だよ。実際には無理」

「なあんだ。えっと、称号ってだれが決めるの？」

「自称よ。だって、称号を決めるために魔術師の代表が集まって〝魔術師大評議会〟みたいな専門委員会を組織するなんて、無理に決まってるもの。ちょっとつきあってみれば、魔術師っていうのが、どれだけ面倒な人たちかわかると思う。きょうみたいに三人でいっしょに魔法をかけるのは、ぎりぎり可能だけど、食堂の壁を塗りかえるから色を決めてくださいなんていうのは、まず無理。みんなけんかっ早くて、子どもっぽくて、熱くて、むらっ気で。だからこそわたしたちみたいな人間がつきそって面倒を見なくちゃならないし、これまでもそうしてきた。偉大な魔術師の二歩うしろには、かならずエージェントがいた。けっして表には出ないけど、いつも影のようにつきそって、決めるべきことを決め、足の手配やホテルの予約をし、失敗の尻ぬぐいをしたり、しょげた魔術師をなぐさめたりしてきたの」

「マイティ・シャンダーでもそうだったのかな？」

「記録には残っていないけど、わたしたちは真っ先に歴史からはぶかれるからね。まちがいなくいたと思う。マイティ・シャンダーのエージェントってすごいと思わない？　手数料はもらえないだろうけど、福利厚生だけでも大変な額のはず」

「歯の治療も受けられる？」

「その気があれば牙だって生やせるんじゃない？」

「ねえ、ジェニーは、この仕事楽しい？」タイガーにきかれて、わたしはちょっと考えこんだ。

「するべきことをするのは、楽しいっていうのとはちがうかも」わたしはゆっくりいった。

「でも、わたし以外にだれがあの人たちの面倒を見るの？」

「挫折しなければ、ぼくってことになるのかな」

わたしはまじまじとタイガーを見つめた。二年後、十八歳の誕生日をむかえたその日にわたしはここを出ることになる。もう、今からその日が恐ろしかった。

「出ていかなきゃならないの？」タイガーがきく。

「年季奉公が明けたら、好きなことをする自由が手に入るんだもの」

「好きなことっていうのが、ここで働くことだったら？」

「そうしたら、もどってくる」わたしはゆっくりといった。このことは何度も考えた。「でも、自分で決める自由がほしいの」

「それはそうだよね。ねえ、称号のこともっと教えて」

「うん。魔術師にひとついいところがあるとしたら、それは道義心に篤《あつ》いっていうことなんだ。だから自分がおよびもつかないような称号をつけたりはしないし、力が落ちたと思えば、称号をはずすこともいとわない。善良で正直な人たちなのよね。ただ、ちょっと変わり者で、自分の面倒を見ることはぜんぜんできないけど」

「じゃあ自分に〝なまくら〟なんて称号をつける人はどうなの？」

「自信を失ってる証拠」

タイガーは少し考えてから、またきいた。

「〝スペルマネージャー〟はどんなことができるの？」

わたしはホット・チョコレートをひと口飲んでから答えた。

「軽いものを宙に浮かせたり、時計を止めたり、配管の詰まりを取ったり。洗ってかわかす仕事もかんたんなものならスペルマネージャーでもじゅうぶんにできる。カザムでスペルマネージャーより下のランクにいるのは、あなたとわたしと〝怒れるメイベル〟とクォークビーストとヘクターだけだね」

「ヘクターって？」

「〝はかなきヘラジカ〟」

わたしは、ヘラジカのほうにうなずいてみせた。今は冷蔵庫にもたれて「退屈でたまらん」という顔をしている。

「その上のランクが〝ソーサラー〟。〝ソーサラー〟は、そよ風を吹かせたり、ハリネズミにひっこしをさせたりできる。指先から火花が散ることもあるし、うまくいけば車を持ちあげることもできるかもしれない。その上は〝マスター・ソーサラー〟。このランクになると、何もないところからものをつくりだすことができる。小雨をふらせることもできるけど、晴れた日には無理。その上のランクが〝グランドマスター・ソーサラー〟。すごく才能のある人たちで、何台ものトラックを一度に持ちあげたり、物の色を完全に変えたり、晴れた日にいきなり雷雨を巻きおこしたりできる。落雷も起こせるけど、ねらったところに落とすとまではいかない。そしていちばん上のランクが〝スーパーグランドマスター・ソーサラー〟。この人たちは、ほとんどなんでもできるの。嵐を起こし、雨や風をあやつり、潮の満ち引きを止め、自分の死後もずっと残るほど強力な呪文やまじないをつくりだすことができる。でもそんな人は、とてつもなくめずらしいんだ、ありがたいことに。わたしは会ったことがないし、少なくとも今はひとりもいない。すべての〝スーパーグランドマスター・ソーサラー〟のなかでいちばん偉大だったのが、マイティ・シャンダー。魔法の力が体じゅうにあふれていたから、歩くと足跡が自然発火したっていわれてる」

「魔力を測る単位の〝シャンダー〟もマイティ・シャンダーから取ったんでしょ？」

「そのとおり」

「でも、魔術師じゃなくてもいるんじゃない？　ふつうの仕事をしているのに魔法の力を持ってる人が」

「何百人かはいると思う」わたしはいった。「でも魔術師の免許もないのに魔法を使うのは、よほどのばかか、命がかかってるか、どっちかだよ。どんなにささやかな魔法でも、使うときには『恭順証書』と呼ばれる魔術師免許を持ってなくちゃならないの。免許が取れたら、認可された〝魔法管理会社〟に配属される。そして魔法を使ったときは毎回かならず書類を提出しなくちゃならない。千シャンダー未満なら〝B2‐5C〟の用紙、千以上一万シャンダー未満なら〝B1‐7G〟、一万シャンダー以上のものは〝P4‐7D〟の用紙をね」

「一万シャンダー超えって、ものすごい魔法なんだろうな」

「うん、わたしたちが目にすることはないと思う。最後に〝P4‐7D〟の書類が提出されたのは、一九四七年にテムズ川防潮堤を建設したとき。当時は今よりずっと環境魔力が強かったから。それでも二十六人の魔術師でチームを組んだんだって。最大出力は一・六メガシャンダー。半径三十キロ圏内では、砂場の砂がガラスになったらしいよ。当然、その規模の魔法を使うときには、先に地域の住民を避難させていたけど」

タイガーは驚いて目をぱちくりさせた。世間の人はめったに魔法の話をしない。明らかにいろいろ利点があるのに、ほとんどの人はうさんくさい目で見ているのだ。だから魔法を電力のような便利な手段として、あるいは警察、消防、救急隊につづく第四の緊急業務として、あらためて認知してもらおうというのが、ミスター・ザンビーニが最も熱心に進めていた事業だった。

「じゃあ、法律を破ったらどうなるの？　許可なく魔法を使っちゃったら？」タイガーがきいた。

わたしは深く息を吸って、タイガーの顔をじっと見つめてからいった。

「不連合王国の二十八か国が、唯一、全会一致で決議したのが、その罰則なの。魔法会社の敷地外で許可なく魔法行為を働いた者は……公開火刑に処せられる」

タイガーがひどくショックを受けた顔をした。わたしは先をつづけた。

「わかるよ。火刑なんて十四世紀の望まれざる遺物なのに、一八七八年のブリックス事件のせいで、逆に根づいちゃったんだもの。すごくおぞましいよね。だからこそ、あなたもわたしもほかのみんなも、書類は念入りのうえにも念入りに記入して、提出しなきゃいけない。記入し忘れたり提出し忘れたりすると、わたしたちのせいで仲間が無残な罰を受けることになる。四年前、わたしたちはジョージ・ナッシュを亡くしたの。とてもいい人で、優秀な魔術師だった。煙をあやつることにかけては、知らないことがなかった。その日はミミズに魔法をかけるっていうごくささやかな魔法を使っただけなんだけど、〝B１－７G〟の書類が出ていなかった。ついうっかりした人がいたの」

タイガーは首をかしげた。

「それが五代めの捨て子なんだね？」

タイガーは察しがいい。マザー・ゼノビアは、いちばん優秀な子を送ってくれたのだ。

「そう。その人の名は、この屋根の下では口にしないことになっている」

ふたりとも、少しのあいだ、だまりこくってすわっていた。聞こえるのはクォークビーストのハアハアという息づかいと、〝はかなきヘラジカ〟が口をもぐもぐさせる音、そしてわたしたちがときどきホット・チョコレートをすする音だけだ。

タイガーはたぶんわたしと同じことを考えていただろう。捨て子であるということについて。わたしたちはまだ口もきけないころ、ロブスター女子修道院の外に置きざりにされた。だからほんとうの誕生日は知らないし、名前だって、生まれたとき親につけてもらったものじゃない。ジョージ・ナッシュの件を引きおこしたのが五代めの捨て子だとタイガーが気づいたのは、そのせいだろうとわたしは思った。捨て子にとって最大の屈辱は、物心ついたときからただひとつ自分のものとして大切にしているものを認めてもらえないことだから――自分の名前を。

「さがそうとしたことある？」タイガーがきいた。

親のことだ。

「ううん、まだ」わたしは答えた。捨て子のなかには両親のイメージをふくらませすぎて、さがしあててからがっかりする人もいるし、逆にがっかりしないようわざと控えめに思いえがく人もいる。でも、だれもが思いをはせる。

「手がかりは？」

「あのフォルクスワーゲン。わたしは、あの車ごと置きざりにされたの。年季奉公が終わったら、車の所有者をたどろうと思ってる。あなたは？」

「カーライルへの平日の往復切符一枚とメダルがひとつだけ」タイガーはいった。「修道院の外に捨てられたとき、バスケットのなかに入ってたんだ。メダルは第四次トロール戦争の従軍記章で、忠勇の留め金がついてた」

わたしはまた少し間を置いてからいった。

「トロール戦争で両親を亡くした人はたくさんいた」

「うん」タイガーが静かにいう。「すごくたくさんね」

わたしはのびをして、立ちあがった。夜もふけてきた。

「一日めとしては上々だったよ。ありがとう、タイガー」

「ぼく、何もしてないけど」

「それがよかったんだってば」

「何をしなかったことがよかったの？」

「悲鳴をあげて逃げたりしなかったし、わたしにくってかかったり、へんてこな要求を突きつけたりもしなかったでしょ」

「プローンズ一族だから、って思いたいな」タイガーはにやっと笑った。「ぼくらは忠誠心が強くて、何事にも一生懸命なんだ」

「こわいもの知らずでもある？」

タイガーは、クォークビーストをちらっと見た。

「それは今後の課題」

タイガーを部屋まで送って、何かいるものはないかとたずねると、「だいじょうぶ、何もかも百パーセントばっちり。自分の部屋もあるし。ちょっと魔法はかかってるけど、最高だよ」という返事が返ってきた。そこでわたしも自分の部屋にもどって歯をみがき、パジャマに着がえて、ベッドに入った。でもいちおう念のため床に毛布を一枚ひろげて、枕を置いておいた。それから思いついたことがあって起きあがり、壁に貼ってあったサー・マット・グリフロンのポスターをはずした。子どもっぽいと思われたらいやだ。だから王国一のアイドル、サー・マットのポスターをくるくるまるめて、戸棚にしまった。

本を読みはじめて数分たつかたたないかのうちに、ドアがあいて、タイガーがしのび足で入ってきた。そして、わたしが敷いておいた毛布にくるまると、深いため息をついた。タイガーはこれまでひとりで寝たことがないのだ。

「おやすみ、タイガー」

「おやすみ、ジェニー」

わたしはすぐには寝つけなかった。頭のなかをドラゴンや予知、そしてなぜか運命のことがぐるぐると駆けめぐる。といってもカザムの人たちが心配しているように、これから魔法がたどる運命ではない。気になっているのは……自分自身の運命だった。

魔力大氾濫《マジクリズム》

その晩は眠りが浅かった。自分のせいではなくて、空気中に何かの気配がただよっていたせいだ。魔術師たちは、興奮したり動揺したり不安だったり混乱したりすると、知らず知らずのうちに感情を解きはなって、それが下水の悪臭みたいに建物全体にひろまることがよくある。わたしはアルミ加工をほどこしたキルトをかけて寝ていたけれど、あまり効果はなかった。

起きたときにはタイガーはもういなかった。クォークビーストもだ。クォークビーストがタイガーに散歩をおねだりしたのだろう。たぶん使われていない裏通りをぬけて、製紙工場の裏の空き地へ行くコースを自分で案内したのだと思う。あのルートなら見た目の恐ろしさで人に心臓が止まりそうな思いをさせずにすむ。わたしはクォークビーストをよく知っているのに、それでもときどき、ぎくっとする。クォークビーストを見て魅力的だと思うのは別のクォークビーストだけだといわれているけど、彼らがつがいになることはけっしてない。その理由は、わたしもよく知らなかった。

手早くシャワーを浴び、着がえて部屋を出た。わたしの部屋は三階にあって、一方のとなりはカラマゾフ姉妹のふたり部屋、もう一方はミスター・ザンビーニのスイートだ。廊下を歩いていると、空中に何か鋭い気配がただよっていることに気づいた。だれかが魔法をかける直前の、ちりちりした感覚とよく似ている。廊下の電灯がまたたき、さっき閉めたわたしの部屋のドアがゆっくりとひらいた。建物がゆらめき、ちりちりが強くなったかと思うと、天井の電球がひとつ、またひとつとソケットからはずれてカーペットではずみ、廊下の向こうまでころがっていった。足元で床板がゆがみはじめ、どこからともなくヒキガエルが何匹かふってきた。それ以上見なくてもわかった。〝魔力大氾濫《マジクリズム》〟という現象は、生で見たことはなかったけど、ミスター・ザンビーニからかんたんな説明は聞いたことがある。わたしはエレベーターの横に設置してあるアラームのところまで走っていくと、迷わずガラスを割って、大きな赤いボタンを押した。

館内の全員に向けて警報が鳴りひびき、あらゆる方法でマジクリズムにそなえるよう警告を発した。同時にミスト発生器から霧が吹きだして館内を満たし、まるで雲のなかに足を踏みいれたようになった。水は魔力をやわらげるには最適で、暴走しそうな魔法を抑える唯一の手段だといっていい。つぎの瞬間、五階のどこかでものすごい爆発音がひびいた。とたんに、ちりちりする感覚と建物の振動はやみ、しっくいとほこり混じりの煙が、階段づたいにもくもくとおりてきた。わたしは警報を止めて、階段を駆けあがった。エレベーターは、たとえ魔法のものであっても、緊急時にはぜったい使ってはいけない。五階のあがり口にウィザード・ムービンが倒れていた。

「ムービン！」わたしは叫んだ。ほこりはだいぶ落ちついてきた。「いったいどうしたの？」

ムービンは答えず、ただよろよろと立ちあがって自分の部屋へもどった。ドアが完全に吹きとばされて、反対側の壁にめりこんでいる。そっとのぞきこんでみると、部屋がめちゃくちゃになっていたので目を見はった。魔術師の部屋は実験室でもある。魔術師はみんな生まれながらにして根っからの職人で、特定の作業をさせる呪文を編みだすことに生涯をささげている。クリーソープスのグレンデルという十二世紀の魔術師なんか、なくしたハンマーを見つけるという、わりとどうでもいい魔法をつくりあげるのに一生をささげたほどだ。だから部屋がめちゃめちゃになるということは、数十年分の大切な仕事の成果が、魔法が暴走したほんの一瞬で失われるということを意味する。魔法というのは強力なものだから、少しでも油断すると痛い目にあうのだ。

わたしはムービンのあとから部屋に入り、ごちゃまぜの残骸のなかを用心しながら歩いた。本はほとんどがずたずたになっているし、きちんとならべてあったガラス器具――蒸留装置やフラスコなど――も、粉々に割れている。でもムービンはそんなものには目もくれないし、服が吹きとんで、パンツ一丁に靴下が片方という格好になっていることも気にしていない。

「だいじょうぶ？」ときいたけれど、ムービンはさがしものにいそがしくて、答える気がなさそうだ。わたしは駆けつけてきた〝ハーフ〟・プライスと目を見かわした。〝ハーフ〟・プライスと〝フル〟・プライスは二週間あいだをあけて生まれた一卵性双生児だけど、ぜんぜん似ていない。〝ハーフ〟はやせっぽちで、〝フル〟はどっしりしている。

「うわあ！」今、駆けつけてきた〝若々しい〟パーキンスが声をあげた。「魔法が暴走したところってはじめて見た。なんの実験をしていたの？」

「だいじょうぶだ」ムービンは返事にならない返事をすると、こわれたテーブルの天板をひっくりかえした。わたしは消化器をひろって、部屋の隅でくすぶっていた小さな火を消した。

「ねえ、何が起きたの？」もう一度きいたとき、くすぶっているメモ用紙の山をごそごそ引っかきまわしていたムービンが突然立ちあがり、手をふるわせながら小さなおもちゃの兵隊を差しだした。兵隊は足が一本しかなく、マスケット銃をかついでいて、ずっしりと重い。純金製だ。

「どういうこと？」まだ、わけがわからずにきいた。

「鉛、前は、これ、少なくとも、それが、あれして――！」

ムービンはまだすわれそうな椅子をさがしながら、興奮してわめきちらしている。

「いってること、めちゃくちゃだよ」わたしはいった。

「鉛だった……それが……金！」ムービンは、やっといった。

「うわあ、すごい！」パーキンスが声をはずませる。カラマゾフ姉妹も来ていて、おもちゃの兵隊を見ようと、ふたりで押しあいへしあいしている。

「鉛を金に変えたっていうこと？」わたしは信じられない気持ちでいった。そういう魔法をおこなうには、素粒子レベルであれこれ動かさないといけないから、〝グランドマスター・ソーサラー〟より下のレベルの魔術師が成功させたのは聞いたことがない。

「どうやってそんなことができたの？」

「それがおもしろいところなんだ」ムービンはいった。「まるっきり、わからないんだから。おれは毎朝その鉛の兵隊に意識を集中させて、体じゅうの魔力を呼びさまし、一気に解きはなっていた。それで二十八年間何も起こらなかった。毛ほどの変化もなかった。なのに今朝は――」

「〝ビッグマジック〟よ！」カラマゾフ姉妹の妹が叫んだ。

ウィザード・ムービンは、はっと顔をあげた。

「そう思うか？」

「ばかばかしい」姉がいった。「この人のいうこと聞いちゃだめよ。存在自体が呪いみたいなものなんだから」

「そういえば、きのうの配線修理のときも魔力が強かった」ムービンは振りかえった。「〝フル〟・プライスの起こしたサージが、長続きしたのかもしれないけど」

サージという説明はあり得るかも、とわたしは思った。環境魔力は周期的に変動するものだ。でも今は、もっと現実的な問題がある。

「規則、規則ってうるさくいいたくないけど、〝B2-5C〟の書類を提出したほうがいいと思う。会館内で起こったことではあるけど、念のために。あと〝P3-8F〟も出しといたほうがいいかな」

「〝P3-8F〟？」ムービンがききかえした。「そんなの聞いたことがないぞ」

「〝魔術の実験により偶発的に物理的損害を引きおこした場合〟」カラマゾフ妹がいった。この人は何度も落雷にやられているけど、たまに何かがカチッとかみあって頭がはっきりすることがある。

「なるほど」ムービンはそういって、わたしの顔を見た。「用紙に記入してくれたらサインするよ」

後片づけはムービンにまかせて、階段で一階におりると、タイガーとクォークビーストが帰っていた。タイガーは鼻にすり傷があるし、服はあちこちすりきれ、髪には小枝がついている。

「この子が走りだしたら、すぐにリードをはなしたほうがいいよ」

「うん、学んだ」

「だいぶ引きずられた？」

「問題は距離じゃなくて、どこで引きずられたか。ねえ、何があったの？」

「ウィザード・ムービンがサージを起こしたの」〈エイヴォン・スイート〉の事務室に入り

ながら説明する。それから自分の机の前にすわって『魔法法典』を引きよせた。ほかに必要な書類がないかどうか、たしかめておかないと。「何かが起こってる。きのうは配線修理の仕事が、いまだかつてないほどすばやく終わったし、今朝はムービンが鉛を金に変えた」

「魔力って弱まってるんじゃなかったの？」タイガーがきく。

「全体としてはね。でも、たまになんの前ぶれもなく強まることがあって、そうするともう何年もできなかったことが、突然できるようになったりするの。問題はサージのあとには、たいてい魔力の落ちこみが来るってこと。それと、きのうケヴィン・ジップが話してくれた予知のことを考えあわせると、こんどの日曜日には魔力がゼロなんてことにもなりかねない」

「ドラゴンって、魔法と関係があるのかな？」

「ミスター・ザンビーニはそう考えてた」わたしはいった。「カザムがヘレフォード王国にあるのは、理由があるんじゃないかって。ここはドラゴンランドから三十キロ程度で、ドラゴンと魔法のつながりは証明こそされていないけど、それを示す逸話はたくさんある。とにかく、謎に満ちたすばらしい魔法を守っていくためには、もう少しいろいろなことを知らないと」

ふたりとも少しだまりこんだ。

「ところでさ」タイガーが口をひらいた。「クォークビーストは朝ごはんの前にトタンをかじってもいいの?」

「めっきしてあるものなら」わたしは顔もあげずにいった。「めっきの亜鉛で、うろこがぴかぴかになるから」

ムービンの事故でみんなだいぶざわついたけれど、少し落ちつくと、こんどはだれもが鉛を金に変える魔法を自分でもためしてみた。でも成功した人はいなかった。わたしはまたカザムの日常業務にもどった。〝フル〟・プライスには、まちがってトイレに流してしまった結婚指輪のありかを突きとめる仕事をまわすつもりだ。樹木の植えかえの依頼もまた来ているけど、こちらはグリーンマンとラドローのパトリックのふたりでこなせるだろう。郵便物の仕分けを進めると小切手がいくつか届いていたので、これでいちおう銀行の支店長ともまた話ができるようになりそうだ。ヘレフォード市の市章がついた書簡もあった。読んでみると、市の下水管洗浄業務の契約を更新できないとある。わたしはすぐ市役所の知りあいに電話して、理由をたずねた。

「ぶっちゃけていうと、テレビCMをやってる〈詰まらずスイスイ〉っていう有名な下水業者が、カザムより安い料金を提示してきたんだ」下水課副課長代理のティム・ブロディーがいった。「こちらにも予算ってものがあるんでね」

「料金ならご相談に乗れますよ」こんなとき、ミスター・ザンビーニならどうするだろうと考えながらわたしはいった。うちは持ちだしで仕事を受けることもある。魔術師たちに仕事をあたえるためでもあるけど、業界での存在感を保つという目的もある。一般の人たちの信頼を得られるよう、そして魔法をひとつの生き方として振興できるよう、がんばって働いている姿を見てほしいのだ。十五世紀のような魔術師観がよみがえって、カザムの魔術師たちが世間から忌みきらわれたり、不信感を持たれたりするようなことだけは避けたい。

「それに」と、わたしはたたみかけた。「下水管の洗浄なら、魔法でやるのがいちばん楽です。におわないし、あちこち片づける必要もないし、詰まっていたものを取りだされて気まずい思いをしなくてもすむでしょう。そのうえ、二十四時間以内にまた詰まりが発生した場合には、無料でやりなおしておまけもつけますよ。お庭のモグラ《モール》を追いだすか、お顔のほくろ《モール》を取りのぞくか、どちらでもお好み次第。〝B１―７G〟の書類だって、こちらで作成します。なんといったって魔法には伝統がありますし！」

「いや、料金だけじゃないんだ、ジェニファー。うちの母が昔魔術師だったから、ぼくはいつだっておたくのサービスを使ってきた。ところがスノッド国王の無能な弟が最近〈詰まらずスイスイ〉の五パーセント株主になっちまったんだよ。わかるだろ？」

「あ、そういうこと」わたしはいった。わたしたちの手には負えない案件なのだ。「わかりました。どうもありがとう、ティム。手をつくしてくれたことも、よくわかったわ」

わたしは電話を切った。スノッド四世は全体としてはまあまあ公正な国王で、まともな理由もなく人を死刑にしたりすることはめったにない。でも自分や親族にとって金銭的に得になると思えば、勝手に法律をつくるようなことも平気でする。わたしにはどうしようもない。相手は国王だし、年季奉公をしていようといまいと、わたしもほかのヘレフォード国民も、国王の忠実なる臣下なのだから。

「市の下水管洗浄の仕事をスノッド国王の無能な弟に取られた」わたしはいった。

「無能な弟のことは知らないけど、マザー・ゼノビアに連れられて、みんなでスノッド国王を見にいったことがあるよ。軍事パレードの日に」タイガーが思いだしながらいった。

「どうだった？」

「ランドシップがかっこよかった」

「そうじゃなくて、王さまのこと」

タイガーは、ちょっと考えた。

「毎週のテレビ演説のときより、背が低いなって思った」

「演説はすわってやってるじゃない」

「それでもさ」

たしかにタイガーのいうとおりだ。

「ミモザ王妃が百八十センチ以上あるから、余計に低く見えるよね」わたしはいった。「王妃は、三十年前、ただのミモザ・ジョーンズさんだったころ、ここに勤めていたんだよ。ミスター・ザンビーニの話だと、ミツバチの七倍以上効率よく花粉の交配ができたんだって。

ヘレフォードは果物の輸出がさかんだから、けっこうな稼ぎ手だったらしい。ところが当時のスノッド王子が彼女を見そめて永遠の愛を誓ったので、ミモザさんは仕事を捨てて皇太子妃になり、のちに王妃になったというわけ。ミスター・ザンビーニは残念がっていたけど、ミツバチは仕事を取りもどせてほっとしたかも」

「すごくきれいな人だよね」と、タイガー。

「おまけに頭の回転が速くて聡明だし」わたしはいった。「国王とのかけあいや、トロール戦争寡婦基金での話なんかを聞いているとよくわかる」

「クォーク」

事務室のドアが細くあいて、パリッとしたスーツに中折れ帽姿の大きな男が、顔をのぞかせた。すぐクォークビーストに気づいたらしい。だれでも気がつくけど。

「そいつは、あー……嚙みますか？」

「骨まではくだきません」

男は飛びのいた。

「ごめんなさい、冗談です。ええと……？」

男はほっとした顔でなかにはいってきた。帽子をぬぎ、わたしが差しだした椅子に腰をおろす。タイガーはお茶をいれにいった。

「わたしはトリンブル。〈トリンブル・トリンブル・トリンブル・トリンブル&トリンブル法律事務所〉の弁護士です」

トリンブル氏は名刺をくれた。

「これがわたしです」親切に名刺の左から三番めの「トリンブル」を指さしていう。

「ジェニファー・ストレンジです」わたしはパンフレットと料金表を渡した。

トリンブル氏は、ちょっと沈黙してからいった。

「責任者にお目にかかりたいのですが」

「わたしです」

「ああ、それはそれは！」申しわけなさそうな声だ。「少しばかりお若く見えるもので」

「あと二週間で十六になります」わたしはいった。「四年前からカザムに勤務し、半年前から社長代理を務めています。ですからわたしがうかがいます」

「それは感心なことで、ミス・ストレンジ。ですがふだんはミスター・ザンビーニとお話ししているもので」

「ミスター・ザンビーニは、残念ながら……今はお相手できません」

「どうなさったのです？」

「一身上の都合です」わたしはきっぱりといった。「ご用件をお聞かせください」

「わかりました」わたしがゆずらないと見ると、トリンブル氏はいった。「わたしは〈コンソリデーテッド・ユースフル・スタッフ社不動産部門〉の代理人をしておりまして」

「ああ、お気の毒です。でも、ご自分で転職でもなさらないと、うちではどうしようもないんですよね」

「そういうことではないのです、ミス・ストレンジ」

「あっ。ごめんなさい」

「いえ、お気になさらず。おたくに、たよりになる予知能力者はおられますか？」

「ええ、ふたりいますよ」わたしは勢いこんで答えた。新しい仕事の話なら歓迎だ。しかも相手は大企業。〈コンソリデーテッド・ユースフル・スタッフ不動産〉ということは、同社──通称〝コンスタッフ〟──の、土地開発部門ということだ。この世には、コンスタッフが扱わない商売や所有していない物なんて、ほとんどない。なにしろトロールバニアの北東にある列島には、自前の王国まで持っている。そこでは膨大な数の捨て子労働力を利用して、粗末で安っぽい商品をほかのどこよりも粗末に安っぽく生産し、この競争力で差をつけて、不連合王国の粗末で安っぽい商品の市場を独占しているのだ。不連合王国全体で、ポンド、スポンドーリップ、ダラップ、アッカー、ムーラーなどの通貨で支払われる金額のうち六分の一がコンスタッフのふところに入るといわれている。コンスタッフの製品が好きな人はあまりいないけど、コンスタッフの店で買い物をしたことがない人もあまりいない。衣料品の〈コン・ウェア・スタッフ〉の店には最近〈全身コーデで五ムーラー〉のコーナーができた。わたしの微々たるおこづかいでは、ほかの店で買い物をする余裕なんてない。いちおう言いわけしておくと、買うたびにやましい気持ちにはなる。

「予知能力者がふたりですか？」トリンブル氏はポケットから小切手帳を取りだした。「それはありがたい。おふたりのうちどちらかが、最近、忌まわしきモルトカッシオンの死を予知してはおられませんかな？」

びくっとしたのを気づかれていませんようにと願いながら、わたしはきいた。

「どういうことですか？」

「じつはですね」トリンブル氏が、にこやかにつづけた。「わたしの叔母が、昨夜、モルトカッシオンが死ぬという予知夢を見たのです」

「いつごろかは、おっしゃってました？」

「いいえ。今年じゅうか、あすかもわかりません。叔母は六二九・八ですから、予知といっても幅が広すぎるんです。とはいえ、軽視するわけにもいかない。あれだけの土地を手中におさめる好機ですからね。ドラゴンの死ぬ日時の正確な予測は、不動産関係者にとっては、はかりしれないほどの価値があります。おわかりですよね。土地は、ひとつの会社が一手に管理したほうが、はるかにうまく利用できます。一般大衆があっちでちょっぴり、こっちでちょっぴり土地を囲うなんていうのは、じつにうっとうしいと思いませんか？」

彼はにっこりして小切手をくれた。わたしは思わず息を飲んだ。二百万ヘレフォードムーラー。こんなにたくさんのゼロがついていて「超過振りだし」とも書かれていない小切手は、はじめて見た。

「正確な日時を教えてくれたら、もどってきてその小切手にサインします。ただし、その日時が当たっていたときにかぎり。よろしいですか？」

「つまり……ドラゴンの死に乗じてもうけるということですか？」

「まさしくそのとおり」わたしは不快感を口にしたのだけど、トリンブル氏は同意とかんちがいして、うれしそうにいった。「理解しあえてうれしいですよ」

わたしが口をひらく前に、トリンブル氏はさっさと握手して出口へ向かった。わたしはひたすら小切手を見つめた。これだけのお金があれば、銀行の借りこしをすべて清算して、うちの魔術師全員が引退後も安楽に暮らせる——魔力が日に日におとろえている世の中だから、いっせいに廃業する日がいつおとずれないともかぎらない。

「あ、ところで」トリンブル氏がまた戸口から顔をのぞかせた。「廊下にヘラジカがいるみたいなんですが」

「ああ、あれはヘクターっていうんです」タイガーがいった。「出たり消えたりするよ」

「そうですか。しかし、廊下をふさいでいましてね」

「そのままヘクターを通りぬけてください」わたしは考えこんだままいった。「ヘラジカの動きを知りたい場合は、手前で止まってじっくり観察するといいですよ」

「なるほど」トリンブル氏はそういって立ちさった。

わたしは椅子の背にもたれた。どうやら、モルトカッシオンが死ぬといううわさは、もう世間を駆けめぐっているらしい。ドラゴンの死は一大事だから、軽々しく扱うわけにはいかない。そしてアドバイスがほしいとき、たよる相手はひとりしかいない。マザー・ゼノビアだ。

マザー・ゼノビア

　ロブスター女子修道会の建物は、かつては暗くてじめじめした中世の城だったけれど、ペンキをひと塗りして、あちこちにクッションをぽんぽんと置いた結果、今は暗くてじめじめした修道院になっていた。建物はワイ川を見おろすところにあって気持ちがいいけれど、非武装地帯にも面していて、それは気持ちがいいとはいえない。代々のスノッド国王は、隣国であるブレコン公国を我が物にしたくてたまらず、両国の防衛軍は幅十五キロにわたる非武装地帯をはさんでにらみあっていた。そのため、スノッド国王は修道院の裏に砲兵隊を駐留させ、以前は非武装地帯に向けて修道院の頭越しに毎日一発砲弾を打ちこんでいた。これに対しブレコン公国のほうは、砲兵たちが声をそろえて「ドン！」と叫ぶのがせいぜいだった。君主のブレコン公爵は防衛費削減のため、威嚇もだいぶ切りつめなければならなかったようで、実弾を撃つのは、公爵の誕生日など特別な日にかぎられていた。

　こんな具合に、玄関先で国同士がにらみあっていたにもかかわらず、修道会は野菜や果物、ハチミツ、それに捨て子を育てては売り、そのお金でまたわたしやタイガーのような捨て子を育てつづけていた。果樹園に駐屯している砲兵隊は、わたしたちにとってはまったくどうでもよくて、一日に一発放つ砲弾で時刻を知らせてくれるだけの存在だった。ちなみにその時間は毎朝きっかり八時四分だった。

わたしは修道院の外に車をとめ、クォークビーストを連れて、古い城門をそうっと通りぬけた。マザー・ゼノビアが芝生に置かれた大きな椅子でまどろんでいるので、驚かすつもりだった。マザーは百五十歳は優に超えているはずだけれど、まだものすごく元気だ。トロール戦争で夫を亡くし、そのあとすぐロブスター修道会に入ったらしい。修道女になる前の波《は》瀾万丈《らんばんじょう》の人生については、いろいろなうわさがささやかれていたけど、たしかなのはネイピア社製のエンジンを搭載したパーシヴァル・プローヴァーという飛行機で、一九二七年に時速三三五・九〇キロという飛行レース記録を打ちたてたことだ。こまかい数字までいえるのは、マザーの小さな部屋に記念のトロフィーが飾ってあるから。ロブスターの修道女だって、ひとつぐらい自慢の品を持っていてもいい。

「ジェニファーかい？」マザーがいって片手を差しだしたので、わたしはその手をとった。

「車で来たのがわかったよ。オレンジ色の車だろ？」

「ええ、そうです、マザー」わたしは答えた。

「青い服を着ているね？」

「それも当たりです」マザーの観察力には舌を巻く。五十年近く前から全盲なのだから。

マザーはパンパンと二度手をたたいてから、わたしにとなりにおすわりといい、修練女が走ってくると、お茶とケーキを持ってくるようにいいつけた。そして、クォークビーストのあごの下をなでてから、ドッグフードの缶をあたえた。クォークビーストは、もらったえさをバリバリと缶ごと噛みくだいた。マザーのえさやりの動きは、ふたをしていないフードプロセッサーの上で、目をつぶったまま手を振りまわすのにも似ている。クォークビーストはこれまで一度も問題を起こしたことはないけれど、あのナイフのような歯を見ると、やっぱり少しハラハラする。

「プローンズの坊やはうまくやってる？」

「すごくがんばってます。今も電話番をしていますよ」

「あの子は優秀ね」マザー・ゼノビアはいった。「今に大きなことをするでしょうよ。少々厄介なところもあるけれど。食品戸棚の錠前を破るんだよ、何度錠前を取りかえても」

「泥棒をするような子には見えませんけど」

「ああ、何も盗《と》りゃしないの。できるっていうところを見せたかっただけ。図書室の本も九歳までにぜんぶ読みつくしていたね」

　マザーは少し考えてからまたいった。

「タイガーの父親は第四次トロール戦争に出撃したランドシップの三等機関士でね。スターリング攻勢のとき姿を消してしまったんだよ」

　スターリング攻勢というのは、トロールたちを北の果てに押しもどそうとする一連の軍事作戦のひとつだった。このときばかりは不連合王国全体が意見の相違を乗りこえて団結し、八十七台のランドシップを集結させた。ランドシップというのは、ものすごく幅の広いキャタピラをつけた巨大な戦車で、五階建てのビルぐらいの大きさがある。動力は強力なディーゼルエンジン四基で、本体は鋼板を鋲《びょう》で接合した頑丈なもの。巨大なキャタピラで町を走りぬけ、森を踏みしだき、広い川すらも一気に渡ってしまう。ランドシップ隊はスターリングにある第一トロール防壁をぬけ、十八時間後に第二トロール防壁に到着した。最後の無線連絡はトロールゲートをあけた直後に来たが、そのあとぷっつりととだえた。将官たちは歩兵隊に、すぐさま前線に駆けつけ、できるかぎりの援護をするようにと送りだしたが、彼らもひとりとしてもどってこなかった。

この軍事作戦の「戦死者および被捕食者」の総数は、男女合わせて二十五万人近くにのぼった。第一トロール防壁は再建され、トロール領内への侵攻作戦は延期された。

「でもタイガーには、きかれたときだけ教えてやりなさい」マザーはいった。

「わかりました」

「きょうはあたしの顔をおがみに来たのかい？」マザーがきいた。

「いいえ」わたしは率直にいった。マザー・ゼノビアにうそをついてもむだだということは、とうの昔に学んだ。

「じゃあ、ドラゴンの死のことだね」

「やっぱり感じますか？」

「あの思念の強さだと、週末までには全国民がメッセージを受けとるんじゃないかい。最近、〝ビッグマジック〟という言葉を口にした者はいる？」

「います。どういうことなんですか？」

「そろそろいい頃合いだよ。ジェニファー、あんたはドラゴンのことをどう思っているの？」

「わかりません」わたしは肩をすくめた。「でも何かがまちがってると思うんです」

マザー・ゼノビアは謎めいた表情でふふふと笑った。何かを知っているような笑い方だ。

「ほんとうに、いい頃合いだ」マザーが、いやにもったいぶった口調でまたいった。「さっきプローンズ先生が大きなことをするといったけど、あの子だけじゃない。あんたもだよ。でもそのためには、ドラゴンについてもっと知っておかないとね」

わたしは眉根を寄せた。ドラゴンがわたしとどう関わりがあるっていうんだろう。ミスター・ザンビーニは、ドラゴンは魔法とつながっていると考えていたけれど、わたしは魔法につながってはいない。管理する仕事はしているけど、自分では使えないのだから。そのふたつには大きなちがいがある。でもそれをマザーに問いただすのは思いとどまった。わたしがまた椅子の背にもたれると、マザー・ゼノビアはお茶をひと口飲んでから話しはじめた。

「ドラゴンというのは、アフタヌーンティーや、クランペットや、マーマレードや、ファスナーでとめるカーディガンと同じで、不連合王国の名物なの。火を吐く獰猛《どうもう》な生き物だけれど、高い知性を持ち、感受性が強くて威厳がある。重要な事柄について語ることもできるし、過去には実際にそうしてきた。たとえばヤヌスというドラゴンは、地球が太陽のまわりをまわっていることや、夜空に見える針の先で突いたような光がベルベットの布地に穴をあけたものではなく、われわれの太陽と同じような星だということをだれよりも早く指摘したといわれている。またうわさでは――といっても、人間がずるをしたせいで、単なる伝説にとどまっているけれど――微分法を最初に考案したのは、ディムウィディというドラゴンだったといわれている。今、コンスタッフィアと呼ばれている島に、昔、暮らしていた小さなドラゴンだよ。またトロールヴァニアに住んでいた〝バブルズ〟・ビーズリーという名高いピンク色のドラゴンは、たいそうゆかいなコメディアンで、人間をつかまえてはひっきりなしにジョークを浴びせつづけ、そのせいで犠牲者は髪が真っ白になってしまったといわれている。ところがどれだけ知性があり、機転がきいて、社交上のたしなみを心得ていても、ドラゴンにはどうしても無視することのできない悪癖があった」

「というと……？」

「人間を食べるのが好きだったんだよ」

「子どもをおどかすための作り話だと思ってました」

「いいや、ほんとうのことさ」マザー・ゼノビアは悲しそうにいった。「ほんとうに人間を食べていたんだ。それから、口をはさまないように。何世紀ものあいだ、不連合王国の人たちは、ドラゴンとのあいだに、いつ破られるかもわからぬ平和を懸命に維持して暮らしていた。ドラゴンは人混みがきらいで、夜に捕食することを好むから、夜間は家にこもって、ひとりで長時間歩きまわったりしないことが肝心だった。しかたがないときは、長いとげのついた銅製のヘルメットをかぶっていく。ドラゴンはとげがきらいだからね。しかしそうやって用心していても、やはり食われてしまうことはあって、人々はびくびくしながら暮らしていた。〈ドラゴン協定〉が結ばれる前は、ドラゴンを退治できるのは騎士だけだったんだ。命知らずの若い騎士がおおぜい、王にうまくいったら娘を嫁にやるといわれて、ドラゴンをやっつけようと勇んで出かけていった。ドラゴンの額にある宝石を持ってかえれば、退治したあかしになると考えてね」

「それで？」わたしは合いの手を入れた。マザー・ゼノビアが眠ってしまったように見えたからだ。でももちろん眠ってなどいなくて、ただ考えをまとめていただけだった。

「問題は、ほとんど成功しなかったということ。記録によれば、ドラゴン退治に出かけた八千百二十八人の騎士のうち、成功したのはたったの十二人。成功のほとんどが勇敢な馬のおかげでうまい具合に突撃できて、ドラゴンのあごの下のうろこでおおわれていない部分に、神業のようなひと突きをお見舞いできたというものだった。そんなことを二百年ほど繰りかえすうちに騎士になって王女と結婚しようという若者はだんだん少なくなってきた。あるとき五人の騎士が手に手に槍《やり》を持ってドラゴンにいどんだ結果、五人ともが一本の槍に突きさされ、巨大なケバブのような姿で帰還したという事件があった。そのあと騎士がドラゴン退治をすることは禁じられ、おおいにほっとした空気が流れたが、まあ、ほっとしたのは騎士だけだったようだね」

「それからどうなったんですか？」

「二百年間はたいして何も起こらなかった。火薬が発明されても、ドラゴンの数を減らすことはできなかったんだ。大砲の弾だってドラゴンの分厚いうろこにはねかえされてしまう。相手はちょっとばかし消化不良を起こして、機嫌が悪くなるだけだ。ドラゴンが夜中にかやぶき屋根の集落を焼きはらう事件も多かった。午後の日だまりで静かにひなたぼっこをしていたところに大砲の弾が飛んでくるものだから、いきりたってしまったんだろう。そんなわけで、ドラゴン問題を解決するには魔法を使うしかなさそうだということがわかってきた。しかしドラゴン自身がたいそうな魔法の使い手だから、それに対抗するにはとてつもなく強力な魔術師の登場を待たなくてはならなかった。足跡が自然発火するほどの魔術師を――」

「マイティ・シャンダーですね？」

「この話、前にしたことがあったかね？」

マザー・ゼノビアは、わたしが記憶の薄れた老人と調子をあわせて機嫌をとっているんじゃないかとうたがっている。目が見えたなら、鋭い目つきでわたしをにらんだことだろう。

「いいえ、はじめて聞く話です。ただ、マイティ・シャンダーのことは、ザンビーニ会館の魔術師たちがよくうわさしているので」

「あの人は世界じゅうの魔術師のものさしになるような人だった」マザー・ゼノビアは重々しく言った。「だから今、魔力を測定するのに〝シャンダー〟という単位を使うんだ」

ヒキガエルにげっぷをさせるには二〇〇シャンダーぐらいの力がいる。卵を一個ゆでるには一〇〇〇シャンダー以上必要だ。わたしの魔力は一五九・三シャンダー。国民平均の一五〇に近い。わたしの力はその程度のものだ。

「どこまでいったかね？」話の道筋を忘れたマザー・ゼノビアがきいた。

「マイティ・シャンダーのような魔術師が必要だったというところです」

「そうそう。あの人物がどこから来たのかだれも知らないし、どこへ行ったのかもだれも知らない。どういう顔立ちで、何が好物だったのか知る人もほとんどいない。それでもひとつのことについては、みんなの意見が一致していた。マイティ・シャンダーは、この地上に存在する最強の魔術師だと。風をあやつったペルシアの魔術師ムシャド・ワシードよりも、フランスのバイユー出身の魔術師ガラン・ドゥ・ポヴォワーよりも、そしてワイト島を浮島にしたスコットランドの魔術師アンガス・マクファーガソンよりも強力だと。浮島になったワイト島は冬になるとタグボートではるか南のアゾレス諸島のほうまで引っぱっていくんだ。今でもそうやって動かしているはずだよ」

「今はエンジンをつけているはずです」わたしはいった。マザー・ゼノビアは新しい情報にはうとい。「あの……マイティ・シャンダーには、エージェントがいたんですか？」

「歴史には残っていないね。なぜそんなことをきくんだい？」

「いえ、別に。それからどうなったんですか？」

マザーはまただまって少し考え、お茶をひと口飲んでから話をつづけた。

「一五九一年の六月だった。マイティ・シャンダーはイングランドにやってくるやいなや、そのすさまじい力を見せつけようと決意したらしく、スノッドヒルに〈グレート・キャッスル〉を建てた。それ以来あの城は、ヘレフォードの代々の君主の居城になっている。城をつくりおえると、シャンダーはそこにどっしりと腰をすえて、うわさがひろまるのを待った。あっというまにひろまったよ。一週間もたたないうちに、当時ブリテンにあった七十八の王国から大使が駆けつけて、マイティ・シャンダーにぜひ王室おかかえの魔術師になってほしいとたのんだ。なにしろ近代兵器が発明される前、最も力のある国というのは最も強力な魔術師をかかえている国だったからね。けれどもマイティ・シャンダーというのは、金持の国にすりよったり、いじめっ子が弱い者いじめをするのに力を貸したりするような男じゃなかった。どこの国にも与《くみ》せず、すべての国のために働く、と彼はいった。そこで七十八か国の大使は国へ帰って君主と相談し、また国同士でも意見を出しあって、ふたたびマイティ・シャンダーのもとへ行くと、自分たちにとっていちばんありがたいのは、ドラゴン問題を片づけてもらうことだと伝えた。シャンダーは、ひいでた額に重々しく指先を当て、重々しく考えた。そして、その仕事をうけおってもいいが、大変困難で長い時間がかかるから、料金は高くつく。そして、荷馬車十八台分の重さの金をいただきたい、といった。『荷馬車十八台分の重さの金ですって？』大使たちは料金の高さに仰天して、たがいに顔を見あわせ、こういった。『気はたしかですか？　ムシャド・ワシードは荷馬車七台分の重さの金でドラゴンを根絶やしにするといってきたんですよ！』と」

「マイティ・シャンダーには、ぜったいエージェントがいたな」わたしはにやっとした。

「しかもムシャド・ワシードのエージェントより有能なのが」

「口をはさまないようにといわなかったかね？」

「ごめんなさい」

マザー・ゼノビアは、話をつづけた。

「シャンダーは大使たちにこういった。『ムシャド・ワシードはよい魔術師ではありますが、わたしの足の小指の先の百分の一ほどの魔力も持ちあわせていない』

『しかと聞いたぞ！』ムシャド・ワシードが変装をかなぐりすてて、前へ進みでた。シャンダーがとんでもない料金を吹っかけたときいて、前の日にこっそりシャンダーの城にまぎれこんでいたんだ。『あんたの、その強力な足の小指とやらを見せてもらおうか』

ワシードはそういったが、シャンダーは応じることなく、深々と、額が床につくほど頭をさげると、敬意のこもった声でうやうやしくいった。

『我がつつましき城へようこそ。ペルシア帝国一の高貴なる魔術師。風と潮をあやつり、彼の地では〝タムシンを静める者〟として知られるお方』」

「カムシンじゃないんですか？」わたしはきいた。「アラビア半島に吹く熱風のことですよね」

「カムシンだったらカムシンっていうよ」マザー・ゼノビアがいった。「タムシンというのは、ムシャド・ワシードのふたりめの妻だ。それはそれは恐ろしい女でね。光り物と美しい服を集めること、そしてウサギの乳で入浴することがあまりにも好きで、そのせいでフェミニズムの進行が四世紀遅れたといわれている。そしてあんたがまた口をはさむから、残りはもうシスター・アサンプタから聞きなさい」

「ああ、ごめんなさい。だまって聞きますから」

シスター・アサンプタは好きだけど、話をするときなんでもかんでもクリケットにたとえるのがうっとうしい。この話だってきっと騎士側の最後の打者はマイティ・シャンダー、薄れゆく夕明かりのなか五十点を追って攻撃に立つ、なんて話になりそう。

「よろしい」マザー・ゼノビアはいった。マザーもクリケットのたとえが好きじゃない。

「これが最後のチャンスだからね。

『偉大なるムシャド・ワシードよ』とシャンダーはなおもいった。『〈魔術師月報〉であなたの業績について拝読いたしました。雷雨と風をあやつるお話、大変参考になりました』

しかしペルシア人の父とウェールズ人の母からはげしい気性を受けついだムシャド・ワシードは、あまりにもかっかしてシャンダーの慇懃《いんぎん》な態度に応じる余裕はなく、西の空からすさまじい雨雲を呼びよせて嵐を巻きおこした。不連合王国の七十八か国の大使たちは、あたふたと自分たちの馬車へ走り、ついにムシャド・ワシードとシャンダーが直接にらみあう形になった。ふたりはたがいに相手をにらみつけ、まさにスーパーグランドマスター・ソーサラー同士の魔法合戦がはじまるかと見えた。しかし、魔術師の決まりではシャンダーが魔法を使う番だったにもかかわらず、彼は何もしなかった。そしてこういった。
『よろしい』シャンダーはゆっくりと笑みを浮かべた。『ではドラゴン問題はあなたにおまかせするとしましょう。わたしはあなたが失敗したら、もどってきます』それだけいうとシャンダーは姿を消した。

ムシャド・ワシードは、はっと息を飲んだ。じつのところ自分の力は、マイティ・シャンダーにくらべたら取るに足りないものだとワシードにはわかっていた。アレキサンドリアで城を建てたときだって、ひと晩ではなくひと月かかった。以前には昼休みに城をつくったことも何度かあるが、そういう急ごしらえの城にはシャンダーの城にあるような一万六千平方メートルの温水プールも、これまでに出版されたすべての本をおさめた図書室も、世界じゅうのあらゆる動物に加えて自分が魔法でつくりだした動物の——クォークビーストもそのひとつだね——いる動物園もない。

『しまった』とムシャド・ワシードは思った。不連合王国の七十八か国の大使たちがレインコートや長靴を身につけて馬車からおりてくる。みな、ムシャド・ワシードがどうやってドラゴン問題を解決してくれるのかとわくわくしていた」

ドラゴン問題

「ムシャド・ワシードはさっぱり自信がなかったが、仕事を引きうけることにして、この問題に全身全霊で取りくんだ。まずはドラゴンスレイヤーと呼ばれる戦士をつのらなくてはならない。求められるのは、勇敢な心を持つ、おつむの少し足りない男女だ。この者たちに五年間訓練をほどこしたあと、職に任じることにした。ワシードはそのひとりひとりに勇敢で頭のいい馬をあてがい、槍と剣もあたえた。どちらも最高級の鋼でつくられ、さらに魔法で研ぎすましたものだ。魔法は刃《やいば》のまわりをくるくる飛びまわって仕上げをほどこし、あまった端は結ぶのではなく、きっちりと織りあわせてつないだ。どんなにかたく結んだひもでもほどくことができるように、魔法だってほんのわずかでも端が飛びだしていれば、ばらばらにほどけてしまうからね。

ムシャド・ワシードはこのような槍と剣を百振りずつこしらえ、ドラゴンスレイヤーを百人養成した。さらにドラゴンスレイヤーにはひとりずつ見習いをつけ、師匠から学ばせるようにした。すべての準備が順調に運んで八年たったとき、ムシャド・ワシードはドラゴンを退治すべくドラゴンスレイヤーたちを送りだした。

はじめはかなりうまくいっているように見えた。ドラゴンが倒されたという知らせが、つぎつぎに入ってくる。元気者のピンク色のドラゴン〝バブルズ〟・ビーズリーも倒された。最後に残した言葉は『このなかにニューカッスル出身のやつはいるかい？』だったと伝えられている。

死んだドラゴンの額から取りだした宝石の数はどんどん増えていった。当時の調査では四十七頭のドラゴンがいるとされていたから、不連合王国の大使たちは宝石が四十七個集まればドラゴン問題が解決したことになると考えた。荷馬車七台分の重さと同じだけの金が早くほしいと望んでいたのは、ムシャド・ワシードだけではない。この魔術師の野営地をぐるりと取りかこむようにして、ホテルやレストランの経営者、クリーニング会社、仕立屋などが集結していた。みなムシャド・ワシードに八年間、つけでサービスを提供していたから、早く料金を回収したかったんだ。ドラゴンを倒したという報告があちらこちらからときどきはじめると、不連合王国の住民たちはみな喜んで記念のパーティーを計画しはじめた。ドラゴンがいなくなれば、作物は焼かれずにすむし、家畜も食われない。それに夜出あるくとき重たい銅のヘルメットをかぶらなくてもすむ。だから、とりあえずだれもが喜んでいた。

ムシャド・ワシードが四十七頭すべてのドラゴンを倒したと発表すると、七十八人の大使が何台もの頑丈な荷車に金を積み、雄牛にひかせて彼のもとへやってきた。ムシャド・ワシードをたたえるために盛大な宴《うたげ》がひらかれ、二十九種類の料理からなるコースと五十二種類のワインが供された。踊り子に、曲芸に、火食い男……完璧な宴だった。そしていちばん上座にドラゴンの額から取りだしたきらめく宝石の山を椅子代わりにして、ムシャド・ワシードその人がすわっていた。ところが、いくつかの祝辞が終わり乾杯がおこなわれようというそのとき、北のほうから風を切るすさまじい音と、翼のはためき、そしてとどろくような咆吼《ほうこう》が聞こえてきた。たそがれの空が近づいてくるドラゴンの群れで暗くなるのを客たちは目《ま》の当たりにした。小さなドラゴン、大きなドラゴン、灰色のもの、青いもの。耳をつんざくばかりの鬨《とき》の声をあげて、鋭く風を切り、かぎ爪をふりたて、火を吐きながら飛んでくる。宴は止まり、楽士たちは演奏をやめた。ミルクは腐り、ワインは酢になった。ドラゴンの目ざす先は明らかだった。みな、ムシャド・ワシードの宴に向かって一直線に飛んでくる。大使たちはふるえあがり、偉大で強力な魔術師に助けを求めた。

『偉大なるムシャド・ワシードさま、不連合王国には四十七頭のドラゴンがいて、あなたはそのすべてを退治したとおおせられた。ならばいったいあのドラゴンたちは何者で、どこから来たのですか？』

ワシードはあきらめたようにため息をついた。

『どうやらドラゴンを退治したという報告は、かなり水増しされていたようだな』

ドラゴンの復讐《ふくしゅう》は、すばやく容赦なく徹底的だった。ムシャド・ワシードは八年間の労苦で魔力が弱まっていたせいもあって、なんの反撃もできなかった。ドラゴンの恐ろしい鳴き声と犠牲者の悲鳴は三十キロはなれたところでも聞こえたという」

わたしはたずねたいことがひとつあったけれど、残りをシスター・アサンプタから聞くはめになりそうだったから、ぐっとこらえた。

「生きのこったのはたったひとりで、その人が後世にこの話を語りつたえたわけだ」マザー・ゼノビアはいった。「ムシャド・ワシードは業火に包まれ、立ったまま炭になったという。ドラゴンたちはムシャド・ワシードの本営を徹底的に焼きつくし、荷車も馬も大使も楽士も客もみな、こまかい灰色の灰にした。それがすむとドラゴンたちは元いたところへ去っていき、あとには黒く焼けただれた土地と、不満顔をしたホテルやレストランのオーナーたちが残された。結局、つけは払ってもらえずじまいだったのだ。

ムシャド・ワシードはドラゴン問題を解決することができず、ドラゴンは前と同じようにのさばりつづけた。驚くにはあたらないが、ドラゴン根絶という人間の試みに腹を立て、各地で大あばれしたんだ。ドラゴンスレイヤーもたいして役には立たなかった。年が暮れてふたたび国土が雪に包まれるころまでに、かろうじて三頭のドラゴンが退治されたが、その間《かん》、七人のドラゴンスレイヤーが命を落としたんだからね。すべてがどん詰まりの状況だった。報酬を出ししぶってムシャド・ワシードに仕事を依頼した、七十八人の国王、皇帝、女王、大統領、独裁者、公爵、そして選挙で選ばれた首長は、あと荷馬車十一台分の重さの金を追加してマイティ・シャンダーをやとえばよかったと心の底からはげしく後悔した」

「すごい話ですね」マザー・ゼノビアが言葉を切って息をついだすきにわたしは言った。

「でも何十頭というドラゴンがいたとすると、額から取りだした宝石はどこから持ってきたものなんでしょう？」

「だれにもわからない」マザー・ゼノビアは言った。「ドラゴンの頭数調査がまちがっていたのかもしれないし、ワシードが報酬目当てに偽物をつくったのかもしれない。あたしにわかるわけがなかろう？　でも山場はまだこれからだよ」

マザー・ゼノビアはまた言葉を切ると、いきなり空中からペンチを取りだして、クォークビーストのあんぐりとあいた口に差しこんだ。

「昔シスター・アンジェリーナがクォークビーストを飼っていてね」魔法を使ったせいで、少し息を切らしながら説明する。「クォークビーストのグルーミングセットには、ペンチとコルク栓ぬきとやすりが必要だよ。ああ、これこれ――ほら、取れた！」

シスターがペンチを引きぬくと、クォークビーストはガチッと音を立てて口を閉じた。ペンチには、ねじれた金属がはさまっていた。

「缶詰のかけらだね。第五犬門臼歯《きゅうし》の裏にはさまっていた。よくあるんだよ。どこまで話したかね？」

「山場はまだこれからだっていうところです」

マザー・ゼノビアはにっこりした。

「こういうことさ。その年の冬、マイティ・シャンダーはもどってこなかった。つぎの春も。

夏から秋、冬になり、また夏が来て、またつぎの春が来た。その年の夏のある日、シャンダーは姿を現した。『遅くなって申しわけない』大使たちが勢ぞろいするとシャンダーはいった。『ひとつふたつ、用事があったものでね』

『どうかお助けください』と大使たちは泣きついた。ひとりをのぞいて、みな新任だ。『ムシャド・ワシードがドラゴンスレイヤーを育てようとしましたが、ドラゴン問題はかえってひどくなっておりまして――』

『ああ、ああ、わかっているとも』シャンダーは、さえぎるように言った。『新聞ですっかり読んだよ。恐ろしいことだ。わたしがドラゴンを静めるための料金は、荷馬車二十台分の重さの金に値上がりしているが、それでもよろしいか？』

七十八人の大使たちは、少しだけ話しあったのちに相手の言い値を無条件に受けいれた。シャンダーはすぐ仕事にかかった。

初年度にはドラゴンの言葉を学んだ。二年めにはドラゴンが年次総会をひらく場所をつきとめた。三年めと四年めにはその総会に出席し、五年めには発言した。

『おお、賢く富裕なるドラゴンよ』と、彼は語りかけた……と言っても、だれも同伴していなかったから、彼自身の言葉にたよるしかないのだけれどね。『わたしは人間たちから、みなさんの息の根を止めるよう依頼されました。その気になればたやすくできます』

ここでシャンダーはとなりのドラゴンをいきなり石に変えてみせた。自分の力を誇示するためだ。

『取るに足りない人間め！』アースワイズというドラゴン評議会の議長が吐きすてるようにいった。『見ておれ！』

ところがこの最強のドラゴンが、いくら最強の魔法を繰りだしても、石になった仲間を元にもどせない。おまけにシャンダーを攻撃することもできなかった。シャンダーが自分とドラゴンとのあいだに電気をバリアのように張りめぐらしたので、無防備に近づくと爪に電気ショックを受ける。しばらくしてドラゴンたちが落ちつきを取りもどすと、シャンダーは石に変えたドラゴンをもとの姿にもどしてやってから、こういった。

『あなたがたは今、わたしが発する死の言葉を目の当たりにした。それによって生の言葉が真実であることもおわかりいただけると思う。人間は、いつまでも取るに足りない生物のままではない。わたしには未来が見える。そのころには、うっとうしい砲弾はより強力なものになり、鉄でできた巨大な地上生物が、あなたがたの根城にせまって、思いもよらぬほど強力な砲撃を浴びせるだろう。そのあとには、鉄の翼を持つ生き物が音よりも速く空を飛ぶようになる。未来のそんな場面が見えるからこそ、今人間と和平を結ぶ必要があると申しあげる』

アースワイズがじっとシャンダーを見つめた。鼻から煙がひとすじ立ちのぼり、洞窟の天井のあたりをただよう。アースワイズもまた未来を垣間見ることができたから、シャンダーの言葉がうそではないとわかった。ふたりは夜ふけまで長いこと話しあい、翌朝、アースワイズはシャンダーを乗せて七十八人の大使のもとへ飛んでいった。大使たちはドラゴンを間近で見て恐れおののきながらも、新しい取りきめに熱心に耳をかたむけた。それはじつに簡単明瞭なものだった。ドラゴンには土地があたえられ、その土地にはつねに羊や牛など、えさになる家畜をたやさないようにする。すべてのドラゴンランドは境界を示す石で囲み、人間が侵入しようとすれば一瞬で蒸発するほどの強い魔法を張りめぐらす。ドラゴンのほうは人間を食うことと、町を焼くことをやめ、人間の家畜には手を出さないようにする。ドラゴンスレイヤーはひとりだけを残して、決まりが守られるよう監視し、もしもドラゴンが法を破ったら罰をあたえる。

こうして双方は合意した。ドラゴンランドがつくられて家畜が放され、境界に石が置かれた。最後のひとりとなるドラゴンスレイヤーは平和の守り手として新たに教育を受けなおし、シャンダーは荷馬車二十台分の重さの金をもらって姿を消した。これがドラゴン協定ができるまでのてんまつだ」マザー・ゼノビアは声を張りあげ、話をドラマチックに結んだ。

「マイティ・シャンダーはどうなったんですか?」わたしはきいた。どんな物語だって、ほんとうは終わりなんかなくて、つづいているはずだとわたしは思っていた。

「四百年も前のことなんだよ。マイティ・シャンダーは隠居して、荷馬車二十台分の重さの金を持ってクレタ島へ引っこみ、安楽に余生を送ったそうだ。ドラゴンの数は協定ができてからずっと減りつづけている。一頭をのぞいてはみんな老衰で死んだ。十一年前にムフォスキーというドラゴンが死んだから、ここから十五キロほどのドラゴンランドに住んでいるモルトカッシオンが、最後のドラゴンになった。モルトカッシオンが死んだら、ドラゴンはもうこの世からいなくなる」

「それじゃあ――」

わたしはいいかけたけど、マザー・ゼノビアは灰色の霧のなかへ消えてしまった。いきなりテレポーテーションするのも、マザーの数多い得意技のひとつだ。振りかえるとマザーが食堂のなかにまた現れたのが見えた。きっと好物のソーセージでも出たんだろう。

「ねえ、バーニス、いまの〝B1-7G〟ちゃんと書きとめた？」わたしは近くにすわっていた修練女にきいた。「何かあったらこまるから」

バーニスはにっこりした。

「マザーのことはしっかり見はっていますからだいじょうぶですよ、ジェニー。心配しないで」

頭のなかにドラゴンや、協定や、シャンダーや、スレイヤーや、指標石のことがぐるぐるめぐり、昼ごはんを食べそこねたことに気づいてさらにぐらぐらしながら、わたしはドーストーンにある、昔よくピクニックをした場所へ車を走らせた。そこはドラゴンランドのすぐ近くだ。車をとめ、芝生を横切って、ブーンとうなりをあげる指標石――六メートル間隔でドラゴンランドをぐるりとかこんでいる――に歩みより、あたりを見まわした。ドラゴンランドの内側は、まったく人の手がはいっていない、ヒースにおおわれた土地だが、人間の側にはまるきり別の光景がひろがっていた。モルトカッシオンがまもなく死ぬといううわさがひろまったせいで、そこらじゅうにテントが張られ、キャンピングカーもあちこちにとまっている。人々が折りたたみ椅子にすわって輪になり、魔法瓶のお茶を飲みながら話をしている。土地を囲いこむための杭《くい》と紐《ひも》は、みんなごっそり用意しているようだ。ドラゴンランドは九百平方キロもあるので、ものにできるチャンスも大きい。なかにはランドローバーをドラゴンランドのほうへ向けて待機させ、ドラゴンが死んだらすぐドラゴンランドに乗りこんで、だれよりも先に大きな土地を囲いこもうと画策している人たちもいる。

マザー・ゼノビアの話にあったように、いちばん最近死んだのは〝ベドウィンのオオトカゲ〟の異名を取ったムフォスキーというドラゴンで、当時のマールバラ丘陵《きゆうりよう》に住みかがあった。そのときは指標石のうなりが突然やみ、ボールスという向こう見ずな若者がドラゴンランドに足を踏みいれてだれもいない丘を歩きまわり、ついにドラゴンのねぐらを突きとめた。地中深いところにある洞窟だったが、ムフォスキーの固い皮膚にけずられて、壁はすっかりなめらかになっていたという。そこには牛と羊の骨が山のようにあり、宝石や金もいくらか見つかった。そして巨大なドラゴンの死骸があった。ボールスは額の宝石を取りだし、それでりっぱなタウンハウスを買った。その後二十四時間のうちに、マールバラのドラゴンランドは一平方センチも残さず囲いこまれ、ついでに、めずらしいぶちなしブウォークのつがいが、通りすがりの猟師にしとめられて剝製《はくせい》にされた。そのあたりの土地は、いまでは農地になっている。

わたしは無人のドラゴンランドを見わたしてから、そのまわりにぞくぞくと集まってくる人たちを見つめた。心の奥に根ざす集団本能に引きよせられるかのように、欲にかられて集まってくる人々。人間のやさしさが腐敗しはじめている。それはいいことではなかった。

パトリックと補導員

カザムに帰るとタイガーがロビーにいたので、なぜいわれたとおり事務所で電話番をしていないのときいた。

「はは。おもしろいね」タイガーはいった。

「ラドローのパトリックにやられたんでしょう」わたしは笑いをかみころしながらいった。タイガーは、みすぼらしいロビーの地上九メートル、シャンデリアの上に乗っかっていたのだ。「いつからそこにいるの?」

「三十分前」タイガーは、むすっと答えた。「ほこりだらけだし、かまってくれるのは〝はかなきヘラジカ〟だけ」

「ここにいると、ときどき悪気のないいたずらをされちゃうんだよね」わたしはいった。

「それに一週間のうちに能動的浮揚と受動的浮揚の両方を体験できたんだからラッキーだよ」

「何が能動的で何が受動的なのさ?」

「空飛ぶじゅうたんで飛ぶのが能動的、重いものを持ちあげるのが受動的。ちがいを感じた?」

タイガーはふくれっ面で腕組みをした。「さあね」

「パトリックに持ちあげられたとき、歯に金属を詰めたところが痛まなかった?」

「ぼくの詰め物はマジクリートだもん。そっちのほうが安いから」タイガーはまだふくれっ面だ。

「そっか。気にしないで」わたしは事務室のほうへ歩きだした。「パトリックにおろしてってたのんでくる」

〈エイヴォン・スイート〉に入ると、浮揚術を使った当の本人がビスケットを食べていた。ラドローのパトリックは三十九歳。ちょっと単純なところはあるけど、気がやさしい。そしてふしぎな見た目をしている。受動的浮揚術の使い手はだいたいみんなそうだけど、ふつうはつかないところに筋肉がついていて、足首や手首、手足の指、それに後頭部の筋肉が盛りあがっている。

「駐車違反車の移動はどうだった?」わたしはきいた。

「八台移動させましたよ、ジェニファーさん。これでぼくの通算成績は四千七百四台になりました。ところかまわず駐車する人にいちばん人気のある車の色はシルバー。いちばん人気がないのは黒です」

「ところで、タイガーをシャンデリアにすわらせたのは、ウィザード・ムービンにいわれたから?」

パトリックは自分ではあんないたずらをしないはずだ。

「そうですよ、ジェニファーさん。いけませんでしたか？」

「いけなくはないけど、ムービンは軽い冗談のつもりだったんだと思う。すぐにおろしてあげてくれる？」

パトリックがロビーに向けてさっと手を振ると、まもなくタイガーが眉をひそめて事務室にはいってきた。

「パトリック、こちらはタイガー・プローンズ。七代めの捨て子。ここでわたしの手伝いをしてくれることになったの。タイガー、こちらはラドローのパトリック。空中浮揚術の使い手で、だれか別の魔術師にいわれてあなたをシャンデリアにすわらせちゃったの。だからパトリックのせいじゃないんだ。うらまないで仲よくしてね」

パトリックは礼儀正しくさっと立ちあがると、会えてうれしいですといって、手を差しだした。タイガーは目をぱちくりさせた。パトリックの手は、ゆでたハムから指先が五本突きだしたような形をしている。タイガーがそんな風変わりな手を前にしてどうするかと思ったけど、感心なことに少しもたじろがず、指を一本にぎって握手した。タイガーがいやがるそぶりを少しも見せなかったので、パトリックはさもうれしそうににっこりした。パトリック自身は自分の姿形を受けいれてはいるけれど、気にしていないわけではないのだ。

「シャンデリアにすわらせたりして、申しわけなかった」パトリックはいった。

「いいんですよ」タイガーは相手に悪気がなかったと知って、すっかり機嫌を直していた。

「高いところはながめがよかったし。あの、そういう手でどうやってものをつかむんですか？」

「つかむ必要がないんだ」パトリックはそういって、ティーカップを思念だけで口まで持ちあげてみせた。

「便利ですね」と、タイガー。「ところで、もうひとつのシャンデリアにすわっていた人はだれですか？」

「えっ？」

もうひとつのシャンデリアにも人がすわっていたとタイガーが繰りかえすので、わたしは見にいった。ほんとうだ。だれだかわかったとたん、わたしは口をぎゅっと閉じて、笑いだすのを懸命にこらえた。

「ねえ、パトリック」ロビーから事務室に向かって叫ぶ。「補導員さんをおろしてあげてくれない？」

パトリックはしぶしぶおろしてくれたけれど、タイガーのようにふわりとおろしはしなかった。児童補導員はじゅうたんにどさっところがった。

「ごめんなさい」わたしは申しわけないと思っていなかったけど、そういった。「パトリックは根に持つタイプなんです。おふたりは前に何かでもめてましたよね？　もう和解したんですか？」

「人にきらわれる職業ですからね。しかし、だれかがやらなくてはならない」

児童補導員は、体についたほこりを払った。イタチのような顔立ちで、顔じゅうにいぼがあり、黒い髪がカーテンのように顔の両側に張りついている。

「国王陛下の公僕に対して、もっと敬意を払っていただきたいものですな」

「よくいっておきます。わたしたち、スノッド陛下に仕える方々を侮辱するような行為は、厳につつしんでいますから」

「それはよかった」補導員はいったけれど、本気で信じていないのがわかった。「おたくに新しい捨て子が来たそうですが、どういうわけで学校にかよっていないのか、教えていただけませんか」

わたしはタイガーと顔を見あわせた。いそがしくて学校へはかよえないし、カザムで働くこと自体が教育になる。それに、もしほんとうに学問的なことを学ぶ必要があれば、いつでも魔術師のだれかに手伝ってもらえる。魔法の枕の下に本を置いておけば、眠っているあいだにその内容がみごとに頭にしみこむのだ。でも残念ながら、教育委員会はそれでよしとはしてくれない。

「プローンズくんの通学拒否にもっともな理由がなければ、ご本人の意思に反してでも強制的に通学してもらうことになります」

わたしは言葉に詰まった。わたしがカザムに入ったときは、ミスター・ザンビーニが補導員にわいろを渡した。でもそれは別の人だったし、その後、収賄《しゅうわい》で刑務所行きになった。わたしにとって幸運だったのは、捨て子は十四歳になれば学校へ行くかどうか自分で決められるということだ。たぶん経済とか安い労働力とかに関係しているのだろう。でもこの補導員にもわいろが効くかはどうかわからないし、どっちみちそんなお金もない。そして公務員に魔法を使って意思を曲げさせたりしたら火あぶりまっしぐらだし、何より人の道に反している。

わたしが迷っていると、タイガーが自信たっぷりにいった。

「ぼくは学校へ行かなくてもだいじょうぶです。もうなんでも知ってますから」

いきなり大ぶろしきをひろげたので、わたしが思わず眉根を寄せると、補導員が笑っていった。

「じゃあこのクイズに答えてもらおうか。ジョージ・S・パットン将軍の〝S〟は、なんの略だ？」

「〝スミス〟？」

「ふむ」補導員はうたがわしげにうなった。「まぐれだろう。じゃあ一〇〇一を素因数分解すると？」

「かんたんです。七、十一、十三」

わたしは笑いをかみころしてまじめな顔をしながら、タイガーがきのう〝めざましき〟ケヴィン・ジップから教わった答えをすらすらとならべたてるのを見まもった。ちゃんと暗記しておいてくれてよかった。

「よろしい。今のはなかなかたいしたものだ。では、最後の問題。モンゴルの首都は？」

「ウランバートルですよね？」

「そのとおり」補導員が、とまどったような顔になった。「どうやらきみはほんとうになんでも知っているようだね、プローンズくん。それではごきげんよう、ミス・ストレンジ」

児童補導員は不機嫌そうにどすどすと足音を立てながら出ていった。

「なるほどね」タイガーがいった。「ケヴィン・ジップに〝めざましき〟っていう称号がついてるわけがよくわかったよ。競馬はどうなの？　すごくかせいでそうだけど」

「それが、身ぐるみはがれてるんだよね」わたしはいった。「予言者ってそういうものなの。いろいろ予知するけど、自分のことはさっぱりなんだ」

ノートンとヴィリヤーズ

ウィザード・ムービンの事故を記録した〝P3‐8F〟の書類と、きょう一日のもろもろの仕事に関する〝B1‐7G〟の書類を記入しおえると、五時に事務室を閉めた。あとは関係する魔術師にサインをもらえばきょうの仕事は終わりだ。ところがロビーに向かって歩いていくと、クォークビーストが首筋の毛をさかだて、のどの奥でうなり声を立てた。そのわけはすぐにわかった。ロビーのオークの木の大きくひろがった枝の下で、ふたりの男がわたしを待っていたのだ。

「クォークビーストをおとなしくさせなさい、ミス・ストレンジ」ひとりがいった。「きみやその動物に害をあたえるつもりはないから」

ふたりとも、いい身なりをした、よく知る人物だった。王国警察の警察官で、〈魔法法（一九六六年改正）〉の逸脱行為を取りしまる係だ。わたしはカザムに来たころからこのふたりを知っていて、確実にいえることがふたつある。一、ふたりとも手ぶらで帰ることになる。二、ふたりとも毎回決まった自己紹介をしてから話をはじめる。どちらもわたしのことを知っているし、わたしもふたりを知っているのに。

「わたしはノートン刑事」長身でやせているほうの警官がいった。「こちらはヴィリヤーズ巡査部長。ふたりとも国王陛下直属の警察官だ。調査にご協力いただきたい」

ヴィリヤーズ巡査部長はノートン巡査よりでっぷりしていて顔も大きい。カザムではよく、あのふたりはダイエット広告の〝ビフォアー&アフター〟みたいだと笑いの種になる。

クォークビーストがうれしそうな顔でヴィリヤーズ巡査部長のズボンのあたりをかいで、しっぽを振った。

「巡査部長、新しい義足をつけてますね。マグネシウム合金の」わたしはいった。

「なぜわかる？」

「マグネシウムって、クォークビーストにとってはマタタビみたいなものなんです。以前のをまだお持ちなら、次回はそちらをつけていらしたほうがいいですよ」

「おぼえておこう」巡査部長はそういって、不安そうにクォークビーストを見つめた。

クォークビーストのほうも巡査部長の脚をじっと見つめて、カミソリの刃のように鋭い牙からよだれをしたたらせている。よしといったら、一秒もかからずに義足を食いつくすだろう。でもクォークビーストは恐ろしい見た目とは裏腹に従順すぎるほど従順だ。クォークビーストは九割がた、ベロキラプトルとフードプロセッサーでできているようなものだけど、残りの一割がラブラドールに近くて、わたしはその一割をとても大切に思っている。

「それで、なんのご用ですか？」

「ミスター・ザンビーニはお戻りかね？」

「いいえ」

「そうか。おたくには、たしか予言者や予知能力者の登録があったね？」

「ええ、ごぞんじのとおりふたり。ふたりとも四級の予知能力検定証を持っています」

「クォーク」とクォークビーストがいった。

「そのどちらかが、モルトカッシオンの死について何かいっていなかったか？」ノートンがきいた。

「そんなの特別な能力がなくてもわかりますよ、刑事さん。ドラゴンランドに行ってみてください。それに王室にもおかかえの予言者がいるんじゃないですか？」

ヴィリヤーズがうなずいた。「〝常ならぬ賢者〟オーニオンズだ。彼もドラゴンの死を予言しているが、それだけでなくドラゴンはドラゴンスレイヤーの手で殺されるといっている。そういう話を聞いていないか？」

「だって、ドラゴンランドに入れるのはドラゴンスレイヤーだけでしょう。賢者オーニオンズって、思っているほど賢者じゃないのかも」

「国王陛下の顧問を侮辱するのは違法行為だよ、ミス・ストレンジ」

わたしはふたりの遠まわしな問いかけにうんざりしていた。

「何がききたいんですか、ノートンさん？　あいさつをしに来たわけじゃないでしょう？」

ヴィリヤーズとノートンが顔を見あわせた。ロビーの奥にある〈パーム・コート〉のドアがあいて、カラマゾフ姉妹が顔をのぞかせる。

「だいじょうぶよ。ありがとう」

わたしがいうと、ふたりはうなずいてひっこんだ。するとヴィリヤーズ巡査部長が口をひらいた。

「賢者オーニオンズによれば、ストレンジという名の若い女性がドラゴンの死に関与するらしい」

「ストレンジなんて名前、電話帳を見れば何百人もいますけど」

「ああ、そうかもしれない。だがクォークビーストを連れてるのはひとりだけだ」

クォークビーストが物問いたげに顔をあげた。

「クォーク」

警官ふたりは王室の予言者の幻視にわたしが登場したことを説明しろとでもいうように、こちらをじっと見つめている。こんな状況でなければ、無視しても差しつかえなかっただろうけれど、身のまわりが騒がしくなってきた今、自分はほんとうに何かの形で関わっているんじゃないかという思いがわいてきた――どう考えてもあり得ないのに。

「予言者は、たとえ王室おかかえの人であっても、毎回予知が当たるわけじゃありませんよね」わたしは何も気取られないよう注意しながらいった。「プロの予言者ならみんないうように、予言で語ることって七割は解釈でしょう。それにストレンジって、形容詞でもありますし」

　ヴィリヤーズとノートンは落ちつかない様子で足踏みをした。幻視を理由に職務質問をするなんて、この人たちにとってもよく意味がわからないのだろう。それでも国王に調べろといわれたら調べざるを得ない。

「われわれはいろいろ手がかりをさぐっているだけだからね、ミス・ストレンジ。きみもスノッド四世陛下（国王陛下万歳！）への忠誠を何よりも重んじてくれるだろう？」

「当然です」

　ヴィリヤーズはうなずいた。

「じゃあ、何かわかったら電話をくれるね？」

「もちろんです」

　ふたりはわたしにそんなつもりがないとわかっていたし、わたしはふたりがわかっているとわかっていた。

　ふたりはそれではごきげんようというと、わざと玄関のドアをあけっぱなしにして立ちさった。

　わたしは自分の部屋へもどってテレビをつけた。恐れていたとおり、ドラゴンが死ぬかもしれないという話が全国ニュースになっている。〝ＵＫＢＣ〟こと不連合王国放送協会が、ドラゴンランドから中継していて、しかも一番人気の女性キャスターを送りこんでいる。

「ＵＫＢＣのソフィー・トロッターです。ただいまブラック・マウンテンズにあるモルトカッシオンのドラゴンランドから中継でお送りしています。最後のドラゴンであるモルトカッシオンがまもなく死ぬという予言がひろまり、ドラゴンランドと境を接する、ここヘレフォード王国には多くの人が集まっています。いつになるのか、だれも正確にはわかっていませんが、年老いた忌まわしい竜が息絶えた瞬間に少しでも広い土地を囲いこもうと、はげしい競争が起こるのは確実です。ドラゴンが死ねば、不連合王国の人々はおぞましき害獣の最後の一頭が地上から取りのぞかれたことによって、ようやく枕を高くして眠れるでしょう。気になるのは、いつなのかということ。今のところ確実な情報はありませんが、ドラゴンが断末魔の声をあげた瞬間に、ＵＫＢＣは土地を囲いこもうとされる方々とともにドラゴンランドに駆けつけることにしています。さて、コマーシャルのあとは、ヘレフォードの騎士といえばこの人、サー・マット・グリフロンの独占インタビュー。ドラゴンが死すべき理由について語り、新曲『馬、剣、そしてわたし』を披露します」

「吐き気がするよな？」戸口から声がした。ウィザード・ムービンだ。朝、爆発事故があったけど元気そうだ。

「サー・マット・グリフロンの新曲のこと？　けっこういいと思った――ああいう歌が好きならだけど」わたしはいった。

「いや、ドラゴンランドのことだ。おれなら国立公園にするな。クォークビーストが安心して暮らせるような場所に。いいと思わないか、クォークビースト？」

「クォーク」クォークビーストがうれしそうにいう。わたしがドッグフードを二缶やると、大喜びで缶ごとばりばり食べた。

「わたしもクォークビーストも国立公園には賛成」わたしはいった。「だけど新入りの子にいたずらするなら、ラドローのパトリックにたのむのはやめてくれない？　パトリックってなんでも本気にしちゃうから」

「なんの話だい？　なあ、これを見ろよ」

そういうとムービンは片手をのばして目を細くした。空気中にパチパチという音が満ち、たんすの上に置いてあった花びんがすーっと宙を飛んでムービンの手におさまった。クォークビーストが興奮して鳴きたてる。しかも花びんは花でいっぱいになっていた。

「きみのために」ムービンがしゃれた仕草でバラの花束をプレゼントしてくれる。

わたしは注意深く受けとった。どう考えても本物ではなく、魔法でつくりだした花の像だからだ。花束は薄暗い部屋のなかで小さなきらめきをまぶしたようにちかちかとかがやき、沈む夕日のようにゆっくりと色を変えていった。とてもきれいだけれど、ふだんムービンが使える魔法をはるかに超えている。

「すごい！」わたしは小声でいってからつづけた。「気を悪くしないでほしいんだけど、これって……？」

「うん、おれも驚いてる」ムービンは認めて、ポケットから小さな装置を取りだした。携帯用シャンダーメーター、魔力を測定する装置だ。ムービンはスイッチを入れて装置をわたしに渡すと、もう一度花びんを宙に浮かせた。わたしはメーターをムービンに向けて測定した。

「いくつだった？」

「三〇〇〇シャンダー」

「先週は、一五〇〇ぐらいしか出なかったのにな」ムービンが声をはずませた。「今朝、鉛が金に変わったのはサージのせいだとしても、やっぱり魔力が二日前の倍になってる」

「ドラゴンの死と関係があると思う？」

「ドラゴンと魔法のつながりは、はっきりとは証明されていないけど、おれの場合はドラゴンランドに近づくほど力が強まる。同じ仕事でも、ずっと東のロンドンでやるとはるかに時間がかかるし、ヨークシャー以北では仕事をしたくない。けどおれの父親は、はるか北にある〈大トロール防壁〉まで行ってもまだしっかり魔法が使えた」

「ミスター・ザンビーニがグレート・ザンビーニだったころ、魔力はドラゴンのおかげだって、いつもいってた」わたしはいった。「ドラゴンがたくさんいれば魔力が強まるし、減れば弱まるって」

「ああ、彼とはよくその話をした」ムービンが思いかえしながらいった。「モルトカッシオンが死んだら、はたして魔法もいっしょに消えてしまうんだろうか？　もしかしたら今魔力が強まっているのは、最後のあがきなのかもしれない。車が燃料切れになるまえに、エンジンがちょっとだけがんばるような」

「カラマゾフ姉妹が〝ビッグマジック〟のことをちらっと話していたけど、どういうものなの？」

ムービンはちょっと考えた。

「昔からある魔法使いの伝説だよ。突然、魔力が爆発的に大きくなって、何もかもが変わるという」

「それって、いいことなの悪いことなの？」

「いいかもしれないし、悪いかもしれない、あるいは、どちらでもないかもしれないし、両方かもしれない。だれにもわからない」

ふたりともちょっとだまりこんだけど、わたしにはまだ知りたいことがあった。

「わたしがドラゴンスレイヤーと話をしてみるっていうのはどうかな？」

「まだいるのか？」

「いるはず。だって、ドラゴンスレイヤーをひとり置くって、ドラゴン協定で決まってるんでしょう」

「さがしてみれば？　それにドラゴンが死なないってこともあり得る。なんだかんだいって、予言者や予知能力者が見るのは、未来のひとつの形にすぎないんだ。予知された未来のうち、けっして変えられないものなんていうのは、たとえあったとしてもごくわずかだよ」

それだけいうとウィザード・ムービンは部屋を出ていった。バラの花はしばらく見つめているると、魔法の力が薄れるにつれて、ちかちかまたたきながら消えていった。

そのすぐあとにノックの音がして、レイダーのオーウェンが入ってきた。オーウェンはカザムのもうひとりのじゅうたん乗りだ。ウェールズ中部の無法国家、カンブリア帝国から、十年ほど前に亡命してヘレフォードにやってきた。じゅうたん乗りだから逃げだすのはお手のものだ。

「なあ、これを見てくれよ、ジェニファー」オーウェンは不機嫌そうにいうと、カーペットをひろげて、部屋の真ん中に浮かせた。

「ひどいだろ、これ」

そういってテーブルの電気スタンドを取ると、じゅうたんの下に差しいれた。すり切れて薄くなったところから光がすけて見える。

「本格的に穴があいたら、ぼくは引退するからね。ブラザー・ヴェロビアスみたいな運命をたどりたくない」

ブラザー・ヴェロビアスは三十年ぐらい前に魔法のじゅうたんのタクシー運転手をしていた人だ。当時はまだ今のように、魔法のじゅうたんを使った商売に対する規制だらけではなかった。ところがある日、ノリッジまで高速で飛ばしていたとき、乗っていた〈トルクメン

Mk18−C型〝ブハラ〟〉が空中で崩壊するという事故が起こり、ヴェロビアスと乗客ふたりは死んでしまったのだ。航空事故調査委員会は崩壊したじゅうたんをねばりづよく復元し、最終的に崩壊の原因が繊維疲労であることを突きとめた。その後、すべてのじゅうたんが検査を受けたが、乗客運送に関するきびしい安全基準をパスしたものがひとつもなかったので、すべてのじゅうたんはひとり乗りに制限されることになり、仕事も配達しかできなくなった。それだけではない。すべてのじゅうたん乗りは免許を携帯してじゅうたんに登録番号をかかげ、夜間飛行用の航空灯をそなえつけることが義務づけられたし、スピードの上限は百ノットに定められた。これはフェラーリを売りつけておいて、ギアを一速からシフトチェンジしてはいけないといいわたすようなものだ。

「じつは移植用臓器の配送契約が更新できそうにないの」わたしはオーウェンにいった。

オーウェンはうなだれて、じゅうたんを床におろした。じゅうたんはひとりでに丸まって、部屋のすみに飛んでいった。そばにいたクォークビーストがびくっとして、テーブルの下に駆けこむ。

「じゃあ、ピザとカレーの配達だけになるってことか？」オーウェンが吐きすてるようにきいた。

「穴埋めのため、少し余分に仕事をもらえないかって、今フェデックスと交渉してる」

「食い物の配達はじゅうたん乗りの精神からかけはなれているんだよ、ジェニー」オーウェンが悲しそうにいった。「移植用臓器の配送なら、社会のために働いているという気持ちになれるのに」

「わたしも必死にがんばってるんだよ、オーウェン」

「必死なだけじゃだめってことかもな」

オーウェンはわたしをじろっとにらむと、じゅうたんをひろげて窓から飛びだした。そして配達をするため、〈ベニーズピザ〉のほうへ飛んでいった。

反乱

「金は払わんぞ」きのうわたしが手早く書いた配線と配管の交換に関する請求書を振りながら、ディグビー氏が憤然といいはなった。「プラスチックの配管とはっきり指定したはずだ」

仕事をすませた翌朝だった。ディグビー氏はタイガーとわたしが事務室をあけるとすぐやってきた。

「うちはプラスチックの配管は使いませんよ」〝フル〟・プライスがいった。

「うちはプラスチックの配管は使いません」わたしは繰りかえした。

「いいか」ディグビー氏はいらいらが限界に達したらしい。「わしが配管を交換するよう注文して、プラスチックとはっきり指定したんだから、それでやってもらわなくちゃこまる。こっちが金を払ってるんだから、いうとおりにしろ」

「魔術というものがおわかりでしたら、高分子ポリマーが魔術に対してはあまり反応しないと……」

「あんたらのヴードゥー科学で丸めこもうとするな！」

「そうですか」わたしはため息をついた。「それではうちの者たちに、すぐ配管をはずすよう伝えましょう」

「そんなことはせんでいい！」ディグビー氏がわめいた。「うちの土地に入りこんだら、警察を呼ぶぞ！」

わたしは顔を真っ赤にした人物をにらみつけた。今だけ魔術師の倫理規定をゆるめられたらいいのに。この怒った顔、イボイノシシにしたらきっとお似合いだ。

「じゃあ、少しお安くします」

ディグビー氏がまたぶつぶついうと、プライスが嫌悪感もあらわに事務室を出ていった。

「こんなことをおつづけになると」わたしは請求額を変更して付加価値税を計算しなおしながらいった。「こういう仕事をしようという魔術師がいなくなりますよ。つぎに配管を直すときには、大工にたのんで壁のしっくいをぜんぶはがしてもらってください」

「かまうもんかね」ディグビー氏はしてやったりとばかりに、にやりと笑った。「工事が終わればこっちのもんだ」

ディグビー氏がすたすたと出ていくと、プライスがもどってきた。おもしろくないという顔をしている。

「あの工事、たったの半日で終えたんだよ、ジェニファー。配管工が何十人がかりでやっても、あんなに速くはできない。しかもぼくはきょう、あの仕事の余波でひどい頭痛に悩まされてる。訴えてやればよかったのに」

わたしは立ちあがって、ディグビー氏がサインした小切手をキャッシュボックスに入れた。

「裁判所はめったに魔術師の味方をしないじゃない？　あっちは、一七三九年の〈呪術法〉を持ちだしさえすればいいんだもの。そうすれば、こちらは水責めにされるか、もっとひどい目にあうか……。それを望んでるの？」

〝フル〟・プライスはため息をついた。

「ごめんよ、ジェニファー。あんまり腹が立ったもんだから」

電話が鳴って、タイガーが受話器を取った。

「はい。カザム魔法マネジメントです。ご用件はなんでしょう」

タイガーは相手の話を聞いてからいった。

「すみません、お客さま、人をヒキガエルに変えることはできません。一度変えたら元にもどせませんし、倫理規定に反する行為ですので……いいえ、料金をいただいてもおことわりします。失礼します」

そのとき、レディ・モーゴンがムービンを連れて、大またで事務所に入ってきた。不機嫌そうな――というか、ひどく怒った顔をしている。

「今、ディグビー氏のことを〝フル〟・プライスに説明したところです」わたしは少し不安な気持ちでいった。ミスター・ザンビーニが姿を消して半年になる。これまではどうにか魔術師たちとの衝突を避けてきたけれど、いずれ起こるだろうとは思っていたし、どうやらその口火を切るのはレディ・モーゴンということになりそうだ。

「そのことじゃないよ」レディ・モーゴンがいった。ほかにも何人か、ザンビーニ会館の住人たちの顔が戸口から見える。ケヴィン・ジップのような現役の魔術師もいれば、カラマゾフ姉妹のように仕事をしていない人たちもいる。ここしばらく顔を見ていなかった人たちも来ていた。音使いの術をあやつるモンティ・ヴァンガードもそうだし、もうひとりすごくわだらけで、半分亀になりかけているようなおばあさんの魔術師も来ていた。このふたりは十一階の住人で、ずいぶん昔に引退している。

「じゃあ、なんのご用ですか？」

「小耳にはさんだんだが」レディ・モーゴンは、怒りで体をふるわせながら口をひらいた。「コンスタッフ不動産のミスター・トリンブルが、ドラゴンの死ぬ正確な時間を教えれば二百万ムーラー払うといってきたそうだね」

「はい、そういう話でした。考えておきますとお返事しました」

「ミスター・ザンビーニがいない今、そういうことは全員で決めるべき問題じゃないのかね？」レディ・モーゴンが詰めよる。

「二百万ムーラーは大金だよ」プライスがいった。

「わしら全員が隠居しても、暮らせるだけの金だ」と、モンティ・ヴァンガード。

「オファーがまだ有効かどうかわかりませんけど……」わたしは時間をかせごうとしていっ

た。

「さっき、ミスター・トリンブルからあたしに電話が来たんだよ。オファーはまだ有効で返事をお待ちしてますといっていた」

「ちょっといいですか」わたしは突然、全身がかっと熱くなってきた。「ドラゴンがほんとうに死ぬかどうかはわかりません。それにドラゴンと魔力につながりがあるということは、証明こそされていないものの、この建物にいる魔術師でそれを否定する人はひとりもいないはずです。あたりには〝ビッグマジック〟の気配すらただよっています。そんななかで、ドラゴンの死をネタにしてお金をかせぐなんてよくありません――わたしたちがすべきことではないと思います」

「『わたしたちがすべきこと』をひとりで決めようなんて、何様だい？」レディ・モーゴンが高圧的に問いただした。「どうがんばったって、あんたはミスター・ザンビーニにはなれないし、これからもなれっこない。うまいことひろってもらった、ただの捨て子なんだよ！」

何人かの魔術師が顔をしかめた。そこまでいうつもりだった人はいないだろう。レディ・モーゴンは、わたし個人を攻撃している。そういう問題ではないのに。

「けど、どっちみちドラゴンが死ぬなら、ただで大金をもらえるようなものだよね」〝フル〟・プライスが、とりなそうとするような口調でいった。「それに、もしドラゴンが死んで

〝ビッグマジック〟の可能性が消えたら、ぼくらには何も残らない。魔力もないし、金もない。おまけにこの建物も魔法で崩壊を抑えているようなものだから、魔法が消えたら住む家もなくなってしまう」

「取るべき道ははっきりしてるんだよ」はっきりなんかしていないのに、レディ・モーゴンがいいはなった。「みんな、トリンブル氏の小切手をほしがっている。だからドラゴンの死ぬ日時を知りたい」

でもわたしには、まだ言い分があった。

「みんな、予言の仕組みを知っているでしょう」わたしは「うまいことひろってもらった捨て子」という言葉への怒りをぐっと飲みこんでいった。「ときには寄せられた期待の重みに押されて実現してしまうこともありますよね。ドラゴンが死ぬ日時をお金で売ったら、ドラゴンは死ぬ運命ではないのに死ぬかもしれない。その結果、プライスがいうように〝ビッグマジック〟の可能性が消えたとしたら、魔法をお金で売ったことになる。わたしはそんなの受けいれられないし、ほかにもいやだという人はおおぜいいるはずです。みなさんがこのザンビーニ会館で暮らしているのは、今魔術師であるか、かつてそうだったからでしょう。そのことはとても大切だと思うけど」

部屋のなかが静まりかえった。魔術師はだれにも負けないくらいお金が好きだけど、それ以上に信義と自分のさずかった職業を大切にする。ためしに自分の魔法の力と金貨の山を引きかえられるとしたらどちらを選ぶか、魔術師にきいてみるといい。だれでもかならず魔法を選ぶから。

「今のは、どれも憶測にもとづく話だな」モンティ・ヴァンガードがいった。

「魔法はみんなそうじゃないか？」〝ハーフ〟・プライスが横からいう。「ぼくはこの件に関してはジェニファーに賛成だ」

「楽隠居できるだけのお金は、憶測じゃなく実際にもらえるものだよ」十一階に住む、半分亀のようなおばあさんがはじめてしゃべった。

みんな、だまりこくって突ったっていたので、わたしは動いた。キャッシュボックスからトリンブル氏の無署名の小切手を取りだし、机の上に置く。

「ドラゴンは日曜日の正午に死にます」こめかみの血管がドクンドクンと脈打つのを感じながらいった。「レディ・モーゴンがいみじくもおっしゃったように、みなさんはわたしなんかいなくても意思決定ができます。そしてご指摘のとおり、わたしはミスター・ザンビーニではないし、あの方がいつ帰ってくるのか、ほんとうに帰ってくるのかもわかりません。でも、わたし、ジェニファー・ストレンジは、コンスタッフがモルトカッシオンの死をダシにしてかせぐのを手伝ったりしたくないんです。だから」どんどん怒りがわいてきて、突然口走った。「コンスタッフに手を貸したいなら、カザムには別の社長代理をさがしてください。わたしは年季奉公の残りの期間、〝怒れるメイベル〟の手伝いや〝ミステリアスX〟がまた何かやらかしたときの尻ぬぐいをして暮らしますから」

話しおえると部屋のなかは静まりかえり、魔術師たちはこまったようにちらちらと顔を見あわせた。

「多数決を取るべきだな」ムービンがいった。

「多数決なんかいらないよ」レディ・モーゴンが小切手に手をのばした。「進むべき道がこんなにはっきりしてることは、めったにないんだから」

「多数決を取らずにその小切手に手をふれたら、イモリにしてやる」ムービンがいった。

強烈なおどし文句だ。人をイモリにする魔法は、最後の手段としてしか使わない。元にもどすことができないから、事実上人殺しと同じなのだ。でもレディ・モーゴンは、はったりだと思ったようだ。なにしろ人をイモリに変えるにはものすごい魔力が必要だ。

「あんたが人をイモリに変えられるような時代は、とうの昔に終わったよ」

「おれは鉛を金に変えたんですよ、レディ・モーゴン。鉛を金に」

ウィザード・ムービンとレディ・モーゴンは、じっとにらみあった。魔法は瞬間的にかけるものではなく、いくらか手を動かしたりする必要がある。つまり最初に動いたほうが襲撃者ということになるのだ。最初に動いてだれかをイモリにしたら、動いた人は殺人犯。あとから動いたほうは正当防衛だ。しんと静まりかえったなかで、ふたりはまばたきもせず、にらみあった。一週間前ならただのこけおどしですんだだろうし、ふたりともこの何十年か人をイモリにしたことなんてないけれど、ここ最近、環境魔力が高まっているし、今は早朝だからそんな魔法も発動しかねない。

にらみあいにけりをつけたのは、〝めざましき〟ケヴィン・ジップの言葉だった。

「だれもイモリにはならない」

モーゴンもムービンも、ジップにぴしゃりといわれて、少しほっとしたような顔をした。だれも人殺しにはなりたくない。残虐な刑罰が待っているのだから。

「この予知は、どれくらいはっきりしてたの？」わたしはきいた。

「ああ、これは予知じゃないんだ」ケヴィンはにやっと笑って告白した。「プローンズ先生が電話で話してるのを聞いただけだよ」

みんながいっせいに振りかえると、ちょうどタイガーが受話器を置いたところだった。

「UKBCの報道局に電話したんだ」タイガーはいった。「ドラゴンが死ぬ日時を伝えたよ」

「えっ、なんですって？」

あぜんとするみんなの前で、タイガーは今いったことを繰りかえし、それからこうつけくわえた。「もう情報は表に出ちゃったから、コンスタッフにはうま味がない。オファーは取りさげられるね」

「そんなことするべきじゃなかった」ウィザード・ムービンがいった。

「でもやっちゃったもん」タイガーは大きく息を吸った。「イモリにしたければしていいよ。

でもジェニーのいうとおりだ。ドラゴンは高貴な生き物だし、たぶん魔力のみなもとなんだ。お金のためにドラゴンを売るのは、人さし指を売るようなものだよ。だからぼくには少しもやましいところはない」

「生まれてこなきゃよかったと思わせてやるから覚悟をおし!」レディ・モーゴンが息巻いて骨ばった長い指をタイガーに向けた。タイガーは眉ひとつ動かさない。

「捨て子だから生まれてこなきゃよかったと思うことは、ちょくちょくありますよ」

レディ・モーゴンは言葉に詰まって手をおろすと、「捨て子どもめ! けっ!」と大声でいいすてて、大またで立ちさった。

ほかの魔術師たちも、もう何もできることがないので、タイガーをにらみつけてからぞろぞろと出ていった。あとにはわたしとタイガーだけが残された。

「ばかなことしたね」わたしはいった。「ばかだけど、勇敢なことだった」

「ぼくらふたりともね、ミス・ストレンジ。仕事をやめそうになってたじゃない。やめてもらっちゃこまるよ」

タイガーは、憤慨しながらわたしをじっと見た。すごく明快な正義感を持っている。マザー・ゼノビアのいうとおり、この子は特別だ。怒る気にはなれなかったけど、おとがめなしですませるわけにもいかない。わたし自身の意見は別として、やはりあの小切手のことは多数決で決めるべきだった。でもしかたがない。あとで考えることにしよう。いろいろなことが重なって、頭が混乱してきた。わたしはこういうとき、落ちついてにこにこしていられるタイプの人間ではない。物事が展開しはじめたら、後手にまわらないよう、すばやく立ちまわりたい。

「あなたのことは帰ってから考える」わたしはそういって車のキーを取り、ヒュッと口笛を吹いてクォークビーストを呼んだ。

「電話番をお願い。それからレディ・モーゴンには近づかないように」

「どこに行くの？」

「何が起こってるのか、たしかめにいく」

「コンスタッフを調べるわけ？」

「あそこはただ土地を手に入れてかせごうとしてるだけ。根っこにある真相を突きとめるには、本人と話をしなくちゃ——ドラゴン本人と」

わたしはもったいをつけてそういうと、口をつぐんだ。

「ふーん」タイガーはいった。「一瞬いい考えに聞こえるけど、いったいどうやってモルトカッシオンのところへ行くつもり？　指標石のあいだにつま先を入れただけで、たちまち灰になっちゃうんだよ。万が一なかに入れたとしても、ドラゴンに丸焼きにされないという保証はない。無礼なやつめ、なんていわれて」

わたしはにっこりした。

「手伝ってくれそうな人がいるの。わたしたちと同じ捨て子で、百科事典なみの知識がいつも泉のようにわきでていて、中央図書館の参考図書コーナーもかすむほどだし、国じゅうのあらゆるパブのクイズ大会で優勝してるっていう人が」

「それって――?」

「そう。〝鉄オタ《アノラック》のウィリアム〟」

鉄《アノラック》オタのウィリアム

まずは基本的な知識を得るため、町の図書館に行った。〝鉄オタのウィリアム〟は相談料が高いし、話がつまらないことで有名だ。ものすごくがまん強い人でも、相手をするのは十二分が限界だといわれている。図書館ではドラゴンのことをできるかぎり調べてみたけど、たいして情報はなかった。ドラゴンの研究をした人はだれもいないし、一九二二年に撮影された飛行中のドラゴンのぼやけた写真以外、ドラゴンがどんな姿をしているか知る人もいない。動物学の本をななめ読みしたら、ドラゴンが保護動物でないことはわかった。それどころか、きちんと分類すらされていない。博物学者によれば、ドラゴンが動物界に属していることはまちがいなく、脊椎動物門であることもまず確実で、おそらくは爬虫類《はちゅうるい》だろうという。それ以外はまったく情報がない。

でもいろんな本を読むことで、ひとつ確認できた事実がある。ドラゴン協定が存続している以上、かならずどこかに最後のドラゴンスレイヤーがいるはずだ。ドラゴンが決まりを破ったとき、罰をあたえられるのはドラゴンスレイヤーだけ。男だか女だか知らないけど、ドラゴンランドの指標石を踏みこえてもぶじでいられるのは、その人だけなのだから。きっと近くにいるはずだとわたしは思った。この知識をたずさえて、わたしは鉄オタのウィリアムがいそうな場所へ向かった。ヘレフォードのいちばん大きな鉄道駅だ。予想は的中した。ウィリアムは六番線で石炭車をながめていた。

鉄オタのウイリアムは五十歳ぐらい。ざらっとした生地のパーカーを着て腰に荷づくり用のひもを巻いている。頭はほとんどはげあがっていて、分厚い水晶のめがね越しにわたしを見た。足には古タイヤを切ってつくったサンダルをはき、パーカーの上からダッフルコートもはおっているけど、こちらはすりきれてよれよれで、手つかずで残っているのはボタンだけというありさまだ。

わたしがあいさつすると、彼は顔をあげてうっすらと笑みを浮かべ、あいさつを返した。

「オーディオカメレオンは環境にとけこめるよう、鳴き声を変える。にぎやかな通りにいるときは工事用ドリルのような声、居間にいるときはチクタクという時計のような声を立てる。やあ、こんにちは！」

「ジェニファー・ストレンジといいます。うかがいたいことがあるんですけど」

「わたしは鉄オタのウィリアム」鉄オタのウィリアムがいって、薄よごれた手を差しだし、そのあとすばやくつけたした。「マグナカルタは一二一五年に署名されたが、署名のすぐ上には、『これがいけてるアイディアだと思うやつはここに署名しろ』との文言が記されていた」

それだけいうとウィリアムはまた石炭車に向きなおり、ページをひらいて輪ゴムでとめたきたないノートに数字を書きこみはじめた。

「最後のドラゴンスレイヤーの居場所を知りたいんです」わたしはウィリアムにくっついて、石炭車の列をさかのぼりながらいった。

「その質問を受けたのは二十三年と二か月六時間ぶりだ。キではじまってキで終わる魚は、キングメカジキと切り身のイサキ」

「前回はなんて答えたんですか？」

「一本のズボンにつけたポケットの数の最高記録は九百七十二個。そのうちファスナーがついていたのは三つだけで、すべてのポケットに入っていた小銭を足すと一七六六年の相場でヤギが一頭買えた。その質問に答えるには四百ムーラーもらわないと」

「四百ムーラー？」あんまり高いので思わず繰りかえした。わたしの財産はフォルクスワーゲン・ビートルだけで、その値打ちは四百ムーラーの十分の一にも満たない。

「四百ムーラー」鉄オタのウィリアムがきっぱりという。「現金で。シュリドゥルーには、砂漠《デザート》、デジレ、菓子《デザート》という三つの種類がある。砂漠シュリドゥルーで特筆すべきなのは、砂漠に棲息していないところ。デジレ・シュリドゥルーは、皮の赤いデジレポテトにそっくり。菓子シュリドゥルーは食用になる」

「どうしてもムダ知識を繰りだしながらしゃべらなきゃいけないんですか？」

「ああ、残念ながらそうなんだ」鉄オタのウィリアムはそういって、めがねをまっすぐにした。「ぼくの頭のなかには七百万件以上の知識が詰まっているから、順番に繰りかえしておかないと、完全に忘れてしまう危険性がある。ミルトンは『闘士サムソン』という劇詩を書いた。聞きたいかな？」

「いえいえ、けっこうです」あわててことわった。「『調べられることを暗記するな』っていったのはだれでしたっけ？」

「アルバート・アインシュタインだ。きみのいいたいことはわかる。だがわたしは自分の能力の犠牲者でもあるのだ。そういう意味では、不幸にしてわたしの相手を務めるはめになった人と同じだな。きみは二分たっても逃げだしていないから、たいていの人よりがまん強いよ。たいていの人は車の相乗りに賛成だが、自分は参加したがらない。タンジェリンオレンジ一個の種の数は平均で五・三六八個」

「わたし、お金がないんです」わたしは泣きついた。「二十ムーラー札一枚だって持っていませんでも最後のドラゴンスレイヤーの居場所を知るためなら、喜んで全財産を差しだします」

「それは？　ムーンライト《moonlight》のつづりをならべかえると薄暗がり《thin gloom》になる。平均的なトロールは一度の食事で、人間の脚を十五本食べられる」

「一九五八年型のフォルクスワーゲン・ビートルです。来週車検が切れますけど。あと本が何冊かと、ピアノが半分」

鉄オタのウィリアムは貨車の番号を書きとめるのをやめて顔をあげた。

「男の子のいちばん好まれる名前はジェームズ、いちばんきらわれる名前はグズクスクルズ。ピアノを半分というのはどういうことだい？」

「長い話なんですけど手短にいうと、わたし捨て子仲間と歌のデュオを組んでいて、その子はカリフォルニアのサンマテオっていうところに住んでて、文通してるんです」

ウィリアムは、まだわたしのことをまじまじと見つめている。

「アイリッシュセッターはおばかで、ほかの犬もそのことに気づくほどだ。猫はほんとうに人なつこいわけではなく、種の保存のため、力のある生命体にすりよっているにすぎない。きみは捨て子なのか？　どこで育った？」

「ロブスターです」

ウィリアムがきたないひげ面をほころばせた。

「きみがあのジェニファー・ストレンジか？　カザムにいて、クォークビーストを飼っている？」

わたしはうなずいて、フォルクスワーゲンのなかにいるクォークビーストを指さした。前に機関車の運転席のハンドルを何の気なしにバリバリ食べてしまったことがあるので、それ以来鉄道の施設には入れてもらえない。

ウィリアムはわたしを見つめたまま、感慨深げにいった。

「世界ではじめての写真撮影の際、だれかが目をつぶってしまったために最初からやりなおしになった。それによって写真の発展は二十年遅れ、今日《こんにち》もまだ問題はきちんと修正されていない。きみは自分が置きざりにされていたビートルをぼくにくれるつもりなのか？」

「そうです」

「それなら、ただで教えてあげよう。ブライアン・スポールディングをさがすんだ。マイティ・シャンダーその人に任命され、聖剣エグゾービタスをたずさえた、高名なるドラゴンスレイヤーを」

「どうやって？」

「たぶんウィンポール通りの〈アヒルとフェレット〉というバーにいると思う」

わたしは何度もお礼をいって勢いよく握手をしたので、ウィリアムの歯がカチカチ鳴るのが聞こえたほどだった。

「そうだ、もうひとつあった！」

ウィリアムは、顔を近づけるよう手招きした。わたしが顔を寄せると耳元でささやいた。

「これまでに見つかっている天然マジパンの鉱床のうち世界最大のものは、二メートルの厚みがあり、カンブリア王国の地中に眠っている。なかでもカーライル鉱床は一・八兆ムーラーの価値があると考えられ、二〇一〇年に操業開始になれば、二百万世帯に明かりと暖かさをもたらすことになるだろう。ドラゴンスレイヤーのことを知る人はあまりいない。幸運を、ミス・ストレンジ。そして、つねにロブスターの影のなかを歩まれるように」

ブライアン・スポールディング

わたしは鉄オタのウィリアムにお礼をいって、〈アヒルとフェレット〉へいそいだ。スノッド国王のきびしい飲酒法のせいで、酒を飲みたい時間にはバーをあけられないので、店は閉まっていた。しかたなくベンチに腰をおろした。となりにはクルミの干物みたいなしわくちゃの肌をして、目が深く深く落ちくぼんだ、とても年とった男の人がすわっていた。こぎれいな青いスーツを着て、ソフト帽をかぶり、持ち手が銀の杖を持っている。老人は、興味津々な様子でわたしのことを見つめ、話しかけてきた。

「ごきげんよう、お嬢さん」はずむような口調でいうと、空をあおいであたたかな日ざしを顔で受けとめた。

「ごきげんよう」わたしはていねいにいった。礼節には礼節で応えなさいとマザー・ゼノビアにも教えられてきた。

「あれはあなたのクォークビーストですか？」老人が目で追いながらきいた。クォークビーストは、〝おそらく架空の聖グランク〟像の前で、不審そうにふんふんにおいをかいでいる。

「ああ見えておとなしいんですよ」わたしはいった。「クォークビーストが赤ん坊を食べるみたいな話は、恐怖をあおろうとしてマスコミがひろめてるだけなんです」

「知っていますよ」老人はいった。「昔、飼っていたことがありますのでな。飼い主にとことん忠誠をつくす動物だ。あれをどこで手に入れなさった？」

「スターバックスで二年ほど前に。店長から『あんたのクォークビーストを見て、客が恐怖で気絶してる』っていわれたんです。それでぱっと振りむいたら、この子がわたしのことじっと見てて。わたしのじゃありませんっていったら、店長が魔獣保護官に電話しにいったんですけど、クォークビーストが保護官につかまったらどんな目にあわされるかは知ってましたから、やっぱりわたしのですっていって、連れてかえりました。それ以来ずっといっしょです」

老人は、なるほどというようにうなずいた。

「わしは闘獣場のリングにいたのを救出しましてね」老人は当時を思いだしたらしく、ぶるっと体をふるわせた。「あれは恐ろしく残酷なスポーツだ。うちのは、その気になれば、ロンドンのバスをものの八秒足らずでたてにかじりとおせるほどの力を持っていた。いい子でね。おたくのはしゃべりますか？」

「いいえ。しゃべってるのは見たことがありません。男の子か女の子かもわからないんです。見分け方も知らないし、正直にいうと、調べようとするのはお行儀が悪いんじゃないかという気もして」

「彼らは、ふつうの方法で生殖するわけではありませんから」老人がいった。「量子複製を利用するのです。だから、何もないと見えるところからいきなり現れる」

それは知らなかったので、わたしはそう伝えた。

「クォークビーストは、かならず二頭ひと組になっています」老人は博識だった。「世界のどこかに、この子と何もかもが正反対の〝反クォークビースト〟がいる。ところが、対《つい》の者同士がいっしょになると、大爆発を起こして消滅してしまう。昨年、ハイズの町でガス爆発といわれた事故があったのをおぼえておられるかな？」

「……はい」わたしはゆっくりといった。たしか住宅地に深さ十二メートルもの大穴があいて、十四人の死者が出たのだった。

「あれは、対のクォークビースト同士が不幸にして出会ってしまったために起きた事故です。はなれていたのに、まったくの偶然で出くわしてしまった。クォークビーストは孤独な生き物だ——孤独に生きざるを得ない。しかも何かと誤解されている」

それはほんとうだった。わたしだって半年飼ってみて、ようやく生きたまま食われるんじゃないかという疑念が消え、心からかわいいと思うようになったのだから。

老人は言葉を切り、「トロール戦争で夫を亡くした女にお恵みを」といってきた女に硬貨を一枚渡した。それからわたしにきいた。

「あなたは、何かを待っておられるのかな？」

「何かじゃなくて、人を待っているんです」

「ああ、それじゃわしといっしょだ」老人は深いため息をついて、時計を見た。「何年も何年も待っているのに、依然としてジェニファー・ストレンジは現れない」

「えっ？」わたしはびっくりしてききかえした。「だれを待っているとおっしゃいました？」

「ジェニファー・ストレンジだよ」

「ジェニファー・ストレンジは、わたしですけど！」

「そうか」老人は、かすかに笑みを浮かべた。「待ち人来たる！」

わたしが驚きでぼうっとしていると、老人はぱっと立ちあがって、すたすたと歩道を歩きはじめた。

「早く、早く」と小声でせかす。「いつ現れるのかと待ちわびていた」

「あなたはだれなんです？」わたしは面食らってきいた。「どうしてわたしの名前をごぞんじなんですか？」

「わしは」老人が突然立ちどまって振りむいたので、ぶつかりそうになった。「ブライアン・スポールディングだ！」

「ドラゴンスレイヤーの？」

「そのとおり。どうぞよろしく」

「それじゃあ、ききたいことが――」そういいかけたけれど、老人は最後まできかずに、走ってきたバスの直前を渡り、バスが急カーブを切ってよけた。

「お嬢さん、あんたは来るのがずいぶん遅かった。わしが六十ぐらいのときに来てくれれば、少しは隠居生活が送れるかと思っていたが、そうはいかなかった。ごらん」

老人は足を止めて、自分の顔を指さした。肌はしわくちゃで、プルーンみたいにふにゃっとしている。

「このざまだよ！　なにしろ、もう百十二歳を超えている」

それからまた道路を渡りはじめ、タクシーが急ブレーキをかけてほんの十センチ手前でとまると、怒って杖を振りあげた。

「おろかものめ！」と運転手に向かってどなる。「むちゃくちゃな運転をしおって！」

「でも、どうしてわたしの名前をごぞんじなんですか？」わたしはわけがわからなくて、もう一度きいた。

「かんたんなことだよ」スポールディングがいった。「マイティ・シャンダーは将来任につくドラゴンスレイヤーの名前をすべて書きだしていた。退任予定のドラゴンスレイヤーが、だれを見習いにとればいいかわかるように。そうすれば、この大任をけがすようなろくでなしをやとう心配もない。お嬢さん、きみは四世紀以上も前に、この仕事に選ばれたのだ。だから当然であるにせよ、無理矢理であるにせよ、とにかくこの任務を受けてもらわねばならない」

「で、でも、わたしの名前はもともとはジェニファー・ストレンジじゃないんです。わたしは捨て子で――最初につけられた名前は知らないんです！」

「マイティ・シャンダーにとっては、ジェニファー・ストレンジだったのだからいいんだよ」スポールディングは元気にいった。

「わたし、ドラゴンスレイヤーになるんですか？」

「いやいやまさか」スポールディングは、ふふっと笑った。「ドラゴンスレイヤーの見習いになるのだ」

「でも、わたし、今朝あなたをさがしはじめたばかりで――」

すると老人はまた立ちどまって、明るいブルーの目でわたしを見すえた。

「なんでもいいから、とびきりスケールの大きな魔術を思いうかべてごらん」

わたしはヘレフォードの大聖堂を左へ六十センチ動かすところを思いうかべた。

そして、うなずいた。

「よろしい。ではそれを倍にして、もう一度倍にして、四倍にして、さらにそれを倍にする。それでもこのことに使われた古魔術全体の十分の一にしかならない」

わたしは街灯にもたれて体を支え、息をととのえようとした。何がなんだか、わけがわからない。自分がドラゴンの死になんらかの形で関わることになるんじゃないかとうすうす感じてはいたけれど、ど真ん中にほうりこまれるなんて、思ってもいなかった。わたしは魔法を管理する側で、自分では使えないのに。

「ちょっと待って」わからないあまりに、ちょっとしたパニックに襲われた。「わたし、ドラゴンスレイヤーの見習いになりたいのかどうか、わかりません」

「選択の余地というのは、ときにぜいたくなものであって、運命にはそれをあたえる余裕がない場合もあるのだよ、ミス・ストレンジ。さあ、着いた」

スポールディングは道を渡ったところにある小さな家を指さした。なんの変哲もない、棟続きのテラスハウスの一軒だ。建物には緑色に塗られた大きな両びらきのガレージドアがある。その前の道路に薄れかけた黄色のペンキで駐停車禁止の網目もようが記され、大きな字で「ドラゴンスレイヤー　駐車禁止」と書いてあった。老人は玄関をあけ、わたしをなかに招きいれた。

電気をつけてくれたので、家のなかを見まわした。ドラゴンステーションは広々としていて風通しがよく、住まい兼ガレージのようなつくりだった。部屋の半分は居住空間で、小さなキッチンと大きなテーブル、それからソファとテレビが置かれている。残りの半分はガレージで、両びらきのドアの前に古いロールス・ロイスの装甲車がとめてある。鋲を打ちつけた頑丈なつくりで、警察車両のように非常灯がついている。銃塔には音色のちがうふたつのサイレンが取りつけられ、車体全体から銅のとげが四方八方に突きだしている。まるで大きな金属製のヤマアラシのようで、その昔ドラゴンスレイヤーとその馬が身につけたという鎧を思いだした。

「ロールスだ！」思わず叫んだら、スポールディングにたしなめられた。

「〝ロールス〟なんぞではないよ、お嬢さん。〝ローラー〟という呼び方もよくない。スレイヤーモービルは、あくまでもロールス・ロイスだ。ゆめゆめお忘れなきよう」

「ごめんなさい」

「とはいえ、時代は変わった」スポールディングはつづけた。「わしは、はじめは馬に乗っていたが、馬屋を取りこわして商店街をつくることになったので、ロールス・ロイスに乗りかえた。一度も使ったことはないが、整備は完璧だよ。そして、これがホットラインだ」

彼は赤電話を指さした。ケーキ屋でケーキがぱさつかないようにかぶせるガラスのドームみたいなカバーがかぶせてある。

「この電話が鳴ったら、どこかでドラゴンの襲撃があったということ。緊急電話のことを〝ホットライン〟と呼ぶのはこれが起源なのだ。ドラゴンが火を吹いていることを知らせる電話だから」

「これが起源……」わたしは繰りかえしてからきいた。「かかってきたことはあるんですか？」

「ドラゴン関係の電話は、一度もかかってきたことがない。最近は〈ベニーズピザ〉へのまちがい電話がちょくちょくかかってくるがね。番号が似ているんだ。さあ、こっちへ」

　わたしは老人について部屋の奥の壁ぎわまで歩いていった。壁には長い槍がかけてあり、穂先がぎらりと光っている。その下に台が置かれ、みごとなつくりの剣がひと振り横たえてあった。長い刃《やいば》をしっかりとした柄《つか》が支えている。柄には革が巻かれ、オレンジほどもの大きさのルビーがはめこまれていた。

「エグゾービタス」老人は静かに、うやうやしくいった。「ドラゴンスレイヤーの剣だ。ドラゴンスレイヤーか、その見習いしかふれることはできない。それ以外の者が指一本でもふれたら――ジュッ！」

「ジュッ？」わたしはきいた。

「ジュッ」老人が繰りかえす。

「クォーク」クォークビーストがいった。大事なことはちゃんと理解するのだ。

「一度、泥棒が入ってね」老人が説明した。「裏口からしのびこんで、ルビーに手をふれたが、まばたきするまもなく、全身が炭になった」

　わたしがさっと手を引っこめると、老人は笑った。

「見ていてごらん」そういうと、老人とは思えぬすばやさで剣を手に取った。しなやかな手さばきで何度か剣を振ってから、椅子に向けて振りおろす。空振りしたと思ったけど、そうではなかった。老人が軽く突くと、椅子は真っぷたつに割れて倒れた。きれいに一刀両断されている。

てしまう」

「この刃は、地球上の何よりも鋭い。鋼鉄すらも、ぬれた紙袋のようにかんたんに切りさい

「どうしてエグゾービタスっていう名前がついたんですか？」

「途方もなく高価《エグゾービタント》だからだろう」

老人が剣を台の上に元どおりに横たえるあいだ、わたしはあたりを見まわしていた。壁にはドラゴンのまがまがしい絵が、ところせましと飾られていた。村を襲うドラゴン、酒を飲むドラゴン、獲物を食らうドラゴン、そしてドラゴンにしのびよる方法。

わたしは、鎧に身を固めたドラゴンスレイヤーが、火を吐くドラゴンと戦っている絵を指さした。生き生きした、胸の躍るような絵だ。火の熱さや、ドラゴンの脅威、かぎ爪の鋭さ、鎧の鳴る音などが伝わってくる気さえする。

「あなたですか？」

わたしがきくと、老人は笑った。

「いやいや、まさか！　それはドラゴンのヤヌスと戦うデルフトのオーガスタスだ。ムシャド・ワシードの悲運のドラゴン狩りの際の情景だよ。オーガスタスは優勢だったのだが、しまいには爪で文字どおり八つ裂きにされてしまった」

スポールディングは振りかえって、まじめな顔でわたしを見た。

「わしがドラゴンスレイヤーになってから九十一年になる。マイティ・シャンダーがドラゴ

ン協定を結んでから、まだ、わずか七人めのドラゴンスレイヤーだ。七人のうちドラゴンランドに足を踏みいれた者は、ひとりもいない。それでもわしは、ドラゴンについてはそれなりに知っている」

スポールディングは指先でとんとんと頭をたたいた。

「最初のドラゴンスレイヤーが戦いにのぞんでからの記憶は、すべてここにたくわえられている。あらゆる計画、あらゆる攻撃、結果、失敗。万が一にそなえて、すべての情報を身につけていた。だが一度も必要にならなかった。ドラゴン協定を破ったドラゴンは、一頭もいないのだ。ひとつの村も焼かれたことがないし、牛がうばわれたことも、農夫が食われたこともない。どうだね、マイティ・シャンダーはなかなかやり手だとは思わないか」

「でも、それが変わろうとしているんですね」

わたしが指摘すると、スポールディングは沈痛な面持ちになった。

「そのとおり。まもなくなんらかの出来事が起こるだろう。予言がそこらじゅうに立ちこめている。パラフィンやコルダイト火薬のように、ぷんぷんにおう。きみもにおうかね？」

「いいえ、残念ながら」

「では、下水管のせいかもしれんな。予言によれば、わしは最後のドラゴンを倒すことになっているらしい。運命を前にひるむつもりはない。だからまもなくモルトカッシオンと戦うが、ひとりでは無理だから助手が必要だ。それがきみなのだよ。こんどの日曜の正午に、モルトカッシオンを倒しにいく。その準備を手伝ってほしい」

「でも、倒しにいく理由がないはずです」わたしは指摘した。「だって、モルトカッシオンは協定に違反するようなことを何もしていないでしょう？」

ドラゴンスレイヤーは、さあな、というように肩をすくめた。

「まだあと四日ある。いろいろなことが起こり得るし、おそらく起こるだろう。こんどの事象は、きみよりもわしよりも大きい。好むと好まざるとにかかわらず、われわれは自分の役割を務めるしかないのだ。自分の存在理由をわかっている者などめったにいないのだから、目的がこのうえなくはっきりしていることに感謝するがいいよ」

わたしは、今いわれたことをじっくりとかみしめてみた。やっぱりまだ、ドラゴンが死ななくてはならないとは思えないし、予知というものがかならず実現するとも思わない。一方で、ドラゴンスレイヤーの見習いになれば、ドラゴンの命を守るには都合がいいのではないかと思いあたった。これから四日間、単なる傍観者でいたくなければ、今すぐ動いたほうがいい。

「見習いになるには、どうすればいいんですか？」

「ようやくきいてくれたか」ドラゴンスレイヤーは不安そうに時計を見た。「本来は十年間、すべてをかけて勉強し、深く学び、精神的な調和を体得しなければならない。だが今回は少々急がねばならんので、速習コースをさずけよう」

「どれくらいかかるんですか？」

「一分ほどだ。この本に手をのせて」

スポールディングは小さな戸棚から『ドラゴンスレイヤーの手引き』というぼろぼろの本を取りだした。わたしがすりきれた革表紙に手をのせると、電気のようなぴりぴりする感覚が指をふるわせて腕を伝わり、背骨を駆けあがった。目を閉じると、戦いの場面が頭に浮かんだ。とうの昔に死んだドラゴンスレイヤーたちの記憶が流れこんでくる。何世紀にもわたってたくわえられた英知の集合体。目の前にドラゴンの姿が見えた。その顔や、動きや、くせも。翼のはばたきを感じ、村に吹きつけられる炎の轟音《ごうおん》を聞いた。わたしは馬に乗り、草原を疾走していた。ドラゴンがすさまじい咆吼をあげ、オークの木に向かって火を吐くと、木が爆弾のようにはじけて燃えあがる。つぎにわたしは地下のほら穴にいて、ドラゴンの昔語りを聞いていた。はるか遠くにあるふるさと、月が三つあり、空がすみれ色をした世界のことを。人間とドラゴンが共存できるという希望をドラゴンは語った。古いものが過ぎさり、争いのない新しい世界が来るという希望を。かと思うと、わたしとドラゴンは海岸にいた。ドラゴンが水をはねかしながら波打ちぎわを走っていく。わたしはその場面を目にし、においをかぎ、舌先に空気の味を感じた……そのとたん、すべてがぷつりととぎれた。

「終了！」老人が笑った。「すべてを学んだかい？」

「わかりません」

「ではクイズだ。ふたりめのドラゴンスレイヤーは？」

「デューチャーチのオクタビウス」わたしは何も考えずにいった。

「ではわしが最後に乗っていた馬の名は？」

「トルネード」

「正解。知識は身についたようだな。それではマイティ・シャンダーの名と、きみをこの職に結びつける古魔術にかけて誓いなさい。みずからがちりになって消えるまで、ドラゴン協定のすべての決まりを守りぬくと」

「誓います」わたしはいった。

そのとたん、電気がバチバチと音を立て、家のなかにすさまじい風が巻きおこった。頭上で雷がとどろき、どこかで馬がいなないた。クォークビーストが大きな声で鳴いてテーブルの下に駆けこんだ。火球状の稲妻が煙突から飛びこんできて部屋を突っきり、閃光《せんこう》をはなって消えさった。あとにはオゾンのつんとくるにおいだけが残された。

風が静まると、老人はよろけて、近くの椅子に腰をおろした。

「だいじょうぶですか？」わたしはきいた。

「申しわけない。きみを少しだましていた」老人は弱々しくつぶやいた。ほんの二分前まで快活に動きまわっていたのに、そのエネルギーがすっかりどこかへ消えさっている。

「だましたって……どういうことですか？」新たに知りあったばかりの、先生であり友達でもある人から、はなれるのはいやだ。

「事実を間引いて伝えていたのだ」老人は悲しそうにいった。「大義のためには、それが必要な場合もある。きみは見習いではない。正式にドラゴンスレイヤーになったのだ。わしは日曜日には行かれない。きみがひとりで行く」

「ええっ、無理です！」

「残念だがそうしてもらう。きみは来るのが遅かった。わしは古魔術によって、容赦ない自然の摂理から守られていた。じつは百十二歳ではなく、もう百五十歳近いのだ。一秒ごとに時間が追いついてくるのを感じる。幸運を祈るよ、何をするにせよ、どのようにするにせよ。わしのことは心配しなくていい。自分でも心配していないのだから。ロールス・ロイスの鍵は、あそこの、あの引き出しに入っている。オイルと水を切らさぬようにな。それから……」

声が、とぎれがちになってきた。

「……寝床は、階段をのぼったところにある。シーツは、今朝、取りかえた。三十年前から、きみが来るときにそなえて、いつも、準備していた」

さっき出会ったときも、顔はしわくちゃだったけれど、今はしわが倍に増えている。年老いた体に、止まっていた時間がどんどん積みかさなっていく。

「待って！」わたしはすがりつくようにいった。「まだ行かないで！　わたしといっしょに来てくれる人はだれなんですか？」

「だれもいない。きみの名前は、シャンダーの名簿のいちばん最後に記されていた。モルトカッシオンは、きみの手にかかって死ぬ。きみが、最後のドラゴンスレイヤーなのだ」

「でも、まだききたいことがたくさんあるんです！」

「きみは、聡明な子だ」老人は咳こんだ。声がどんどんかすれていく。「ひとりでもうまくやれるだろう。自分に正直にやれば、しくじることはない。それから、ひとつたのみたいことがある」

「なんでもいってください」

老人は紙を一枚差しだした。

「先週の火曜日に腕時計を修理に出した。それを取ってきて、〈アヒルとフェレット〉のイライザというウエイトレスにあげてくれないか。わしからの愛をこめて」

「わかりました」友達になったばかりの人が、目の前でどんどん年老いていく。涙がこみあげてきた。

「もう支払いずみだ、修理代は。だからよくばりおやじに二重取りされぬようにな」

「気をつけます」

「最後に、もうひとつだけ」彼はささやいた。「水を一杯持ってきてくれんか？」

わたしは老人のもとをはなれて、部屋の奥にある流し台まで走っていった。

「教えていただきたいことがあるんです」コップに水をくみながらいう。「魔法とドラゴンの関係なんですけど。わたしを指導してくれたグレート・ザンビーニの意見では――」

コップを持って引きかえしてきたとき、わたしは言葉を失った。彼はわたしのことを思って、水をくんでくるよういいつけたのだろう。もどったときには、もう姿がなくなっていて、あとには服と帽子と銀の持ち手のついた杖が床に積みかさなり、あたりにこまかい灰色の粉がつもっているばかりだった。こんなにあっというまにだれかと友人になり、あっというまに別れたことはなかった。スポールディングも、わたしのことを同じように友人だと思ってくれたならいいけれど。

こうしてわたし、来月十六になるヘレフォード王国のスノッド四世陛下の臣下、ジェニファー・ストレンジは、最後のドラゴンスレイヤーの権限と責任を背負いこむにいたった。思ってもみないことだったけれど、それをいうなら自分が何を思っていたのかもわからない。運命とは、そんなものだ。予想もつかないし、たいていはすごくおかしなことになる。

「クォーク」クォークビーストがいった。

「しーっ」わたしはソファにすわりこんで、いった。頭のなかにいろんなことがぐるぐるうずまいている。「考えごとをしてるの」

ドラゴンランド

わたしは新しい家のなかを見まわした。二階には寝室があって、本もたくさん置いてある。一階にはキッチンがあり、食品庫の買いおきは万全だ。友人だった先代のドラゴンスレイヤーは、すみずみまで気をくばって家事をする人だったようだ。家のなかにはちりひとつ落ちていない。わたしはタイガーに電話した。

「ジェニーだけど。そっちはだいじょうぶ？」

「みんながぼくのことをにらんで、低い声でぶつぶついってる」

「悪いけど、もう少しがまんして」

「ジェニーは？　ドラゴンのこと、何かわかった？」

「うん。だいぶくわしくなった」わたしはゆっくりといった。「あのね、わたし、最後のドラゴンスレイヤーになったみたい」

電話の向こうが静かになった。

「あのね、わたし――」

「聞こえてる。そんなの笑えないよ。ぼくは捨て子同士の絆を感じて必死にがんばってるのに、ぜんぜんまじめに受けとめてくれないんだね」

「冗談じゃないんだってば。ほんとうにわたしが最後のドラゴンスレイヤーなの。今はドラゴンステーションにいて、剣やらなんやらも受けついだの」

タイガーがまた沈黙してからいった。

「そうなると、何もかも変わってくるよ。ジェニーは有名人になる。そして、これからどうするのかとか、だれとつきあってるかとか、好きな食べ物はとか、社会問題に対してどう思うかなんてきかれるし、しょうもない商品のＣＭをたのまれたりするようになる」

「そんなのは楽しみじゃないし、ドラゴンを殺したいとも思わない。でも少なくとも、モルトカッシオンのことを自分の目でたしかめられる。それにエグゾービタスっていうドラゴンスレイヤーの剣をもらったから、やっとクォークビーストの爪が切れるかも」

「ああ、それはありがたいな」タイガーはいった。「あいつが床の上を歩くたびにカチャカチャ音がするの、ちょっとうるさいもん」

タイガーは、また少しだまりこんだ。

「ねえ、これって、ぼくがカザムを仕切らなきゃいけないってこと？」

わたしは自分が兼任できると思うといい、レディ・モーゴンやムービンやほかのみんなとも仲直りできるようがんばると伝えた。するとタイガーが安心したようだったので、険悪なムードになったら洋服だんすにかくれるといいと知恵をさずけ、「いくつか調べたいこと」があるから、それが終わったらできるだけ早く帰るといった。

わたしはゆっくりと受話器を置いた。人生が急展開して、まだ頭がついていかない。部屋のなかをぐるぐると何度か歩きまわり、エグゾービタスに手をふれてみて、ジュッとならないことにほっとし、つぎにスレイヤーモービルをいじってみた。車内は革と温かいエンジンオイルのにおいがした。マザー・ゼノビアに電話してみたけれど、お昼寝中だからおつなぎできませんといわれた。しかたなくお茶をいれ、不安な気持ちでまた部屋のなかを歩きまわった。ああ、ミスター・ザンビーニがいてくれたら！　あの人なら、こんなときどうすればいいか教えてくれるだろうに。

「クォーク」クォークビーストがいって、ドラゴンランドの絵を爪で指した。

「たしかに」わたしはいって、ひとつ深呼吸をした。ドラゴンステーションにすわってお茶を飲んでいても何もはじまらない。だからロールス・ロイスの側面に槍を取りつけ、鋲で補強された鋼鉄のドアのわきについている金具に、エグゾービタスをかちっとはめた。ガレージのドアは、ちょうつがいによく油がさしてあったのでなめらかにひらき、ロールス・ロイスはささやくような音を立てて息を吹きかえした。いったん間を置いて息をととのえてから、用心棒のようにすわっているクォークビーストを乗せて、スレイヤーモービルをそろそろと道路に出した。

通りは混んでいたけれど、スレイヤーモービルが出ていくと、みんなさーっと道をあけた。だれもこの車を見たことはないのに、ほとんどの人はなんなのかわかったようだ。まあ、横腹に大きな字で「ドラゴンスレイヤー出動中」と書いてあるせいだけど。ロールス・ロイスの装甲車はハンドルが重くて運転しづらい。一度、角を曲がりそこねて安全地帯の杭をかすってしまったら、車に取りつけられたとげが鉄製の杭を、まるでバターでも切るようにかんたんに輪切りにした。子どもたちはこっちを指さすし、大人は凝視するし、酔っぱらいはかじりかけの工業用マジパンのかたまりを振って応援してくれた。交差点では、こちらが赤信号のときもほかの車が止まって通してくれたし、わたしがスノッド国王の新しい秘密兵器か何かだと思った交通巡査が、ほかの車の通行を止めて敬礼しながら通してくれたことも何度かあった。

四十分足らずでドラゴンランドに着き、昨夜からどっと数が増えたキャンピングカーやテントのあいだを注意しながら通りぬけた。うわさがひろまって、不連合王国じゅうの人々がヘレフォード王国に押しよせている。屋台のトラックも何台か見かけた。とにかく人の集まるところに出店して、できるかぎりかせぐつもりだろう。スレイヤーモービルを見た群衆は、みな興奮して手を振り、いよいよドラゴンが最後をむかえるのかと、紐の玉と杭を取りに走った。でもそういう人たちは、がっかりすることになった。わたしは深く息を吸って、指標石のあいだに車を乗りいれた。パチパチという音がして、低い振動が伝わってきた。もし一時間前に同じことをしたら、たちどころに消滅していただろう。わたしはロールス・ロイスをとめて外に出ると、指標石の向こうにいる人たちに向かって元気よく手を振った。みな、魚みたいに口をぱくぱくさせている。

「新しいドラゴンスレイヤーです」わたしは声を張りあげて説明した。「きょうは、ちょっと……用事を、すませにきました」

話しおえて振りかえったとき、ぎょっとして飛びあがった。ドラゴンランドのなかなのに、目の前に男の人がいる。まったく見たことがないような人だった。背が高くて品があり、豊かな白髪をたくわえ、顔にはしわも多いけれど、目は強い光をたたえて生き生きとかがやいている。黒のスーツとマントに身をつつみ、大きな紫水晶の指輪をはめて、柳の杖を持っている。はじめて見る人だけれど、すぐにだれだかわかった。

「マイティ・シャンダー！」わたしは息を飲み、その場にひざまずいた。

「クォーク、クォーク」クォークビーストも大きな声をあげ、興奮して鋼鉄のうろこをあちこちに飛ばした。一枚はビョーンと音を立てて近くの木に刺さった。

「そなたはドラゴンスレイヤー、あるいはその見習いだな」温かい声がいった。父親がいたらこんなふうにしゃべってほしいと思う話し方だ。「そうでなければ、指標石のあいだを通りぬけられないだろう」

「そのとおりでございます」史上最強の魔術師に対して、どういう言葉遣いで話しかければいいのかわからなくて、わたしはもごもごいった。

「おそらく、ききたいことがたくさんあるだろう」マイティ・シャンダーがつづけた。

「ええ、そうなんです」わたしは顔をあげた。「特にドラゴンと魔法の関係がどうなっているのか――」

「――だが残念ながら答えられない」

わたしは立ちあがってきいた。「なぜですか？」でも、マイティ・シャンダーは無視した。

「ところで、これは録画だ」マイティ・シャンダーが答えた。そういわれてよく見ると、シャンダーの姿は幽霊のように半分すけて見える。像はシャンダーが話しているあいだも、ちかちかまたたいたり、ゆれたりしている。魔法で録画した画像が質の悪いビデオ画像とたいして変わらないのは驚きだった。ためしにシャンダーの目の前で手を振ってみたが、反応はない。マイティ・シャンダーはつづけた。

「そなたは、このドラゴンランドに果敢にも足を踏みいれた、最初のドラゴンスレイヤーだ。やってきた理由は、ふたつのうちどちらかだろう。その一、ドラゴンを見てみたかった。その二、ドラゴンが協定を破った。一なら、検分してできるだけ早く立ちさりなさい。二なら、協定破りの証拠とされるものを慎重に調べなさい。この世界は欺瞞《ぎまん》に満ちている。わずかでも証拠に疑問があれば、ドラゴンをほうっておくことだ。もうひとつ。ドラゴンもまた人をあざむくのが得意だ。彼らには人間とは別の目的があるから、心弱き者をあやつって自分の目的を果たそうとする。それでは幸運を祈る。今のメッセージをもう一度聞きたければ、一度手をたたきなさい。削除したければ二度たたきなさい。そしてこのメッセージを保存したければ……あ、いや、それはいらないな」
シャンダーがほほえむと、画像は二度またたき、薄れて消えた。わたしは考えこんでしまった。シャンダーがドラゴンの肩を持っているのは明らかだ。それなのに、ドラゴンは信用ならないと考えているらしい。頭が混乱し、ドラゴンにあざむかれるなという警告のせいで不安にかられながら、わたしはクォークビーストを連れてドラゴンランドのなかへ足を踏みいれた。

そこは丘陵地帯で、大部分はヒースやシダ類がはびこる荒れ野だった。野生動物もたくさんいて、人間を恐れることなく暮らしている。ウサギが足元に寄ってきてふんふんにおいをかいだし、野生にもどった牛や羊は、わたしがそばを通りすぎても、ほとんど興味を示さない。暑い夏の空気のなか、何もない荒れ野の山道を一時間ほどのぼっていくと、小さな湖があった。岸辺をめぐりながら、澄んだ水のなかを泳ぐ魚たちを見つめる。モルトカッシオンが死んでこの広大な野生生物の楽園がなくなってしまったら、大変な損失ではないだろうか。地理の勉強で教わったように、ドラゴンランドは九百平方キロの広さで東にヘレフォード王国、西にブレコン公国という、にらみあいをつづける両国にぴったりはさまれる形になっている。湖の向こう岸にたどりついて、シダレカンバの林をぬけ、もうひとつ丘をのぼった。そこからはドラゴンランドの奥地が一望できた。高圧線の鉄塔も建物も電柱もない風景。道路も鉄道もなく、人もいない。何世紀ものあいだ人の手が入らぬまま草木が生いしげり、ブナやニワトコの木のあいまにときどきオークの大木が枝をひろげている。自由で、何もなくて、どこまでもひろがる土地。ここを探検するにはすごく時間がかかりそうだけど、わたしは別に急いでいない。それどころか道に迷って一週間さまよえば、モルトカッシオンにとっては好都合だろう。

短い坂を駆けおりて、小川のほとりを歩いた。澄みきった水が勢いよく音を立てて石の上を流れていく。そのとき、墜落した小型飛行機の残骸が見えてきた。十年前の雪の夜、霧のなかで消息を絶った飛行機だ。その事故によって、ドラゴンランドに張りめぐらされた魔力のバリアがドーム型をしていて、地上千五百メートルぐらいのところに頂点があることがわかった。ドラゴンランドの上空を飛ぶのは、よほど勇気がある人か、よほどの愚か者かどちらかだ。だって、エンジントラブルでも起こせば死ぬしかないのだから。残骸のなかをのぞいてみたけれど、なかは空っぽだった。飛行機が高度をさげてバリアにふれたとたん、パイロットも乗客も蒸発してしまったのだろう。

浅瀬に入って水を飲み、川のなかを歩いてモミの林に入った。そのうち、あたりが妙にしんとしていることに気がついた。やわらかな下草が生いしげっていて音を吸収するせいか、山歩き用の靴で小川の水をはねかしながら歩いても、ほとんど足音がひびかない。二、三百メートル歩いたとき、川のなかに古い動物の骨が散らばっていることに気づいた。どうやらさがしている相手に近づきつつあるらしい。もう少し歩くと、大人の男のこぶし大のルビーが一個とダブロン金貨が数枚、川床に落ちていた。さらに数百メートル歩くと、森のなかの大きくひらけた土地に出た。

「クォーク」クォークビーストがいった。地面はしっかり踏みかためられていて、表面がなめらかだ。ひらけた土地の真ん中に大きな石――ドラゴンランドのまわりを囲む指標石とよく似たもの――があった。石は、静まりかえったなかでブーンという音を発し、頭上ではそよ風が木々のこずえをゆらしている。踏みかためられた地面のところどころに金や宝石が顔をのぞかせていた。ドラゴンの財宝がこの下に埋まっているらしい。ついにドラゴンのねぐらに到達したのだ。ドラゴンの食べ物も、金も、宝石も、すべてがここにある。ただ、ドラゴンだけがいない。ここには洞窟のたぐいは何もない。それどころか、片隅にがれきの山のようなものがあるのをのぞけば、この空き地には何もなかった。モルトカッシオンはどこかへ飛んでいってしまったか、またはドラゴンランドの別の場所へ引っこしたのかもしれない。引きかえそうとしたとき、いきなり落ち着いた声がはっきりと聞こえた。

「おやおや、これはめずらしい。ドラゴンスレイヤーじゃないか!」

モルトカッシオン

ぱっと振りかえったけれど、だれもいない。

「だれなの？」声がふるえた。ドラゴンランドに入れるのは、わたしひとりのはずなのに。あたりを見まわしてみたけれど、やっぱりだれもいない。あの妙ながれきの山にのぼってもっとよく見てみようと思ったとき、山のなかにテニスボールぐらいのきれいな赤い宝石があることに気づいた。さわろうと手をのばしかけて、凍りついた。宝石がわたしをじろじろとながめまわしている。モルトカッシオンがまたしゃべった。

「ドラゴンスレイヤーにしちゃ、ちょっと若いんじゃないか？」

がれきの山が動いて、地面がふるえた。ドラゴンは巻いていたしっぽをのばすと、孫の手のように使って、背骨の上にきっちりたたまれた二枚の翼の上あたりをぼりぼりとかいた。

「十六です」わたしは少しむっとしていった。

「十六？」

「あと二週間で十六です。といっても、生まれた日を正確には知らないから、もしかしたらもう十六になってるのかもしれないけど。捨てられたとき、生後二週間ぐらいたっていたかもしれない。でも捨て子の場合、誕生日はかならず修道院の玄関でひろわれた日っていうことになってるから――」

「――おいおい、わけのわからないことをべらべらしゃべってるぞ、だれだか知らないが」

「ですよね。ごめんなさい。ドラゴンにはお目にかかったことがないもので」

「お目にかかったことがある人間は、ほとんどいない」ドラゴンは低い声で笑った。「おれを殺しにきたのか？」

「ちがいます」

ドラゴンは二本の前足のあいだにかくしていた巨大な頭をあげて、ふしぎそうにわたしを見た。それから口を大きくあけてあくびをした。二リットルのペットボトルほどの大きさの歯が上下二列にずらりとならんでいる。歯は古くて、茶色くて、折れているものも何本かある。ドラゴンの息が目にしみて涙が出てきた。くさりかけた動物と植物と魚とメタンガスの入りまじった、ものすごく強烈なにおいだ。ドラゴンは大きな火の玉をごほっと宙に吐きだしてから、またわたしの顔を見た。

「悪いな」と、きまり悪そうにいう。「加齢でね。おい、そいつはなんだい？」

「クォークビーストです」

モルトカッシオンはクォークビーストに少し顔を近づけて、長いことまじまじと見つめてからきいた。「体の色は変わるかい？」

「えさに入っているシリコンの量が多すぎたときだけです」

「そうか」

ドラゴンは踏みかためられた地面に前足を踏んばると、うしろ足で地面を押してのびをした。脚の力が強いので、前足の爪が鋤《すき》のように、固い地面にやすやすと刺さった。背骨がボキッと大きな音を立てると、ドラゴンは力をぬいた。

「ふう、だいぶましになった」

つぎにドラゴンは翼をジャンプ傘のようにばっとひろげ、はげしく羽ばたかせた。もうもうと土ぼこりが巻きおこって、わたしは咳こんだ。見れば片方の翼は膜に数か所穴があいて、ぼろぼろになっている。一、二分ばたばたやったあと、ドラゴンは翼をていねいにたたんで、またわたしを見た。それから顔を寄せてきて、そっとにおいをかいだ。おかしなことにぜんぜんこわくない。あの速習コースのおかげなのだろうか。一日前だったら、体重四十トンの火を吐くドラゴンのとなりに平然と立っているなんて、ぜったい無理だっただろう。ドラゴンが息を吸うと、その鼻孔にどっと空気が流れこんで、体が引っぱられた。ひとしきりにおいをかぐとようやく満足したらしく、また前足のあいだに頭をのせた。やっぱりこの姿勢だと、うろこにおおわれた体が大きながれきの山にしか見えない。

「で、ドラゴンスレイヤーよ、名はあるのかね？」ドラゴンがえらそうにきいた。

「わたしの名前は、ジェニファー・ストレンジ」わたしはできるだけもったいをつけて答えた。「つづりはNがふたつ」

「それはストレンジのほうか、ジェニファーのほうか？」

「ジェニファーのほうです」

「そうか。ちょっとたしかめただけだ」

「自己紹介をつづけます。わたしはドラゴンスレイヤーですが、職務を遂行する必要がないことを心から願っており、あなたと一般市民が――」

「くだらん」モルトカッシオンがいった。「まったくのたわごとだ。だが、何はともあれありがとうよ。そうだ、帰る前にひとつたのみを聞いてくれないか？」

「いいですよ」

するとモルトカッシオンはごろんと横になって片方の前足をあげ、もう一方の前足で肩甲骨のうしろあたりを指した。

「古傷でね。ちょっと見てくれないか？」

わたしはドラゴンの胸によじのぼって、指しているところを見た。革でできた一枚のうろこの下から、何かさびたものが突きだしている。まわりの傷はずいぶん前にふさがったようだ。突きだしたものを両手でつかみ、ごつごつした体に両足を踏んばって、全力で引っぱってみた。どうやっても動かない。ところが、取れっこないと思いはじめたとき、いきなりすぽっとぬけて、わたしは地面にあおむけにころがった。手には、すごくさびついてすごく曲がった剣をにぎりしめていた。

「ありがたい！」モルトカッシオンはふりむいて、マットレスぐらいある舌で傷をなめた。「四世紀ほど前からうっとうしかったんだ」

わたしは剣をほうりなげた。

「治療費として、そこらへんにある金貨か宝石を適当に持っていっていいぞ、ミス・ストレンジ」

「治療費なんて、いりません」

「いらんのか？　人間はみな光るものに吸いよせられるのだと思っていた。かならずしも悪いというわけじゃないが、種の発展を阻害する要因にはなるだろうな」

「わたしはお金もうけのために来たわけじゃありません。正しいことをしにきただけです」

「豪胆なうえに信念もあるのか」モルトカッシオンはくすりとわらった。「なかなかたいしたドラゴンスレイヤーだ！　おれはモルトカッシオンだ、ミス・ストレンジ。あんたは善良だな。一族があんたのことを待っていたのは正解だった。もう帰っていいぞ」

「わたしのことを待っていたって……どういう意味ですか？」

でも、モルトカッシオンは話を終えてしまった。宝石のような目をつぶると、体をごそごそ動かして、寝心地のいい体勢に落ちついた。わたしのほうもいうことを思いつかなかったので、がれきの山のような巨大なかたまり、つまり地球上でいちばん希少な生物をじっと見つめた。人間はパンダやユキヒョウやブゾンジといった絶滅危惧種の保護には、かなりの時間と労力を注いでいる。それなのに、この世にも誇り高く知性的な生き物には、早く死んでほしいとだれもが願っているのだ。ちょっとばかりの土地を手に入れたいがために。そう考えるとわけがわからないし、無性に腹が立つ。

「PRの成果さ」モルトカッシオンがつぶやいた。

「はい？」

「広告宣伝の成果だよ」そういうと、また両目をあけてわたしを見た。「人間はなぜ大金を投じてイルカを守ろうとするのに、マグロは大量に食べるのか。そう考えていたんじゃないのか？」

「わたしの考えが読めるの？」

「強く思ったことだけな。日々の雑多な思考はただ流れていくが、強力な思考には独自の命があって、人から人へと揺るぎなく伝わっていく。そうは思わないか？」

問いかけてはきたものの、わたしの答えを待たずに先をつづける。

「ゾウ、ゴリラ、ブゾンジ、イルカ、ユキヒョウ、シュリドゥルー、トラ、ライオン、チーター、クジラ、アザラシ、マナティ、オランウータン、パンダ――共通点はなんだと思う？」

「みんな絶滅危惧種です」

「それ以外に、だ」

「大型の動物？」わたしはいってみた。

「哺乳類なのさ」モルトカッシオンはさげすむようにいった。「人間はこの惑星を哺乳類専用のクラブにしようとしている。アザラシの赤ん坊がそこらへんの爬虫類なみに不細工だったら、はたしてこんなに気にかけるか？　ところが連中はふかふかの毛皮に大きな瞳をして、かわいい鳴き声をあげるもんだから、哺乳類のハートはめろめろにとかされちまう。ちがうか？」

「哺乳類以外の生き物も保護されてますよ」わたしはいったけど、モルトカッシオンは一笑に付した。

「そんなものはただのおかざりだ。爬虫類や虫や魚のことは、だれもたいして気にかけやしない。見た目がよければ別だがな。存続させる種を選別する基準としては、ずいぶん雑だと思わんか？　哺乳類至上主義の意識を正そうとするなら、おれだったらまず『かわいい』だの『むぎゅ』だの『もふもふ』だのという言葉を禁止にするね。大型の霊長類は六種類いて、あんたらはそのすべてに目をかけているが、六百種類以上にのぼるフルーンコガネのことはほったらかしだろう」

「フルーンコガネ？」わたしはききかえした。「聞いたことありません」

「だろ？」モルトカッシオンは得意げにいった。「なにしろ人間はまだ一種類も発見していないんだからな。いわんやほかの五百九十九種類をや。フルーンコガネというのは、ものすごくおもしろい昆虫でね。六百種のなかには、ただおもしろいからっていう理由だけで体をなかから裏返しにするやつもいれば、透明になる能力を持つものもいる。三分の一の二百種は体内に酵素を持っているんだが、それは大規模な精製所がなくても天然のマジパンを使いやすいアーモンドレアムに変換できるというしろものだ。とにかく地球上で最も並はずれた生物なのに、人間はまったく知らない。そういうことだ」

「フルーンコガネ……」わたしは考えこんだ。

ドラゴンはまた少しだまりこんでからいった。「地球上の複雑な生命のあり方を二語でいいあらわすようたのまれたら、おれがなんて答えると思う？」

わたしは首を横に振った。

「大半が、虫」

コメントが思いつかなかったので、代わりにききかえした。「また会いにきてもいいですか？」

「会ってどうする？」

「質問するんです」

「質問してどうする？」

「そうしたらドラゴンのことをもっと知ることができるから」

「まったく人間ってやつは」モルトカッシオンがあきれたようにいった。「なんでもかんでも知りたがる。今持っているもので満足するということがない。それは身の破滅にもつながるんだが、おかしなことにそれがまた人間の愛すべき性質のひとつでもある」

「愛すべきところなんて、ほかにもあるんですか？」

「ああ。たくさんあるとも」

「たとえば？」

モルトカッシオンは少し考えてからいった。

「たとえば十進法を使うところなんざ、かなりいかれている。十二進法のほうがずっとすぐれているのに。それから人間は技術力がすぐれている。ユーモアのセンスが鋭い。親指がある。体の構造が裏返しだ――」

「待って！　裏返しって？」

「だってそうだろう。ロブスターから見れば、哺乳動物ってやつはアルマジロ以外みな裏返しに見えるだろうよ。カニにきいたって、やわらかいところは殻のなかにしまっとけというだろうね。骨が真ん中にあるだって？　哺乳動物をつくったやつは、気もそぞろだったんだろうな。あるいは、こういうふうに考えてみるのもいい。あんたは脚を一本なくしたら、また生えてくるか？」

「いいえ」

「ああ、おれも生えてこない。だが甲殻類なら翌年には新しい脚が生えるだろう。それと再生ってことでいえば、さらに一歩進んで海綿動物を見ならうといい。なかにはこまぎれにしてミキサーにかけて裏ごしして、それでも再生するやつもいるからな」

「そういう能力があったら便利かも。でも自分が海綿だったら、あまりいろんなことを楽しめないでしょうね」

「ああ、それはたしかにそうだな」ドラゴンは認めた。「そうそう、楽しむといえばカニは喜劇王だぞ」

「カニにユーモアのセンスがあるなんて、考えたこともありませんでした」

「それがあるんだよ。横歩きなんて、人を笑わせようとでも思わなきゃ、やらないだろう？」

「たしかに」

「ロブスターは、カニにくらべるとぐっとまじめで、教養が高い。ヤドカリは無口だが、思索家だ。カブトガニは、有り体にいって、ちょっとぼんやりしてる。そして小エビとクルマエビ《プローンズ》は、とにかくパーティが大好きだ」

「生き物のこと、よくごぞんじなんですね」

「あんたらがほかの生き物に興味がなさすぎるんで、おれはいつも驚いてるよ。家の両どなりにだれが住んでるかも知らないようなものじゃないか。おれが人間だったら、もう少しほかの生き物に親切にするだろう。地球が節足動物の天下になったら、ロブスター料理だのカニかまだのを食べまくるのは問題になるぞ」

「哺乳類が衰退することはないと思いますけど、モルトカッシオン」

「ああ、大型の肉食恐竜たちもそういっていた。それが今はどうだ？　やつら、鳥になっちまった。ステゴサウルスをしとめて、鋭い牙で八つ裂きにしていたのに、今はジョーイなんて名前になり、ベルと階段をそなえた鳥かごに入れられて、スルメをかじってる。屈強な恐竜としては、かなりの落ちぶれ方だと思わないか？」

「何がいいたいんですか？」

「ダーウィンの考えは、ほぼ正しかった。人間にしちゃあすばらしい頭脳だ。だが、ひとつ見落としがあった。自然選択にはユーモアのセンスも関わってくる。人間も寿命が長ければ自分の目でたしかめられるのにな。九千万年以上前、小さくてたいそう色あざやかなスクルホルグという甲虫がいた。なにしろ美しい虫でね。ほんとうに美しかった。頭が空っぽのヒキガエルでさえ、立ちどまってうっとりながめたほどだ。スクルホルグはいつもみんなの視線を集めながら、めかしこんで森を闊歩《かっぽ》していたものさ。そんな調子で数千年たつうちに、そいつはあり得ないほどうぬぼれが強くて感じの悪い生物に進化した。とにかく口をひらけば『わたしは、わたしは、わたしは』なんだ。ほかの甲虫はみなそいつを敬遠するようになり、パーティーの招待状もぱたっととだえた。だが自然というのは冗談好きでね。三千万年後、そいつは何に進化したと思う？」

「さあ」

「フンコロガシさ。色も地味だし、性格も地味。糞《ふん》の玉をころがして歩き、糞のなかに住んで、糞を食らい、糞のなかに卵を産みつける。な、自然にはおおいにユーモアのセンスがあるだろう！」

モルトカッシオンは、ぐふっと音を立てて少し火を吐いた。きっと笑ったのだろう。そして、カメレオンは色でジョークを語るとかなんとかつぶやきながら、落ちついて目を閉じ、いびきをかきはじめた。もう来るなとはいわれなかったから、きっとまた来てもかまわないのだろう。わたしはがれきの山のような体を見つめながら、ここまではうまくいっているとうれしくなった。片方の翼があれだけぼろぼろなら、きっと空は飛べないだろう。だったら指標石の外に出て、ドラゴン協定を破るようなまねをするとは考えられない。わたしはモルトカッシオンが完全に眠りこんだのをたしかめてからそっと空き地をはなれ、自分の足跡をたどって指標石へ、そしてロールス・ロイスへと向かった。

最後の丘をのぼると、六時間前にドラゴンランドに入った地点にものすごい人垣ができていたのでびっくりした。土地を自分のものにしようと集まっていた人たちが、新聞社やテレビ局に連絡したのだろう。最後のドラゴンスレイヤーが、ほんとうにニュースになってしまっている。わたしは指標石まで歩いていって、魔力のバリアを通りぬけた。

「『日刊ツブ貝《ウエルク》』のアウスター・オールドスポットです」よれよれのスーツを着た男がいっ

た。「お名前は？」オールドスポットが顔にマイクを突きつけてくるとなりで、これまたよれよれの服を着た記者がいった。

「『ザ・クラム』のポール・タムワースです。モルトカッシオンと対面しましたか？」

「いつドラゴンを殺すんです？」三人めがきく。

「どうやってドラゴンスレイヤーになったんですか？」さらにもうひとりがたずねた。そこへスーツを着た男が人混みをかきわけてやってきて、契約書を差しだした。「オスカー・プーチと申します。朝食用シリアルの〈ヤミーフレークス〉を代表してお願いにきました。ぜひ当社の製品を宣伝してください。年間一万ムーラーでいかがです？　よかったらここにサインを」

「いやいや、そんな話に乗っちゃいけません！」ピンストライプのスーツの男が横からいう。「〈フィジーポップ飲料〉と独占契約していただければ、二万ムーラーお支払いしますよ。こっちにサインを！」

「ちょっと待って！」わたしはどなった。

群衆が静まりかえった。百人だか二百人だかわからないけど、とにかくおおぜいいる。テレビ局のカメラがわたしに焦点を合わせ、何かいうのを待ちかまえている。わたしは深く息を吸い、緊張を静めてから話しだした。

「わたしはジェニファー・ストレンジといいます」新聞記者がものすごい勢いでペンを動か

す。「新しいドラゴンスレイヤーです。マイティ・シャンダー自身に任命され、ドラゴン協定を遵守して人々をドラゴンから守るとともに、ドラゴンを人々から守ります。追って正式な声明を発表します。以上」

ちゃんとしゃべれたことに自分でも感心した。でもブライアン・スポールディングからドラゴンスレイヤーの一分間速習コースを受けたのだから、これくらい身について当然なんだろう。わたしはまたロールス・ロイスに乗って、町へ引きかえした。カメラマンやレポーターの大群があとからついてくる。ブライアン・スポールディングは、こんなふうにメディアの注目の的になることについては何も注意してくれなかった。それにしても、〈フィジーポップ〉のソーダを宣伝するだけで二万ムーラーもらえるなんて、あぶく銭もいいところだ。

ゴードン・ヴァン・ゴードン

ドラゴンスレイヤーの事務所にもどると、さっき以上の数の記者やテレビクルーや野次馬が集結して、通りが埋めつくされていた。賢明にも警察が道路を封鎖して、事務所の前にバリケードを築き、事務所側の車線には野次馬が入れないようにしてある。事務所の前にスレイヤーモービルをとめて飛びだすとカメラのシャッター音が鳴りひびき、つづけざまにフラッシュが光った。でもわたしはそちらには見むきもしなかった。茶色のスーツを着ておそろいの山高帽をかぶった、小柄な男に気を取られていたからだ。四十歳ぐらいで、わたしがドアに鍵を差しこむと、うやうやしく帽子をかしげてあいさつした。

「ミス・ストレンジですね？　仕事のことでうかがいました」

「仕事？」わたしはききかえした。「仕事って？」

「もちろんドラゴンスレイヤー見習いのことですよ」そういって「ヘレフォード日刊疲れ目」紙を振ってみせる。「求人欄にありますよ。ほら、『急募――』」

「見せて」

新聞を受けとってよく見ると、たしかにはっきりとこう記されていた。「急募　ドラゴンスレイヤー見習い。控えめで勇気があり信頼に足る方。スレイヤー通り十二番地まで直接来訪されたし」

「助手はいらないんだけど」わたしはいった。

「だれだって助手は必要ですよ」男は明るい口調でいった。「特にドラゴンスレイヤーともなれば。ファンレターを整理させるだけでも、だいぶちがいます」

小柄な男のうしろを見ると、やはり求人広告を見て集まってきた人たちが三十人ぐらいならんでいた。みんな愛想のいい笑みを浮かべて、新聞を振っている。男に目をもどすと、相手は、どうです？　ときたげに片方の眉をあげてみせた。

「じゃあ、採用」わたしは即決した。「まずは手はじめに、あの人たちにお引きとりいただいてください」見習い志望者のほうへ頭をかたむけてみせてから、事務所に入った。ドアをしめ、これからどうしようかと思案する。そして発作的にマザー・ゼノビアに電話した。マザーはわたしの電話を受けて、ふだん以上にうれしそうな声をあげた。

「まあ、まあ、ジェニファー！　たった今聞いたところだよ。ほんとうに誇らしいこと。ロブスター修道会の娘がドラゴンスレイヤーになるだなんて！」

少しいやな感じがした。

「どうして知ってるんです、マザー？」

「だって、さっきから感じのいい人たちがやってきて、あんたのことをこまごまときくんだもの」

「まさか、いろいろしゃべってませんよね？」

灰色の子ども時代がタブロイド紙にでかでかと書きたてられるのはかんべんしてほしい。電話の向こうでマザーがだまりこんだので答えは察しがついた。

「いけなかったかい？」しばらくして、マザーがきいた。

わたしはため息をついた。マザー・ゼノビアはわたしにとってほぼ実の母親のような存在で、ときどき娘にひどくはずかしい思いをさせるというところまでもが母親らしい。

「いいえ、別にいいです」少し迷惑そうな声で返事をしたけど、マザーはそのニュアンスには気づいてくれなかった。

「ああ、それならよかった」と、明るい声でいう。「あと、〈ヨギ・ベアード・ショー〉の出演依頼も受けておいてあげたよ」

「えっ、なんでそんなことを？」

「だって、放送局でうちの子たちを四人、準社員の待遇でやとってくれるっていうんだもの」

「ああ、なるほど。だったらかまいません」

「よかった。それから、〈フィジーポップ〉のソーダはいい製品ね。さっき、とても感じのいい若い人が来ていたよ。どうしてもジェニファーさんとお話がしたいって」

わたしはマザーにお礼をいって電話を切った。ガレージのドアがあき、茶色いスーツの小柄な男が、スレイヤーモービルをとてもじょうずにバックで入れた。そして運転席から飛びおりると、剣と槍を片づけ――見習いとしてやとわれたので、剣にさわっても蒸発しない――小さな手を差しだした。

「ゴードンといいます」男はわたしの手をにぎって勢いよく振りながらいった。「ゴードン・ヴァン・ゴードンです」

「ヴァン・ゴードンって〝ゴードンの息子〟っていう意味ですよね？」

わたしがきくと、ゴードンは何度もうなずいた。

「ぼくは代々つづくゴードン家の出なんです。正式な本名はゴードン・ヴァン・ゴードン・ゴードンソン・アプ＝ゴードンゴードン・オブ・ゴードンといいます」

「あー、わたしはただ〝ゴードン〟って呼ばせてもらいます」

「そのほうが時間の節約になりますね」

「わたしはジェニファー・ストレンジです。よろしく」

「こちらこそよろしく」

ゴードンは、握手をやめようとしない。ここへ来たのがうれしくてたまらず、何をするにもできるだけ長く味わっていたいという様子だ。

「だれがあの求人広告を出したのかが謎なの。わたしじゃないんだけど」わたしはいった。

「ああ、その謎はかんたんに解けますよ」ゴードンがにやりとした。「わたしです」

「あなたが？　どうして？」

「志望者として一番乗りしたかったんです。ドラゴンスレイヤーには、かならず見習いが必要になりますから、あなたの手間をはぶきたかったんですよ」

「へえ……すごく気がきくのね」わたしはゆっくりといった。

ゴードンがまた帽子をちょっとあげた。「ありがとうございます。ドラゴンスレイヤーの見習いは、控えめで勇気があって信頼に足りてそのうえ気がきかないといけませんからね」

「ねえ、ゴードン」

「はい？」

「握手、やめてもらってもいいですか？」

ゴードンは、すみませんといって手をはなしてからきいた。

「それで、まずは何からはじめますか、所長？」

「まだ何も。わたしは今までのようにザンビーニ会館に帰るけど、こっちにも少し食料があると便利かも。それから、クォークビーストはゴミ箱のなかで寝るのが好きだから、金物屋で調達しておいてもらえるとありがたいです。ただしペンキで塗装してあるものにしてくださいね。メッキだと食べちゃうから。ふだんのえさはドッグフードで、ブランドはなんでもオーケー。それと船舶用の重たい鎖の輪っかを週に一個ずつかじるんです。あと、うろこがかけないように、毎日水に魚油をスプーン一杯混ぜることも忘れないで。料理はできま

でも好きなものを食べていいですよ」

「わたしはベジタリアンだけど、人が食べるものまでとやかくいわないから、あなたはなんでも好きなものを食べていいですよ」

ゴードンは、わたしがいったことをぜんぶシャツの袖口にメモしていた。そのあとわたしは、ゴードンに秘密保持を誓わせて、つぎの日曜日にドラゴンが死ぬという予言があることを話した。この話にゴードンは、料理や、ゴミ箱や、クォークビーストの奇妙な食習慣より、はるかに熱心に食いついた。

「そりゃあいい！　じゃあ、さっそくスレイヤーモービルのオイル交換をしておきます。いざドラゴンを殺すというときに、あたふたしないように準備して――」

「ちょっと待って！」ゴードンがすっ飛んでいこうとしたので、わたしはあわてて背広の襟をつかまえた。「今のうちにはっきりいっておきますけど、わたしは実際にドラゴンを殺すつもりはぜんぜんないから」

「それじゃあなぜドラゴンスレイヤーになったんです？」ゴードンが単刀直入にきいてきたので、ふいをつかれた。

「なぜって……なぜかっていうと……古魔術でそういうふうに決められていたから」

「古魔術？」ゴードンはうろたえた声を出した。「ちょっと待ってください。求人広告には古魔術のことなんかひとことも書かれていませんでしたよ」

「そうだった？」

「ええ。古魔術が関わってくるなら、別の契約を結んでいただかないと」

わたしはちょっと考えた。

「待って、ゴードン。あの広告はあなたが書いたんでしょう？」

ゴードンは少しだまりこんで考えてから、やっと口をひらいた。

「そういえばそうでしたね。じゃあ、今回だけはこのままということで」

ゴードンは意気消沈した様子だったけれど、わたしがマスコミ向けのスポークスマンになってほしいというと、がぜん張りきって、引き出しから紙とクレヨンを取りだし、記者発表用の文案を練りはじめた。

もう夕方なので、ザンビーニ会館に帰らなくてはならない。でもドアの外へ一歩足をふみだした瞬間、人垣にわっとかこまれた。

最初に話しかけてきたのは、高そうなスーツを着てものすごく大きな帽子をかぶったビジネスマンだ。

「ジェスロ・バルコムといいます」そういって、屋根瓦ほどもありそうな名刺を差しだす。

「若くして億万長者になる方法をお教えしますよ」

にやっと笑うと、ばかでかい金歯が顔をのぞかせた。空港の金属探知機が大騒ぎするんじゃないだろうか。何もいわずにそんなことを考えていたら、億万長者になる方法を聞きたがっていると思われたらしく、相手は話をつづけた。

「生きたドラゴンを見るために、人がどれだけお金を出すかごぞんじですか？」

彼はまたにやっと笑った。わたしが喜んで飛びはねるとでも思っているらしい。

「モルトカッシオンを動物園に入れるつもり？」

わたしがきくと、彼は肩に手をまわしてきて、長いこと消息不明だった姪《めい》っ子と再会でもしたように抱きよせた。

「動物園というより、ドラゴンに特化したファミリー向けのアドベンチャー・テーマパークです」

そういって、宙を見つめながら手をさっと動かし、テーマパークのイメージを描きだそうとした。

「〈ドラゴンワールド〉™」あまりに壮大かつ大胆な計画だから言葉にできないとでもいいたげに、わざと声をふるわせる。「あなたとわたしで五分五分の共同出資。いかがです？」

彼は金銭欲で目をぎらつかせながら、いやな笑みを浮かべてわたしの答えを待った。

「話しておきます」わたしはつんけんといった。「でも、たぶんいやだというでしょう」

「話しておくって、だれにです？」本気でとまどったらしく、ききかえしてきた。

「モルトカッシオンに決まってるでしょう！」

わたしがそういうと、彼はわたしの背中をぽんとたたいて、いきなりげらげらと笑いだした。息をつまらせるんじゃないかと思うほどの笑い方だ。

「冗談好きのお嬢さんは大好きだ！　じゃあ、決まりですね。後悔はさせませんよ！」

彼はわたしの手をにぎって勢いよく握手すると、待たせてあったリムジンに乗って行ってしまった。ゴーサインが出たものと思いこんでいるらしい。

するとまた別の男がわたしをつかまえて、〈ドラゴンスレイヤーの世界〉なるコレクター向けの絵皿シリーズに使用許諾契約を結んでほしいといってきた。〈フィジーポップ〉もいて、こんどは四万ムーラーを提示してきた。ふたりに興味ありませんと告げると、つぎはマスコミがコメントをくださいと押しよせてくる。わたしはしかたなく、また事務所に逃げこんだ。するとゴードン・ヴァン・ゴードンが、かつてブライアン・スポールディングだった灰の山を掃除機で吸っていた。抗議すると、ゴードンはいった。

「わかってます、わかってます。吸ったあと、彼をこのシロップの空き缶に入れようと思っていました。つぎにドラゴンランドへ行くとき連れていってやればいいでしょう」

それなら文句はない。事務所の裏口をさがしてドアをあけてみると、さいわい裏道にはだれもいなかった。わたしはフォルクスワーゲンをとめてある〈アヒルとフェレット〉まで急ぎ、車でザンビーニ会館へ引きかえした。

ミスター・ザンビーニの真実

「ただいま」わたしはタイガーにいって、カザムの事務室に入った。「どんな感じ？」

「伝言がたまってる」タイガーがどさっとメモをくれた。どれもカザムにはなんの関係もない、わたしあての伝言だ。

「『軟体動物《モラスク》日曜版』がわたしの特集を組みたがってる」わたしはメモをぱらぱら見ながらいった。「これは結婚の申しこみ」

「ほかにも五件、申しこみがとどいてるよ。事務所に来る途中でレディ・モーゴンに会わなかった？」

わたしは顔をあげた。

「ううん」

「妙な顔でぼくのこと見るんだ。なんかかたくらんでるみたい」

「あの人はいつだって、なんかたくらんでる」わたしはいって、伝言のメモをどさっとゴミ箱に捨てた。「リンゴ売りの手押し車を見ても、どうやってひっくりかえしてやろうか、って考えずにはいられないんじゃないかな」

クォークビーストのえさをしまってある戸棚まで歩いていくと、イワシの缶詰を取りだしてほうってやった。クォークビーストは、うれしそうに缶ごとバリバリ食べた。そのあとわたしは一時間かけて、朝からの出来事をタイガーに話してきかせた。ブライアン・スポールディングのこと、ドラゴンスレイヤーの一分間速習コースのこと、ドラゴンランドとモルトカッシオンのこと、ドラゴンランドを出たあとのマスコミとのやりとりのことを。そして最後にいった。

「エグゾービタスを持ってきて見せてあげようかと思ったんだけど、騒ぎになるといけないからやめておいた」

「それどころじゃないよ。テレビ見た？」

タイガーはテレビのスイッチを入れた。ＵＫＢＣがドラゴンランド周辺の大騒ぎを伝えている。人気キャスターのソフィー・トロッターが、こんどは指標石の前に立っている。

「ドラゴンランドの周辺には、ざっと八十万人の人が集まっているものと推定されます」ソフィー・トロッターはそういってちらっとうしろを振りかえった。押すな押すなの大騒ぎが、いっそうひどくなっている。「小ぜりあいで男性ひとりが境界の内側へ倒れこみ、青い火花を発して蒸発したとの報道もあります。警察は大事故につながることを懸念して、群衆を境界線から遠ざけようとしています」

その瞬間、ソフィーのうしろで火花があがった。

「おっとぉ、またひとり犠牲者が。悲しみの遺族に今のお気持ちをうかがってみましょう……」

わたしはテレビを消して、腕時計を見た。

「もうおうちに帰る時間だね」

「ここがぼくのうちだよ」

「うん、わたしも同じ。きょうの仕事はおしまい、っていいたかったの」

「わかってる」タイガーはいった。「ただ、ジェニファー以外の全員にきらわれて……」

「クォーク」

「ごめん。ジェニファーとクォークビースト以外の全員。とにかくぼくは、そんな状況でも今がいちばん幸せだよっていいたかったんだ。ねえ、ひとつきいてもいい？」

「もちろん」

「ミスター・ザンビーニは、どうなっちゃったの？」

わたしは、タイガーをじっと見つめた。今、タイガーを信頼できないなら、永遠に信頼できないだろう。

「わかった。話してあげる。でも、ほかのだれにも話さないって約束して。最初にいっておくと、グレート・ザンビーニは世界でも指折りの魔術師だった。称号はもう使われていないけど、今は敬意をこめてグレート・ザンビーニって呼ぶね。若くて力が強かったころは、百三十五キロという魔術師のテレポーテーション世界記録保持者だったし、非公式の記録では百六十キロを大幅に超えたこともある。魚の雨をふらせたり、物質の姿を変えたりすることもできた。それにくらべたら、今朝ムービンが鉛を金に変えたのなんて、台所の化学実験みたいなもの。この会館もグレート・ザンビーニがポケットマネーで買ったんだ。そして、魔力が下降線をたどっているのを知りながら、魔法の精神を守るために今いる魔術師たちを集めた。とにかく、すべてをカザムにささげていた。昼夜の別なく働いていたから、わたしもそれを見ならって働いた。わたしにとっては父親のような存在だったの。やさしくて、心が広くて、働き者で、自分の仕事だけじゃなく、カザムの魔術師を守って支えていくことにすべてをかけていた」

「りっぱな人だったんだね」

「うん、とっても。それなのに、お金がなかったから、魔術師がけっしてやってはならないことに手を出さざるを得なくなった。魔術に対するひどい裏切り行為だから、それが知れたらグレート・ザンビーニの名は地に堕《お》ちて、ほかの魔術師からは遠ざけられ、見くだされて、失意のなかで死ぬことになる」

「それって、ひょっとして――？」

「そう。子どものパーティーで手品をやってたの」

タイガーは思わず口を押さえた。

「あんな人たちのために自分をおとしめたわけ？　レディ・モーゴンとか、ムービンとか、名前をおぼえられないあのコウモリみたいな姉妹とかのために？」

「彼らもふくめた全員のためによ。もちろんこの町以外の場所で、それも変装してやっていたけど。帽子からウサギを取りだすとか、トランプの手品とか、ちょっとした浮揚術みたいなかんたんなものを。ところがある日、どうやらサージを起こしたらしく、ショーのフィナーレで緑色の煙になって消えちゃった。それ以来帰ってこない」

「じゃあ、『ミスター・ザンビーニは、消えちゃった』っていうのは、文字どおりの意味なんだ」

「そのとおり。でも、わたしはまだあきらめてない。ときどき、何かのはずみでふっと現れることがあるんだ。ケヴィン・ジップは、出現時間か、または場所を予言してくれるんだけど、両方同時にはできないの。だから場所は合ってたのに一週間早かったとか、ちょうどその時間に駆けつけたけど別の村だったたっていうことがしょっちゅう。〝田舎のほう〟っていっても広いし」

「〝今から〟っていっても、いつだかわからないし」

「そう。しかも、ほかの魔術師に助けてもらおうと思ったら、ミスター・ザンビーニのしていたことをくわしく話さなくちゃならないでしょ。あの人の顔に泥をぬるようなまねはできない。でもね、あのとき子どもたちはすごく喜んだんだ。五歳児が立ちあがって拍手喝采するっていうのはすごいことだよ」

「けど、話はそこで終わりじゃないよね？」タイガーはよれよれになった『シンプキンの孤児法事典』を持ちあげてみせた。

「そうね」わたしは認めた。「ミスター・ザンビーニがもどってくるか、あるいは法律上、正式に死亡または不明と認定されないうちは、わたしたちの年季奉公が明けても、それに同意する書類にサインする人がいないということ。つまり法律上、わたしたちは死ぬまでここにいることになる」

タイガーはぱたんと本を閉じた。

「だと思った」

「もどってくるよ」わたしは力をこめていった。「もしもどらなかったら、何もかも話して、正式に行方不明者と認定してもらって、後任の人にわたしたちの身柄を引きうけてもらうようにする。いずれにせよ、わたしはまだあと二年残ってるし、あなたは六年ある。そのあいだには、いろんなことが起こり得る」

タイガーに向かってほほえむと、タイガーも笑みを返してくれた。これはわたしなりの心配しないでというメッセージだし、タイガーのほうも彼なりにだいじょうぶという気持ちを伝えてくれたのだ。

「ちょっとムービンのところへ行ってくる」わたしはいった。「魔術師たちの様子を聞かなくちゃ。レディ・モーゴンには近寄らないようにして。じゃ、あとでね」

ビッグマジック

ウィザード・ムービンは自分の部屋にいた。朝方の爆発で吹きとんだドアは、もう修理してあったけれど、それ以外はまだ片づけている最中だった。無傷で残っているものはほとんどない。魔法の力というのは、制御しそこねると大災害につながりかねない。一八七八年のブリックス事件以来、魔術師がひとりで魔法をかける際には、みな意図的に呪文のレベルを〇・五メガシャンダー以内に抑えるようにしている。当時ブリックスは法の抜け道を利用して魔力をためこみ、世界征服の野望のため、一気に解きはなった。それにより六ギガシャンダーの大爆発が起きて、ブリックスの短い天下は終わりを告げた。彼自身ばかりでなくふたつの王国が吹きとび、五十万人もの人たちが亡くなったのだ。

ムービンの部屋にはプライス兄弟――〝ハーフ〟と〝フル〟――もいて、会合のようなものがひらかれていた。部屋にはもうひとり、わたしの知らない人物がいる。

「ああ、きみか」ムービンがいった。「こちらはブラザー・スタムフォード。マーシアの出で、魔術師免許が失効してしまったんだ。スタムフォードくん、こちらはジェニファー・ストレンジ」

スタムフォードは土気色の肌に油っぽい髪をした人で、わたしのことをさぐるように見てから握手をした。

「ドラゴンの死のことでいらしたんですか？」わたしはきいてみた。

「……たぶん」スタムフォードは少し考えてから返事をした。「部屋に入ってはみたものの、何をしにきたか思いだせないということがあるでしょう？」

「ありますね」

「まさにあんな感じです。なぜここに来たのかわからない。来なければという気持ちに駆られたのはたしかなんですが」

それだけいって、だまりこむ。

「今朝からやってきたのは彼が三人めだよ」ウィザード・ムービンはそういって、ひと呼吸置いてからつづけた。「タイガー・プローンズが勝手にドラゴンの死ぬ日を公表して、コンスタッフのもくろみをぶっこわしただろ」

「うん。わたしがカザムをやめるのを止めようとして、やったんだと思う」

「ああ、たしかに気高い行為だった。それは認める。おれたちは、名誉や、自己犠牲、気高さ、道徳的行為といったものを大切にするからね。だが悲しいことに、レディ・モーゴンは、そう思っていない。きみたちふたりを首にするため、マザー・ゼノビアに電話をかけ、代わりの捨て子を面接するから候補者リストを出してほしいとたのんだんだ」

「あの孤児院はそういう手順で動くわけじゃないんだけどな」

「レディ・モーゴンはそういう手順をとるんだ」

「で、どうなったの?」

「マザー・ゼノビアから、もう孤児はいませんって突っぱねられた」

思わず笑ってしまった。マザー・ゼノビアのところには、これから年季奉公に出る孤児が何百人もいるはずだ。きっとレディ・モーゴンは、かんかんになっているにちがいない。

「今、どうしてるの?」

「レディ・モーゴンか? 歯がみして、頭から湯気を立てながら廊下をのし歩いてるんじゃないか。でも、今いちばん大事なのはレディ・モーゴンのことじゃないだろ?」

「テレビでニュースを見た?」

「いやでも目に入るって。みんなびっくりしてる。いったいどうやって、最後のドラゴンスレイヤーになったんだ?」

わたしが手短にいきさつを話すと、ムービンは考え深げにうなずいた。わたしはこんなことになってもいちばん大切なのはカザムで、ただし日曜日のお昼前後はちょっといそがしくなるかもしれないとつけたした。

「ああ。みんな、きみがうまくやるよう祈ってるよ」ムービンはいった。「もっともレディ・モーゴンは別だろうけどな。あの人は、きみがドラゴンに食われれば大喜びするだろう。でも、おれならそんなのは無視するね」

「わたしも無視するつもり」

ムービンは少し考えてからいった。

「きみはもう傍観者じゃないんだ、ジェニファー。当事者なんだよ。それもドラゴンスレイヤー界だけじゃなく、魔法界全体の」

「……そんな気がしてた」わたしはゆっくりといった。「ねえ、いい機会だから、〝ビッグマジック〟っていうものがなんなのか、それがどこから来るのか、教えてもらえない？」

ムービンはブラザー・スタムフォードと目を見かわしてうなずきあった。

「魔法がこの世に生まれる前の時間というものがありました」ブラザー・スタムフォードがいった。「そして、魔法はやがて消えてなくなるでしょう。そのふたつの時間のあいだで、魔法の力は潮の満ち引きのように強まったり弱まったりを繰りかえします。ただし潮の満ち引きとちがって魔力は、信じない人や、存在を否定する人、あるいは使用しない人たちの破壊的な力のせいで衰退し、それっきりもどらないということもじゅうぶんあり得ます」

「そんなこと考えられない」

「いや、魔術師はみんなあり得ると考えてる」ムービンがいった。「だが、悪い話ばかりじゃない。逆に魔力が再興して、力が満ちあふれる可能性もあるんだ。力が満ちあふれれば、再生が起こる。魔法が再生するんだよ」

「それが〝ビッグマジック〟？」わたしはきいた。

「いってみれば、バッテリーを充電しなおすようなものだ」ムービンがつづける。「だが魔力が低い時代には、魔術師も〝ビッグマジック〟の兆候に気づきにくくなる。いつ来るかわからないし、どんな形を取るかもわからないからだ。前回〝ビッグマジック〟が来たのは、二百三十年前、夕空にアレウティウスの星が出現したときだった。クレタ島のブラザー・タソスが、その星こそ〝ビッグマジック〟のきざしだと気づかなければ、その時点で魔法は完全に消滅していたかもしれない」

「魔法って、いったいどこから来るの？」わたしはきいた。「そして、どこへ消えるの？」

「魔法を説明しようとするのは、千年前の人が虹や稲妻を説明しようと試みるようなものだな。説明がつかなくて、ふしぎで、一見不可能に思えるものなんだから。今じゃ、虹も稲妻も科学の教科書の数式でほとんど説明できるけどね。魔法は、強い力、弱い力、電磁力、重力につづく第五の基本的な力だと考えられているけど、重力よりさらに謎が多い。それって大変なことだ。魔力はすべての人間が潜在的に持っている感情エネルギーで、物を動かしたり、事物を操作したりするために利用できる。でも、現時点で人間が理解できるような物理法則には、のっとっていない。それは人間の頭と心のなかにだけ存在するんだ」

「じゃあドラゴンランドは？　魔法とどんな関係があるの？」

「おれも知りたいよ。だがひとつ、ものすごく大事なことがある。この三十年間、魔力はずっと低下の一途をたどってきた。そんななかで、こんどのことは――まだ実態がわからないとはいえ――魔法の力を取りもどす最後のチャンスなのかもしれない。つかみそこねれば、魔法は完全に消滅しちまうだろう」

「〝ビッグマジック〟の時代が到来する可能性って、どれくらいあると思う？」

「再興というのは、危険をともなう事業なんだ。確率でいうと、よくて二割ってとこかな」

それだけいうと、ムービンは後片づけにもどった。

ブラザー・スタムフォードが、指先からきらめく光の球を出現させた。球がブーンと音を立てながら部屋のなかを飛びまわり、やがて消える。つぎにスタムフォードが小型のシャンダーメーターをかかげたので、彼の肩越しにのぞきこむと、小さな針がぐっとせりあがった。

「環境魔力がきのうの十倍近くに跳ねあがってます」スタムフォードはいった。「こんなのは見たことがない」

「だからここへ来たの？」わたしはきいた。「蛾《が》が明かりに引きよせられるみたいに？」

それからまもなく、わたしはあれこれ考えこみながら自分の部屋へもどった。窓が西向きなので、サグワスにあるマジパン精製工場のうしろに朱色の太陽がゆっくり沈んでいくところが見える。煙突の先にあがる炎の熱で空気がゆらめき、夕日がゆがんでいる。わたしはベッドに腰をおろして声をかけた。

「ねえ、タイガー、ピザ食べる？」

「うん、食べたい」戸棚のなかから小さな声が聞こえた。タイガーはまだひとりで寝ることになれていないらしい。「ねえ」タイガーがまたいった。「ここにかくしてあるの、マット・グリフロンのポスター？」

「それ、友達にたのまれてしまってあるの」わたしはあわてていった。

「ふうん」

国王陛下スノッド四世

日が落ちて目だたずに動きまわれるようになるとすぐ、わたしはザンビーニ会館を出て、ドラゴンスレイヤー事務所の寝室で夜を過ごした。朝になっても外の報道陣は減っていなかったし、まもなく電話も受話器をはずしておくはめになった。ふたつのラジオ局と、「デイリー・モラスク」の文化部、「ザ・クラム」の特集デスク、それに〈フィジーポップ〉の担当者から、四十七秒のあいだにつぎつぎと電話がかかってきたからだ。でも悪いことばかりではなかった。ゴードンの料理の腕前がすばらしかったのだ。朝食に焼いてくれたパンケーキの山にわたしは飛びついた。食べながら新聞をひろげ、ヘレフォード王国とブレコン公国の国境付近での小競りあいについて読んでいると、ノックの音がした。

「〈ヤミーフレークス〉の担当者だったら、わたしは死んだって伝えてください」新聞から顔もあげずにいった。でも、訪ねてきたのは、〈ヤミーフレークス〉ではなかった。例のテーマパークの人でもない。昔ながらのお仕着せを着た国王の従僕が、ゴードンを無視して、つかつかと朝食のテーブルに歩みよってきた。ポマードで固めたかつらをかぶり、緋色《ひいろ》の胴着とひざ丈ズボンを身につけている。シャツの袖口にはフリルがたっぷりあしらわれ、立て襟は糊《のり》できっちり固めてあるので、頭を動かすのが大変そうだ。

「ミス・ストレンジですか？」従僕はか細い声でいった。

「そうですけど？」

「ドラゴンスレイヤーの？」

「はい、そうですけど？」

「スノッド国王陛下より、あなたをお城へお連れするようにとのお達しです」

「お城へ？　わたしを？　ご冗談でしょう！」

従僕は冷ややかな目でわたしを見た。

「ミス・ストレンジ、国王陛下は冗談などおっしゃいません。ごくまれに冗談を口にされる場合は、事前に覚え書きをおまわしになり、ゆめゆめ誤解が生じることのないよう取りはからわれます。きょうは陛下が私用車を遣わしておられます」


　国王の車はイスパノ・スイザＫ６のリムジンだった。ブゾンジ革を張った後部座席にわたしが乗りこみ、つづいてクォークビーストが飛びのってくると、従僕と運転手はうそだろうという顔でわたしを見たけれど、それでもひとこともいわずに車を走らせ、ヘレフォードの町を出てスノッドヒルへ向かった。そこはドラゴン協定が結ばれて以来、ヘレフォードの国王が代々居所と定めてきた場所だ。ドラゴンランドの東の端に鎮座しているから、少なくとも西側から攻撃を受ける恐れがなく、戦略的にもすぐれた位置取りだ。吊《つ》りあげ橋を渡って城の内郭に入ると、高い塁壁や塀がいっそう大きく見えてきた。考えるまもなく車は城の前にとまり、やはり一分のすきもなく身なりをととのえた別の従僕がドアをあけた。ついてくるよう手招きされて、わたしは古い城のくねくねと曲がった階段を小走りになりながら必死に進んだ。まもなく従僕は大きな両びらきの木の扉の前で足を止め、ノックをしてから大げさな身ぶりでドアをあけた。

なかは中世風の大広間だった。高い天井は盾の紋章のデザインで飾られ、太いオークの梁《はり》からは、過去数世紀に王国が怪しげな戦法で勝利した戦を描くタピストリーが吊るされている。広間の奥には大きな暖炉があり、その前にソファが二脚あって、六人の男たちがすわっていた。六人は小柄な人物が黒板に何かを書いて説明するところをじっと見つめている。だれもこちらをちらりとも見ないので、わたしは暖炉のほうへ近づいて、なんの話をしているのかと耳をかたむけた。

「……問題は」黒板の前の人は、ひと目見て慈悲深き国王陛下スノッド四世だとわかった。「ブレコンのごろつきどもが何をたくらんでいるのか、まったくわからないということだ。消息筋によれば……」

このとき、国王がわたしに気づいて声がとぎれた。わたしは突然、自分がすごくちっぽけで、はだかになったみたいに感じた。この国のいちばんえらい人たちが、いっせいに振りむいてわたしのことを見たのだから。よくテレビに出てくるので、何人かの顔は見たことがあった。最も登場回数が多いのが、ヘレフォード王国の結婚したい男ナンバーワン、このうえなくハンサムなサー・マット・グリフロンだ。サー・マットがわたしに向かってほほえむと、胸がときめいた。それをよそにあたりには気まずい沈黙がひろがっていた。ソファにすわっているほかの人たちは、見るからに軍人という人ばかりだ。はっきりと名前がわかるのは、ショブドン伯爵だけだった。一度、カザムが伯爵の領地からすべてのモグラを追いだしたことがある。

「だれだ？」国王がきいた。

「陛下のしもべでございます」わたしは片足を引いてぎこちなく礼をしながら、ぼそぼそといった。「ジェニファー・ストレンジといいます。ドラゴンスレイヤーをしております」

「ドラゴンスレイヤー？」国王がオウム返しする。「ドラゴンスレイヤーは小娘なのか？」王が高笑いし、ときどき鼻を鳴らすような音を立てて咳こむのを、わたしは無言で見つめた。早くも国王のことが、すっかりきらいになっていた。ほかの人たちが追随して笑いだし、わたしは怒りでかっと体がほてった。そのとき王が片手をあげ、笑い声がすっとやんだ。しかし王は口をひらく前に目をむいて、恐怖の叫びをあげた。

「偉大なるスノッドの名にかけてなんだありゃあぁ？」

クォークビーストだった。柱のかげにかくれるのにあきて、とことこと駆けだし、テーブルの青銅製の脚のにおいをかぎはじめたのだ。王はすぐに落ち着きを取りもどし、うれしそうに手をたたいた。「なんとまあ！　本物の、生きたクォークビーストか！」指をパチンと鳴らして、従僕を呼びよせる。

「クォークビーストに肉を持ってきてやれ」王は相手の顔を見もせずにいった。「非常にめずらしいペットだな、ミス・ストレンジ。どこで見つけたのかね？」

「見つけたというより、この子が――」

「それはおもしろい！」王は、わたしの話をさえぎった。「おまえは国王に忠誠を誓うか？」

「はい、陛下」

「それはありがたい。なあ、ドラゴンスレイヤーのお嬢さん、見習いはいるのかね？」

「はい、おります」

するとと王がせまってきたので、わたしは思わず後ずさりした。柱に背中が当たって立ちどまると、王は目に取りつけた片めがねで、ここぞとばかりに、わたしの顔をじろじろとながめまわした。

「ふうむ」しばらくしてから王はいった。「その見習いは解雇せよ。そしてわしが遣わす者を見習いにするのだ。以上。帰っていいぞ」

わたしは帰りかけて、はっと立ちどまった。そういえば、ドラゴンスレイヤーの一分間速習コースで、暴君とその対処法についても、少し学んだことに気づいたのだ。おどしつけられて、しっぽを巻いてすごすご逃げだすのではなく、わたしはふみとどまった。

「聞こえないのかね、お嬢さん？」王がまたいった。「帰れといったのだ！　出ていけ！　しっしっ！」

「陛下」わたしは赤カブみたいに真っ赤になった王の顔を見すえていった。声がかすれる。「わたしは陛下にお仕えすることのみを念じ、理にかなったご命令にはなんなりと従うつもりでおります。ですが、マイティ・シャンダーの取りきめと、いにしえの法の定めにより、ドラゴンスレイヤーにまつわる要件は、高貴なる国王陛下にはいっさい関わりのないことであると申しあげざるを得ません」

死のような沈黙がひろがった。顧問のひとりがのどの奥で笑い声を立てはじめたが、賢明にも咳をしてごまかした。王の片めがねがぽろりとはずれた。王は顧問たちのほうを向き、怒り心頭に発した様子でたずねた。

「今のは拒絶か？」

顧問たちはたがいに低い声で言葉を交わし、うなずきあって、だれともなく「そうです」というような声を出した。すると王はこちらに向きなおり、わたしの顔の前で細い人さし指を振った。

「わしより権威のある者がいるというのか？　そのマイティ・シャンダーとやらは、どこにいるのだ？　この百六十一年間姿を見せていないではないか。それなのにドラゴンについてはその者の言葉が絶対だというつもりか？　厄介なことになるぞ、お嬢さん」

「陛下、この者は陛下に敬意を表すればこそ、ご命令を拒んだものと考えます」

修道院の掃除夫のような、ざらざらとしたしゃがれ声が聞こえた。口をひらいたのは王の顧問のひとりだった。その人は立ちあがって、足元にいたハウンド犬の一頭の眠りをさまたげながら、わたしとクォークビーストのほうへ歩いてきた。

「どういうことだ、首席顧問？」

首席顧問は背の高い老人だった。髪と髭が真っ白で、足を引きずりながら歩く。ほほえみかけてくれたので、わたしはほっと安堵のため息をもらした。国王に相談相手がいて、その人がはっきりいって国王より賢いというのは理にかなっている。

「わたくしは前の《ラスト》ドラゴンスレイヤーをおぼえておりますが、陛下はお忘れでしょうか」

「前任《プレヴィアス》のということですよね」わたしは何も考えずに口をはさんだ。

「なんだと？」と、国王。

「〝前任《プレヴィアス》の〟です。最後《ラスト》のドラゴンスレイヤーはわたしですから、ミスター・スポールディングのことは〝前任のドラゴンスレイヤー〟と呼んでいただかないと」

国王と首席顧問は、信じられないという顔でわたしを見つめた。王の前で順番を飛ばしてしゃべる人なんて、ひとりもいなかったのだろう。このときまでは。

「〝前の《ラスト》最後《ラスト》のドラゴンスレイヤー〟という言い方もできるな」王がいった。

「でも、それは響きがおかしいですよね？」

王はわたしのことを長いこと見つめた。たぶん、首をはねてやろうとでも考えていたのだろう。

「ああ、そうかもしれん」王がしばらくしてようやく口をひらいた。「ひとつだけたしかなのは、おまえが前任者同様、恐ろしく生意気だということだ」

「それには、ある理由がございましてですね」首席顧問が王を丸めこもうとするような口調でいった。「ドラゴンスレイヤーといいますのは、きわめて特殊な役職でして、ひとりの首長ではなくすべての国の首長に対して責任をになないます。ドラゴンスレイヤーの独立性は傷つけてはなりませんし、けっして何かを強制してもいけません」

「ちゃんと英語で話せ、このど阿呆《あほう》め！　だいいち、だれが強制などしているものか」国王がさも驚いたようにいった。「わしはこちらで選んだ見習いをやとうよう、国王として命じているだけだ。まったくちがうではないか。衛兵、このドラゴンスレイヤーをいちばん高い棟のいちばん恐ろしい部屋に閉じこめて、はいというまでネズミの粉でも食わせておけ」

「それはなりません、陛下」

「なりません？」王は怒りで顔が真っ赤になった。「なりませんだと？　わしは国王だぞ。王の命令には従うのが当然だろう！」

「陛下は大変なお力をお持ちですが、最強のランドシップの大隊をもってしても魔法の力にはかなわぬのです」

「魔法だ？　くだらん！　今は二十一世紀だぞ、首席顧問。古めかしい考え方にとらわれている場合ではない」

けれど首席顧問は引きさがらなかった。

「お父上は、けっして魔法を軽く見たりはなさいませんでしたし、陛下も軽視なさらぬほうがよろしいかとぞんじます」

王は唇をかんでわたしをにらんだ。首席顧問が追いうちをかける。

「ドラゴンスレイヤーに無理強いはなさいませんように。ミス・ストレンジに謝罪なさって、宮廷におむかえになるのがよろしいでしょう」

「なんだと！」王の片めがねがまた飛びだした。「ばかをいうな！」

ちょうどそのとき、従僕がクォークビーストのために肉をのせた小皿をはこんできた。

「なんだその皿は？」王は自分で命じたことをすっかり忘れている。

「クォーク」クォークビーストは忘れていなかった。

王は皿を受けとると、クォークビーストのとなりの床に置いた。クォークビーストがお行儀よくわたしの顔を見あげたので、うなずいてやると一瞬で肉をたいらげ、錫《すず》の皿もちょっとかじった。けれど、まもなくぐちゃぐちゃにかみくだいた、きたならしいかすを吐きだしたので、それを見た侍女のひとりが気絶して、部屋から運びだされる騒ぎになった。

「なんてことだ」王もクォークビーストが食事をするところは見たことがなかったらしい。

ハウンド犬たちは賢明にもさっさと物かげにかくれている。

みなの注意がそれたすきに、首席顧問は身を乗りだし、王の耳元で三十秒ほど何やらひそひそと話した。王がゆっくりと顔をほころばせる。

「ああ、なるほど。それはいい。そうしよう」

王がまたわたしの顔を見て口をひらいた。さっきとはがらりと口調が変わっている。

「ほんとうに申しわけなかった。今朝早くのブレコン公国との国境紛争のことは聞いているだろう。消息筋によれば、きのうおまえが突然ドラゴンスレイヤーに任命され、ドラゴンのじいさんがまもなく死ぬということがわかったせいで、ブレコン公爵は、軍を動かしてドラゴンランドの土地を大幅に囲いこもうとしている。わしはこの一件におけるおまえの立場をおおいに尊重しているし、おまえがヘレフォード王国に対して忠誠であることも信頼しているが、どうかね？」

王がころりと態度を変えたので、わたしは疑心暗鬼だったけれど、その気持ちを顔に出さないようつとめた。

「はい、ご信頼ください、陛下」

「それでは、わしの小さな願いごとをきいてほしいのだがどうだろう？」

「……と、おっしゃいますと？」

王は悲しげに首を横に振った。

「いやいや、わしは国王なのだ。王が願いごとを口にしたら、おまえはとにかく『はい』といって、そのあとで要件をたずねればいい。おまえは育ちが悪いからしかたがないがな、小娘」

「承知いたしました」わたしはいった。「国王陛下のおたのみごとは、なんであれきわめて慎重に検討いたします」

「多少ましになったな」王はまだ納得していない顔でうなずいた。「おまえはドラゴンランドに入れるのが、自分だけだということはわかっておろうな？」

わたしはうなずいた。

「よろしい。おまえにはヘレフォード王国の印をつけた杭をドラゴンランドじゅうに打ちこんで、土地を確保してもらいたいのだ。そうすれば、よきドラゴンが死んだとき、おまえの君主と国家は勢力を増し、国民に繁栄をもたらせるようになるだろう。いうとおりにすれば、ほうびに初代クラスウォール侯爵レディ・ジェニファーという称号をさずけよう。ずいぶん太っ腹な国王だとは思わんかね？」

「ご提案の件は慎重の上にも慎重に検討いたします、陛下」

「では決まりだ。首席顧問、このお嬢さんを車までお送りしなさい」

首席顧問がわたしの腕を取り、わたしたちはそのまましばらくあとずさりしてから、王に背を向けて部屋をあとにした。

「テンベリー卿と申します、ミス・ストレンジ」顧問がやさしい口調でいった。「テンベリーと呼んでください。今の国王陛下のお父上のころからお仕えしています。スノッド国王陛下のかんしゃくをどうぞお許しください」

わたしたちは長い廊下を歩いた。クォークビーストがすぐあとからついてくる。

「ブレコン公国とのあいだに、いざこざがあるんですか？」わたしはきいてみた。

「いつものことです」テンベリーはため息をついた。「ブレコンはモルトカッシオンが死ぬと同時にドラゴンランドに領土を拡大しようとしています。そんなことを許すわけにはいきません。ドラゴンランドに入れるのは、あなたと見習いだけです。どうか、陛下のお申し出をよくよく検討してください」

テンベリーはいったん言葉を切り、真剣なまなざしでわたしの目をのぞきこんだ。

「よろしいか、ジェニファー。あなたはスノッド国王陛下の臣下なのです。ドラゴンスレイヤーの責務は、王国の守り手としての務めに次ぐものでしかない」

「わたしは、ドラゴンにとって最適なことをするだけです、テンベリー」

テンベリーはほほえんだ。

「ことは見た目ほど単純ではありませんよ、ミス・ストレンジ。ドラゴンスレイヤーの責務を受けついだとき、あなたはじつに繊細な政治的地位も同時に引きうけたのです。老練な宮廷顧問の職となんら変わらぬほど厄介な地位をね。これからの一連の出来事のなかで、あなたが正しい判断をなさるよう願っていますよ」

正面玄関に着くと、イスパノ・スイザの無口な運転手が待っていた。

するとテンベリーがあたりにさっと目配りして、わたしの耳元でいった。「もうひとつお願いがあります」

「率直にお話してくださってありがとうございます。どんなご用件でしょう？」

「商品化のことを真剣にお考えいただきたいのです」

「は？」

「商品化ですよ。ドラゴンスレイヤーのおもちゃやゲームなどなど。キャラクター商品は昨今では大きな市場ですからね。陛下の無能な弟君とわたしは、〈コンソリデーテッド・ユースフル・スタッフ社〉の地域担当をしていて、売上の二割をあなたに提供する権限をあたえられています。プラスチックの剣を売りだせば、おそらく売上だけで五十万ムーラーは見こめると考えているのですよ」

テンベリーはにっこりして名刺を差しだした。

「ご検討いただけますね？」

「ええ、お約束します」

ついさっきまで、この人のことを好きになりかけていたのに。わたしは深いため息をついた。スノッド国王は突然態度を変えたけれど、それが意味するところはひとつしかない。向こうはあきらめる気などないということだ。

ヨギ・ベアード

「王さまからどんなお話があったんです？」ゴードン・ヴァン・ゴードンがきいた。ゴードンは花もようのエプロンをつけて、皿洗いをしている。スーツの上着をぬいでシャツを袖まくりしているけど、茶色の山高帽はかぶったままだ。

「わたしがドラゴンスレイヤーになったせいで、モルトカッシオンは先が長くないということがはっきりしたでしょう。それで、ブレコン公爵が国土をひろげようともくろんでいるんだけど、スノッド国王はそれを阻止したいの。だからモルトカッシオンが死ぬ前に、あらかじめヘレフォード王国の杭をドラゴンランドに打ちこんでほしいって。そうすれば自分が、お手軽に土地を手に入れられるから」

「なるほど」ゴードンがいった。「それで、あなたはどうお考えなんです？」

「わたしはドラゴンスレイヤーよ。不動産業者じゃない。国王からは目の敵にされるだろうけど」

「そうなるでしょうね。でも、あなたが正しいと思うことをするしかありません。お茶をいかがです？」

わたしはありがたい気持ちでうなずいた。

「また〈フィジーポップ〉から電話が来ましたよ」ゴードンがいった。

「ほんとに？」

「CM契約を五万ムーラーに増額するといってました」

「〈ヤミーフレークス〉は？」

「四万までしか出せないそうです。それからコンスタッフが、さらなる商品化権についてご相談したいと。衣料品の〈安くてニコニコ〉で〈ジェニファー・ストレンジ・スポーツウェア〉のラインナップを立ちあげ、おもちゃの〈トイスタッフ〉ではスレイヤーモービルのモデルカーを出したいから使用許可がほしいとのことです。あと、ブックメーカーでは、すでに予言が流布しているので、あなたが勝つというベットは受けつけていませんが、ドラゴンが勝つというベットは掛け率三百倍、相打ちは五百倍で募集中だそうです」

「それでぜんぶ？」

わたしがきくと、ゴードンはにっこりして電気ポットに水を入れ、コンセントをさしこんだ。

「まだあります。モラスクテレビから、あなたのドキュメンタリーをやりたいという申しこみがありました。UKBCの自然番組制作部からは、ドラゴンランドにあなたがカメラを持ちこんで撮影するのはどうかという打診が来ています。ドラマ化、または映画化の独占権を買いたいといってきたプロデューサーが三人。そのうちのひとりは、サンディ・オキュートが映画であなたの役を演じたがっているといってました」

「彼女ならいいそう」

「あなたあての郵便では、九十七パーセントの人たちがドラゴンを殺してほしいと望み、残りの三パーセントはドラゴンをそっとしておいてほしいといっています。それから結婚の申しこみ、または良縁のすすめが五十八通。自分こそ本物のドラゴンスレイヤーだと書いてきた人もふたりいます。チェプストウにお住まいの老婦人は、イバラがはびこってどうしようもないので、あなたの剣でなんとかしてほしいといってきました。サイレンセスターの老婦人からは、トロール戦争孤児基金の呼びかけにぜひ参加してほしいという依頼が来ています。そして最後にウェセックスのロールス・ロイス・クラブから、スレイヤーモービルで来月のラリーに参加しませんかというお誘いが来ています」

「これでもまだ手はじめなのか……」わたしはぼそっとつぶやいた。

ゴードンがあつあつのお湯をティーポットにそそぎながらいった。

「ニュースがなくなれば、落ちつきますよ」

「だといいけど。あ、ミルクをお願いします。砂糖はスプーン半分で。ちなみにトロール戦争孤児基金の呼びかけには出てもいいかな」

ドアベルが鳴った。ゴードンが腕時計に目をやって、エプロンをぬぐ。

「だれなの？」わたしはきいた。

「〈ヨギ・ベアードのお昼のテレビショー〉です。マザー・ゼノビアがあなたに代わって出演依頼をお受けになりました」

「そういえば、そんなことといってたっけ」

ゴードンが玄関のドアをあけると、ヨギ・ベアードがすたすたと入ってきてわたしと握手をかわし、満面に笑みを浮かべて、会えてものすごくうれしいしすばらしい番組になることはうけあいだといった。その間《かん》にも、メイク係の女性が彼の顔をぽんぽんとパフではたく。つづいてカメラマン、技術者、電気技師ふたり、プロデューサー、アシスタント三人、それからなんだか知らないけど黒服を着た人がひとり、どやどやと入ってきた。黒服の人はうちの電話を占領してあちこちへ電話をかけ、どうでもいいことばかり話している。そうこうするうち、あっというまにカメラの設営と地元中継局への接続も完了した。さっきのメイク係がわたしのところへ来て世話を焼いているあいだに、ほかのスタッフがトゲつきのロールス・ロイスの前に椅子をふたつ置く。音声係がわたしにマイクをつける。

こうやって準備が進められているあいだに、わたしはクォークビーストに紙袋をかぶせた。外が見えるよう、穴をひとつあけてある。スタッフを必要以上に驚かせたくないし、テレビに映しだされて視聴者がパニックを起こしたり、子どもが泣きだしたりすることは、わたしもクォークビーストも望んでいない。

フロアディレクターが指を立ててカウントダウンし、カメラの上についている「中継中」の赤いランプがともった瞬間、ミスター・ベアードを指さした。ミスター・ベアードはにっこりと笑みを浮かべた。

「こんにちは、ヨギ・ベアードです。きょうはヘレフォード王国の首都ヘレフォード市にあるドラゴンスレイヤーの事務所から中継でお送りしています。スペシャルゲストにおむかえするのは、ドラゴンスレイヤーのジェニファー・ストレンジ。ですが、そのまえにスポンサーからのお知らせを。朝のやる気が失せちゃった？　もっと乗り気で仕事を乗りきりたい？」

ここで、おもむろにシリアルの箱を取りだす。

「そんなときには、〈ヤミーフレークス〉。これであなたも、ノリノリ！」

短いCMソングが流れると、ミスター・ベアードは箱を置き、カメラに向かってほほえんでから話しだした。

「この数日間、ドラゴンがどうした、ドラゴンがこうしたと、世の中はドラゴンのうわさで持ちきり。これがほんとの大りゅうこう。スレイヤーだけに、それいいやー。あはは」

生で見ると、たいしておもしろいとは思えなかった。スタジオの観客はきっとお腹をかかえて笑っているだろうけど、わたしはなんだかいたたまれなくなってきた。不連合王国の大多数の人と同じく、わたしも小さいころから〈ヨギ・ベアード・ショー〉を見て育ってきた。

なのに今、自分が利用されているような気がしはじめた。ドラゴンスレイヤーはもっと品格を示すべきなのではないだろうか。それでも、とりあえずマザー・ゼノビアのために、このまま出演することにした。マザーはきっと見ている――というか、聴いているはずだ。

「……みなさん、ドラゴンランドのまわりの大群衆、見ました？　この町で最大の見ものですよ、あれは。そのうちモルトカッシオン専用のテレビ局ができるんじゃないかな」

カメラがズームアウトして、わたしもフレームに入った。フロアディレクターがわたしに向かってめちゃくちゃに手を振りまわし、心構えをするよう合図している。

「……まあ、冗談はさておき、この数日間、世界最後のドラゴンが死ぬかもしれないという観測で小さなヘレフォード王国はおおいににぎわっています。うわさどおりに最後のドラゴンが死ねば、四百年前に設置されたドラゴンランドは、まもなく囲いこみに成功した幸運な人たちのものになるでしょう。きょうお呼びしているのは、来週そのドラゴンと戦うことになるかもしれないという人物。ご紹介しましょう、ジェニファー・ストレンジです」

ゴードンに目をやると、ぎらぎらしたライトの向こうで親指を立ててくれた。今、三千万以上の家庭にわたしの姿が中継されているのだ。二日前はだれもわたしのことなんか聞いたこともなかったのに、今はわたしを知らない人をさがすほうがむずかしい。マスコミって恐ろしい。

「〈ヨギ・ベアード・ショー〉にようこそ、ジェニファー」

「ありがとうございます」

「きょう、モルトカッシオンと対面したんですね？」

「きのうです」わたしはいった。

「想像どおり、奇々怪々で恐ろしい生き物でしたか？」

「いいえ、それとは逆に、とても知的な生き物だと思いました」

「でも、もちろん醜いんでしょう？　おまけにいつ人間を食べるかもわからないし、死と破壊のことしか頭にないんですよね？」

「そんなことはまったくありません」

わたしが突っぱねると、ヨギ・ベアードはそっちの線で押すのをあきらめた。

「そう……ですか。さて、今回〝B－3〟というレベルの低い予知能力者すらも、まもなくドラゴンがあなたの手にかかって死ぬという幻視を見ています。これについてはどうお考えです？」

「なんともいえません。モルトカッシオンはドラゴン協定を犯してはいませんから。違反行為がないかぎり、わたしは行動を起こす必要がないし、その権限もあたえられていないんです。正直いって、ドラゴンスレイヤーという呼び名は実態とかけはなれているんじゃないかと思うんです。自分ではむしろドラゴンの守り手のようなつもりでいます。外部からの危険な影響を考慮しながらドラゴンの利益を守るという立場です。それにわたしたちは、この高貴な生き物についてほとんど何も知りません。わたしはそういうすべてのことを変えられる立場にあります。だからモルトカッシオンのことを研究するつもりです」

「ああ、新聞のなかには、あなたがドラゴン寄りの立場を取っていると批判する論調もありますよね。うちの調査班がドラゴンについて調べたんですが、それによるとドラゴンの真の姿はこうだそうです。『ドラゴンは悪臭をはなち火を吐く危険で忌まわしい害獣で、ドラゴン協定の魔法がなければ、村をまるごと焼きはらったり、すべての赤ん坊を捕食したりすることも、平然とやってのけるだろう』」

「そんなこと、どこに書いてあったんですか？」

「出典はうちの調査班にきいてください」

「たしかにそれが一般の人たちの見方でしょう」わたしは認めた。「けれど、短時間ながらモルトカッシオンと対面を果たした結果、わたしはドラゴンのことを深い教養を身につけた紳士だと考えるようになりました」

「なるほど。はたして忌まわしい害獣なのか、教養ある紳士なのか。電話で視聴者のみなさんのご意見をうかがってみましょう。おひとりめは、ミリー・バーンズさんです。こんにちは、ミリー、何か質問はありますか？」

スピーカーから小さな女の子の声が聞こえた。五歳になるかならないかというところだ。

「こんにちは、ジェニファー。ドラゴンって、どんなですか？」

「こんにちは、ミリー。ドラゴンは、石をたくさんつみあげて、山にしたみたいな姿をしていました。ごつごつしていて、はっきりした形がないの。しゃべらなければ、そこにドラゴンがいるってわからないくらいよ。話し方は上品で、勇気があって、人間の知らないことをたくさん教えてくれ……」

「ありがとう、ミリー」ベアード氏が割ってはいった。「つぎは、三番の電話にバグサム＝ゲイム大佐からお電話です。大佐、どうぞ」

「ジェニファーちゃん」だみ声がいった。「ドラゴンのやつをひとりでやっつけようなんて考えちゃいかん。あんたは女の子なんだから。我が輩が手を貸して進ぜよう。大きな獲物をしとめる腕前は、超一流だ。しかも相談料は無料。そのかわり頭をはく製にして、うちの展示室にかざらせてもらいたい。あんたのために、やつの脚を一本傘立てにしてやってもいいぞ。どうだね？」

「つぎの方」わたしはいった。

「こんにちは。あなたのなさっていることはまったくもって正当です。むずかしい状況でも、どうかご自身の高い価値観に従って行動してください」

「ありがとう。ええと、お名前は……？」

「ストレンジです。そうなる予定です。結婚したら、ぼくがあなたの名字に合わせたほうがいいと思うんですよね。中華料理、好きですか？」

「お電話ありがとうございました。つぎは六番の電話の方。ワージングにお住まいのサヴェッジさんです。どうぞ」

「どうも、ミス・ストレンジ」

「こんにちは、サヴェッジさん。ご質問はなんですか？」

「あんた、自分でドラゴンスレイヤーを名乗ってるけど、おれ、パブである人から動かぬ証拠を見せてもらったんだ。ほんとうのドラゴンスレイヤーは、おれだって証拠を。つまり、あんたはおれの使命を横取りしたんだ」

「そうなんですか、サヴェッジさん」まったくもう。ひとりぐらいは頭のおかしな人が電話してくるかも、なんて考えていたのは、まったくもって甘かった。「じゃあ、この件に関しては、ドラゴンランドのなかでお話ししましょうか。ごぞんじのように真のドラゴンスレイヤーしか――」

電話は、ぷつりと切れた。

「おつぎはフィナンシア企業王国のミセス・シューです。こんにちは。お話をどうぞ」

「こんにちは。うちの主人がドラゴンランドであいつが死ぬのを待ってるんです。できれば、川べりの小高い丘がほしいんですけど、魔力のバリアが消えたあと、どこから入りこむのがいちばんいいか、教えていただけませんか？」

「あなただけでなく」わたしはゆっくりと話しだした。「ドラゴンランドで待機している人全員にお伝えしたいアドバイスがあります」

「なんでしょう？」ヨギ・ベアードが期待をこめて、合いの手を入れた。

「帰ってください。どんな予言を聞いたにせよ、ドラゴンは何も悪いことをしてません。健康でぴんぴんしてるし、まだあと何年も生きますよ」わたしは突然、ものすごく腹が立ってきた。「みんな、いったいどうしちゃったんですか？　高貴な生き物が死ぬかもしれないっていうのに、自分のふところを肥やすことしか考えてない。まるで傷ついたシマウマのまわりをはねまわるハゲワシの群れみたい。今か今かと待って、時が来たらいち早く獲物のわき腹に首を突っこみ、がつがつと――」

　怒りにまかせて、いつしか声を張りあげてまくしたてていた。けれど、テレビ中継のランプがぱっと消えたので、はっとして口をつぐんだ。

「それまで！」技術者がいった。「スイッチオフした。中継は終了だ」

　ヨギがイヤフォンをはずして、わたしをぎろりとにらんだ。

「番組の途中で中継が終了するなんざ、はじめてだ、ミス・ストレンジ！　いったいだれに向かってしゃべってるつもりだね？　これはおれの番組だ。軽く楽しめるものを目ざしてるんだよ。街頭演説がやりたいなら〈クリフォード・シリアスのきょうの論点〉にでも出ればいいだろう」

「でも――」

反論しかけたけど、ベアードは先をつづけた。

「おれは二十年間テレビに出てきたんだから、意見を尊重してもらいたいね。おれのアドバイスはこうだ。三千万の視聴者を前にしたら、自分のふるまいにもう少し責任を持て。〈ヤミーフレークス〉のおえらいさんたちはいい顔をしないだろうよ。こんなに厄介な人だとわかっていれば、あんたじゃなく、サー・マット・グリフロンをゲストに呼んだのに。あの人なら、売りたい曲もあるからな」

「おーい、ヨギ！」プロデューサーが受話器をかかげてどなった。「シマウマ協会から苦情だ。番組でシマウマがなすすべもない犠牲者だという悪印象をあたえたってさ。ひとことといってやってくれないか？　ちょっとばかりお怒りなんだ」

ベアードはまたわたしをにらんだ。

「二番回線にはハゲワシ基金から電話だ。ハゲワシは高貴な鳥なのに、よくあるイメージを不当に押しつけてるって」

「あんたのせいだからな。この業界ではちょっと言葉の遣い方をまちがっただけで、おしまいなんだよ。視聴率がすべてだ——なのにどうしてそんなに我を張るんだ？」

最後にもう一度わたしをにらむと、ベアードはプロデューサーから受話器を受けとった。

「いえいえ、とんでもない」ベアードはいった。「わたしもシマウマは大好きなんですよお」

捨て子問題

わたしは、ザンビーニ会館まで歩いて帰った。なんだか町全体がざわついている。杭を打って土地をせしめようと、各地からやってくる人の波が止まらない。商店主はみんな大いそがしで、ドラゴンランドで寝ずの番をする人たちに、食べ物や寝具や飲み物を大量に売りつけている。紐はとっくに在庫切れになった。委託販売の土地取得申請書一万枚も、十三分間で売り切れた。

会館に着くとレディ・モーゴンがロビーにすわっていた。わたしが帰るのを待ちかまえていたらしい。

「ミス・ストレンジ」そういって立ちあがる。「ドラゴンスレイヤーになったからといって、あたしがあんたとプローンズ先生の評価をあげるとは思いなさんなよ。ゼノビアの鬼ババが捨て子をよこそうとしないから、ペンブルックの国王に代わりを派遣するようかけあったのさ。月曜日には来ることになっている。あんたには月曜の昼までに荷物をまとめて、ロブスターの孤児院に帰ってもらうよ」

レディ・モーゴンは勝ちほこったような笑みを浮かべた。

「大変お言葉ですが」わたしはいった。「わたしとタイガーの解雇通知にサインできるのは、ミスター・ザンビーニだけのはずですけど」

「ところがどっこい」レディ・モーゴンはせせら笑った。しっかり手を打ってあるらしい。

「捨て子担当大臣はスノッド国王の無能な弟でね、以前にちょっとばかり恩を売っておいたんだ。あの人があんたの書類にサインしてくれるだろうよ」

レディはにやりと、いやな笑みを浮かべた。でも、わたしにもまだ対抗手段が残っている。

「わたしだって国王と知りあいで、ドラゴンランドで重要な任務を果たすよう、たのまれてます」

うそじゃない。ドラゴンランドの土地を国王の名において囲いこむよう依頼されたのは事実だ。ただし、依頼をことわったことは、レディ・モーゴンに伝えるつもりはない。

「ドラゴンスレイヤーの威光を笠に着られるのは、日曜日の昼までだよ。その時間にドラゴンが死ぬと予言されているんだからね。そのあとはあんたがどうなろうと、だれも気にしやしない。日曜の夜になったら、〝孤児院にお返しします〟という書類に王の無能な弟のサインをもらうまでさ」

わたしは顔を真っ赤にしてレディ・モーゴンをにらみつけた。何もいうことが思いつかない。

「ついに、いつものふくみ笑いも凍りついたようだね。出ていくとき食器を盗むんじゃないよ。ふたりとも帰りぎわに身体検査してやるから」

「ジェニファー？」

タイガーがメモを持ってやってきた。

「なに？」

「ニュース速報が流れてる。ブレコン公爵が軍を招集して、ドラゴンが死んだ瞬間にドラゴンランドへ乗りこもうとしてるんだってさ。ドラゴンランドの大半を自分たちのものにするつもりらしい。ブレコン公国では男も女も、体が動く人はみんな招集されているって」

心臓がひやりと冷たくなった。まさかこんなに早く一触即発の事態になるなんて。ヘレフォード王国とブレコン公国は昔からいがみあってきた。両国の軍隊の規模からすると、どちらの国にとっても、第四次トロール戦争以来の大規模な陸上戦になりかねない。しかもまずいことに、スノッド国王が新しくつくった超巨大ランドシップを使ってみたくてうずうずしているのは、わたしも事実として知っている。新しいランドシップは、鋲どめの鋼板におおわれた七階建ての建物ほどもある戦車で、巨大なキャタピラで進路にあるものをすべて破壊し、ぺしゃんこにして進むというものだ。

「もう何年もまともな戦争をしてないからね」レディ・モーゴンがいった。「しかもテレビ中継されるとなれば、はじめてのことだ。色とりどりの軍服、武器や兵器の立てる音、勇気を鼓舞する軍歌。楽しくなるよ」

「人が言葉にできないほどおぞましい形で殺されるところを見るのが楽しいっていうなら、

きっと楽しくなるでしょうね」タイガーがとげとげしく皮肉った。

「おまえはかぎりなく生意気だね」レディ・モーゴンが冷ややかにいった。「でも、どうせもう出ていくんだから、聞きながしてやるよ。死人なんて出るもんか。こっちの楽勝さ。ブレコンはどうがんばったって、五千人招集するのがやっとだ。ヘレフォードには優秀な兵器がそろってるし、兵士だって少なく見つもっても八万はいる。しかもそれに加えて狂戦士《バーサーカー》までいるんだから」

「スノッド王はバーサーカーも使うんですか？」わたしはきいた。

「いざとなれば使うだろうよ。バーサーカーが我を忘れてあばれまわり、敵が必死に慈悲を乞うありさまは最高だからね」

わたしはショックを受けた。バーサーカーというのは、ものすごく情緒不安定で、つねに一触即発の危険をはらみ、戦いになればすさまじい力を発揮するという人たちだ。バーサーカーは、ジュネーブ条約のもと、あらゆる文明国で「無用の苦しみと傷害を引きおこす非合法の兵器」と定義されている。

「ちょっとすみません、レディ・モーゴン。電話をかけてこないと」

わたしがいうと、レディ・モーゴンが行きなさいというように頭で廊下のほうを示したので、わたしとタイガーは急ぎ足で事務室へ向かった。

「はい」わたしはタイガーにヨギ・ベアードのサイン入り写真を一枚渡した。「びりびりに破いてやろうかと思ったんだけど、あなたが破りたいかと思って、がまんした」

「わあ、親切にありがとう」タイガーはいった。「ねえ、レディ・モーゴンから、ぼくらが首になって代わりが来るって話聞いた？」

「月曜日でしょ。それまでに何が起こるかわからないよ」

「ぼく、孤児院にもどりたくない」

「そんなことはさせない。約束する」

自分でもそう思えたらいいんだけど。捨て子の人権なんて、アリの背中よりもちっぽけだ。レディ・モーゴンはまちがいなく、さっきいったことをやってのけるだろうし、わたしたちにそれを阻止する力はない。

「ねえ、これくらいちぎればいい？」タイガーがびりびりに破ったヨギ・ベアードの写真を見せながらきいた。

「これ、もう少し小さくできるんじゃない？」わたしはもう一度ぐらいちぎれそうな断片を指さした。それからテンベリー卿にもらった名刺を見て、そこに記された番号に電話した。

まもなくスノッドヒル城の交換手が電話に出た。

「国王陛下とお話ししたいんですけど」

「申しわけございません。国王陛下は一対一の電話はお受けになりません」交換手が気取った声音で見くだすようにいった。

「ジェニファー・ストレンジからだといってください」

電話の向こうが静かになり、数分たってから国王が電話口に出た。

「わしは電話というものを使う習慣がないのだ、ミス・ストレンジ」国王が、高飛車な口調でいった。「だが、ほかならぬおまえのことだから、例外にしてやろう。土地の囲いこみをする気になったかね？」

「ドラゴンランドをめぐって戦争なんかしちゃだめです」わたしは王室の儀礼などすっとばしていった。王がだまりこみ、しばらくしてから口をひらいた。

「だめです？　だめですだと？　おまえがわしのたのみをことわったせいで、戦争に追いこまれようとしているのだぞ。わしのいったとおりに土地を囲いこんでいれば、こんなことにはならなかったものを。ブレコンは国境に軍を招集している。だからこちらも力で対抗するしかない」

「でも、ドラゴンは死にませんよ。何も違反していないんですから！」

「王室づきの予言者オーニオンズは、めったにまちがえたりしない。さあ、国王のためにドラゴンランドを囲いこむ気はあるか？」

「囲いこんだら、戦争を回避してくれますか？」

「残念ながら、それはできない。土地がヘレフォードのものになれば、国際法上、ブレコンの侵攻が侵略とみなされて、こちらが優位に立つだけだ」

「じゃあ、わたしにとっては何も利点がないんですね。ご協力はおことわりします」

国王とのかけひきというのは、わたしの得意分野ではない。すると王は、また別の案を出してきた。

「人命が失われることをふせぐために、今からでもできることがある」

「なんですか？」

「予想されているより早くドラゴンを殺すのだ。こちらのスパイによれば、ブレコンはまだ準備ができていないらしい。やつが気づきもしないうちにドラゴンランド全体を囲いこんでしまえばいい。ドラゴンを今殺すのもあとで殺すのも、たいして変わらないだろう。土曜日のお茶の時間あたりはどうだ？　それでいいな？」

「だめです」

「金持ちにしてやるぞ、ミス・ストレンジ。想像もできないほど裕福に。ヘイのバロネス・ストレンジという爵位をさずけ、運輸省の副大臣にしてやろう。そしてわしはトロール戦争寡婦基金に五万ムーラーを出す。これでどうだ？」

「答えは同じです」

「そうか。先日、うちの無能な弟と話をしたんだが、カザムでは捨て子問題が発生しているそうだな。わしの依頼どおりにすれば、おまえともうひとりの捨て子を年季奉公から解放してやる。ふたりとも自由市民になれるぞ」

　わたしはだまりこんだ。自分はあと二年で年季が明けるからまだいいけど、タイガーはあと六年ある。思わずタイガーに目をやると、いそがしそうに書類をファイルしているところだった。

「返事を待っているのだがね、ミス・ストレンジ」国王がいった。「わしは太っ腹だが気が短い。金、自由、称号。これならいいだろう？」

「だめです」わたしはやっといった。

「なんだと？」

「ドラゴンの命は、値段をつけて売りとばすようなものじゃありません。たとえ自由と引きかえでもだめです。それにトロール戦争で夫を亡くした人たちが、物乞いをするところまで追いつめられているのは、陛下の強硬姿勢が原因です。とにかくご提案はおことわりします。ドラゴンスレイヤーという立場をねじまげて、陛下の軍事的侵略を支援したりはしません。今も、これからも」

　またしても沈黙がひろがり、しばらくしてから王がいった。

「おまえには失望したよ。おのれの決断を後悔する日が来ないよう、願うばかりだ」

　電話はぷつりと切れた。顔をあげると、タイガーがこちらを凝視していた。

「ジェニファー、今、自分の年季奉公を終わらせるっていうオファーをことわったの？」

「ううん」なんだか自分がばかみたいな気がしてきた。「わたしたちふたりの自由をことわった」

「ふうん」タイガーは少し考えてからいった。「ドラゴンの友達にそれだけの価値があるといいけど」

「わからない。マイティ・シャンダーの録画したメッセージは、人間もドラゴンもどちらも信用するなといってた。スノッドやテンベリー卿が信用できないのははっきりしてる。ブライアン・スポールディングは死んじゃったし、ミスター・ザンビーニは行方不明。だから自分の直感を信じるしかない。それによれば、信頼できるのはモルトカッシオンだけだと思う。まちがっていたら、ごめん。今のうちにあやまっておく」

「あやまんなくてもいいよ」タイガーが明るくいった。「シスター・アサンプタが、ぼくが一週間もたないっていうほうに一ムーラー賭けてたからちょっとくやしいけど、それ以外は元いたところにもどるだけだから、問題ないもん」

こんな状況でもタイガーは、うらみごとひとついわない。

「なんとかして、手詰まりを打開しないと」わたしはつぶやいた。「戦争は回避できるはず――ただ、その方法がわからない」

「今、するべきことがあるよ。知りたい？」

「何？　レディ・モーゴンの頭をうしろからキャベツでひっぱたくとか？」

「それも悪くないね。でもぼくが考えていたのは、ブレコン公爵と話をしておたくの軍隊は、兵士の頭数でも兵器の数でも圧倒的に下回ってますって伝えることなんだ」

「むずかしそう。反逆罪にだってなりかねないし。キャベツでなぐるほうがいいな。……でも、タイガーのいうとおりだね。問題はどうやってブレコン公爵と連絡を取るか。ブレコンとヘレフォードの電話線は何年も前に切断されたし、国境は封鎖されてるし」

「ジェニー」タイガーがいった。「ブレコンとはドラゴンランドをはさんで向かいあってるんだよ。ドラゴンスレイヤーなら国境なんて関係ないじゃない？」

ムービンとの会話

夜になってから、自分のフォルクスワーゲンでドラゴンランドに向かった。ウィザード・ムービンとブラザー・スタムフォードも同乗している。百万人近くの人がモルトカッシオンが死ぬのを待ちかまえるというお祭り騒ぎを自分の目で見てみたいというからだ。

「何か変化はある？」ワイ川にかかる橋を渡りながら、わたしはきいた。

ムービンがシャンダーメーターを見せてくれた。針が振りきれそうになっている。

「また魔力があがってるの？」

「ああ、わけがわからん。一時間ごとに五百シャンダーずつ強くなってる」

「どこから来るんだろう」

「見たところ、ドラゴンランドが力の中心みたいだな」と、ムービン。

わたしはふと考えた。

「ねえ、〝ビッグマジック〟の時代が来るには、どれくらい魔力が必要なの？」

「知らん」

「だいたいでいいから」

「最低でも十ギガシャンダーは必要なんじゃないか」

「このペースで魔力が上昇したら、いつごろそれを超えると思う?」

「ははん」ムービンはわたしがいわんとしていることを察してくれた。「日曜日の正午ぐらいだ」

「ドラゴンが死ぬと予想されてる時間よね。ただの偶然だなんていわないで」

「偶然だとは思ってない」ムービンがいった。「けど、それだけのエネルギーが集まるとしたら、出どころがなきゃおかしい。今は地球全体の魔力を合わせても、十ギガシャンダーを超えないはずだ。多く見つもっても、せいぜい五ギガ。しかもそのなかには、あの指標石に閉じこめられた魔力もふくまれてる。世界中の魔術師に総動員をかけたとしても、三ギガシャンダーぐらい足りないんじゃないか。だから上昇率はそろそろ落ちついて、結局十ギガまでとどかずに終わるだろう。それに、たとえドラゴンランドのまわりに十ギガシャンダーの魔力があったとしても、それをうまく利用できるかどうかはだれにもわからない」

「まだあと二日あるでしょ」

「あれを見てください……」ブラザー・スタムフォードが小声でいって、窓の外をじっと見つめた。視線の先には鋲どめの鋼板におおわれた何列もの巨大な戦車が、夜空に向かって静かにそびえていた。ドラゴンランドの端を照らす投光器の光に、とてつもない巨体がくっきりと浮かびあがっている。

「ランドシップだ」ムービンが静かにいった。

スノッド国王は本気なのだ。一台のランドシップには二百人の兵士が乗ることができて、強靭《きょうじん》な防衛を突破できるほどの火力もある。しかし見かけは圧倒的でも、無敵ではない。第四次トロール戦争という名で知られるようになった悲惨な戦いの際には、この鉄の塔のなかで多くの人命が失われた。

そのあとは、みな無言でドラゴンランドへ向かった。駐車場や前哨基地の車のあいだをぬい、ハンバーガーのトラックやテレビ局のバンをよけながら走る。でも何よりも目につくのは、人の多さだ。こんなに多くの人が一か所に集まっているところははじめて見たし、これから先も目にすることはないだろう。みんな、ドラゴンが死んで魔力のバリアが消滅するのを待ちかまえている。杭と槌《つち》と長い紐をにぎりしめて、手ぐすね引いているのだ。その時が来たら土地の一部に杭を打ちこんで囲いこみ、自分の名前を書いてサインした申請書を地面に木釘で留めるだけ。その手順もドラゴン協定に記されている。

注目を集めたくなかったので、あまりドラゴンランドに寄りすぎない、ぎりぎりのところを走った。この付近は、近衛兵の精鋭部隊が見まわりをしている。わたしはムービンとスタムフォードに向かっていった。

「ふたりはここでおりて。ここからドラゴンランドに入るから」

それ以上説明する必要もなく、ふたりは気をつけてというと、そそくさと車をおりた。わたしは礼をいってアクセルを踏み、指標石のあいだの見張りのいないところへ向かって車を走らせた。魔力のバリアで自殺をはかる人はめずらしくないから、わたしが突っこんでいくのを見た人のほとんどが、自殺者だと思ったことだろう。恐怖の叫び声があがるなか、わたしは境界を突破してドラゴンランドに入った。人々はきっと、車が入っていくのを見て、わたしの正体に気づいたはずだ。でもそのころにはもうわたしは草地を突っきって暗闇のなかへ消えていた。丘をのぼると、まもなくドラゴンランドの静けさに包まれた。

暗いけれど満月が出ている。ドラゴンランドの向こう端までたどりつくのは、さほどむずかしくなさそうだ。向こう端と境を接するのは、スノッド国王の憎き敵、ブレコン公爵のひきいる国だ。

ブレコン公爵

ブレコン公国をおとずれるのは、はじめてだった。ブレコン公爵があくどい人だという話は、ヘレフォード王国では広く知られている。だから罠《わな》にはめられたりしないよう、よく気をつけようと思った。そろそろ向こう端が見えるはずだと思いはじめたころ、道が下り坂になって、また投光器の明かりと群衆と警備中の軍隊が見えてきた。でも彼らはブレコン軍だ。兵士たちはわたしを見てひどく驚いた顔をしたが、すぐにだれだかわかったらしい。ニュースは同じものが流れているし、〈ヨギ・ベアード・ショー〉は不連合王国じゅういたるところで放送されている。

フォルクスワーゲンをとめると将校らしき人がひとり走ってきたので、わたしはいった。

「ブレコン公爵にお目にかかりたいんですけど」

「公爵のもとへお連れいたしましょう、ドラゴンスレイヤーさま」将校はそういって、深々と礼をした。

「いえ」わたしはうなりを発する指標石までじゅうぶんに距離を置いたところからいった。「公爵がこちらまでいらしてくだされば、うれしいのですが」

公爵はご自分から相手を訪問したりはなさらないと将校はいったけれど、わたしがゆずらないのを見ると、しかたなく走っていった。草地に腰をおろして待っていると、兵士たちが話しかけてきた。ヘレフォード王国の暮らしはどうですか。道路が金で舗装されているんでしょう。車はただでもらえるって聞きました。朝食のシリアルもおまけについて。紐を売るだけで年間百万ポンドかせげるんですってね……。誤解を正そうとしたとき、兵士たちがさっと分かれて、厚手の外套《がいとう》を着た長身の男性が坂道をのぼってきた。ブレコンの近衛隊の制服に身を包んだ副官を三人連れている。歩兵たちはさげられ、わたしと公爵が差しむかいで話をすることになった。少しのあいだ、わたしたちはうなりをあげる指標石をはさんで面と向かって立っていた。すると副官のひとりが進みでて、正式な紹介をはじめた。

「こちらにあらせられますは、世にも尊く、だれよりもひいで、何よりもうるわしく――」

「もうよい！」ブレコン公爵がやさしい笑みを浮かべた。「ミス・ストレンジ、なんなりとご用をうけたまわりましょう。わたしがブレコンです。どうぞこちらへ」

公爵が指をパチンと鳴らすと、椅子がふたつとテーブルがひとつ運ばれてきて、境界の向こうの草地にすえられた。テーブルには燭台《しょくだい》と、器に盛られたフルーツがのっている。

「おかけください！」公爵が椅子を手で指す。

でもわたしは疑念をぬぐえなかったので、指標石の手前の公爵が手を出せないところにそのまま立っていた。すると公爵はうなずき、わたしの前まで歩みよってきて、バリアに向かって土をひとつかみほうりなげた。そしてバリアのある場所をたしかめると、その数センチ手前まで手を差しだした。

「それではせめて握手だけでもさせてもらえませんか、最後のドラゴンスレイヤー殿？」

そういわれて、わたしは何も考えずにバリアの外へ手をのばし、公爵の手をにぎってしまった。それがまちがいだった。公爵がわたしの手をぎゅっとつかんで、バリアの向こうへ引っぱりだす。こんな単純な手に引っかかるなんて、とわたしは自分に毒づいた。けれども公爵はわたしをとらえたりせず、すぐに手をはなしてくれた。

「帰ってもかまいませんよ、ミス・ストレンジ。こんなことをしたのは、わたしが信頼に足る人間だということを示したかったからなのです」

公爵がテーブルについても、彼の部下はだれひとり動かない。

「どうぞこちらへ」公爵はいった。「いっしょにすわって、人間同士として礼儀正しくお話ししましょう」

テレビや新聞の報道のせいで、わたしは以前からブレコン公爵というのは鬼のような人なのだろうと思っていたけれど、正反対のように見える。考えてみれば、テレビ局も新聞社もヘレフォードの会社で国に統制されているのだから、自然とかたよった報道になるのは無理もない。わたしは公爵の向かいに腰かけた。

「わたしは危険をおかして、閣下にお目にかかりにきました」わたしはいった。「なんとしても戦争をふせぎたいと思っているからです」

公爵はテーブルの上で指をトントンと鳴らした。

「おたくの国王陛下は、わたしのことを悪く思っておられます。モルトカッシオンが死ぬと同時にわたしが領土をひろげにかかるであろうと。我が国の国土がヘレフォードの十分の一しかなく、はるかに貧しいということは考えに入れておられない。だがスノッドのねらいはドラゴンランドにとどまらない。彼は以前からなんとか口実を見つけて、我が国を侵略しようとしてきました。もしもドラゴンランドで戦争がはじまったら、わたしにとってその結末はただひとつ。我が国は侵略され、ブレコン公国は消滅するでしょう。またウェールズも国内が分裂していますから、スノッド国王に攻められたらひとたまりもありません。ドラゴンランドへの領土拡張を機にウェールズも侵略される可能性があると思っています。スノードニアはがんばって戦うかもしれませんが、ヘレフォードは東のほうに友好国が多く、それらの国と同盟を結ぶかもしれない。山岳地帯の国々を併合すれば、観光産業の収入だけで何十億にもなりますからね」

「ウェールズを侵略する？」わたしは信じられない思いで繰りかえした。たしかにスノッド国王は好戦的な人だけれど、さすがにブレコン公爵の推論は度が過ぎているような気がする。

「そんなこと、あり得ません！」

「いやいや、残念ながら可能性は大いにありますよ。あなたはお若いからヘレフォードの先代の国王が、モンマス公国を歴史的にヘレフォードのものだったという理由で併合したときのことをごぞんじないでしょう。わたしはよくおぼえています。スノッドは国土をひろげて、強化しようとしています。しかしわたしは、そうはさせないつもりです」

「閣下のお考えはまちがっていると思います」

「スノッドは三十二台ものランドシップを持っている」ブレコン公爵がいった。「ちっぽけな我が国をぺしゃんこにするだけなら、一台で事足りるでしょう、ミス・ストレンジ」

ブレコンのいうことは、もっともな気がしてきた。これまでスノッド国王は、単に軍事パレードが好きなだけだと思っていたけど、あの兵器好きのかげにはもっと危険な野望がひそんでいるのかもしれない。

「魔力のバリアが消滅したら、どうなさるおつもりですか？」わたしはきいた。

ブレコンはちょっとのあいだわたしの顔をじっと見つめた。

「モルトカッシオンが死んでも、我が国はドラゴンランドへ兵を進める気はまったくありません」

「じゃあなんのために、軍を招集しているんですか？」

「防衛です。ひとえに、純粋に、防衛のためです」

「なぜこんなに何もかも話してくださるんです？」わたしはきいた。ブレコンが取り扱いのむずかしい国家機密を話してくれる理由がわからない。

「あなたを信頼できると思うからです。ドラゴンスレイヤーは歴史的に中立の存在で、どこの国にも所属せず、ひとつの国に肩入れするような決定をくだすこともありませんでした。スノッド国王は、一見、愚か者に見えますが、あれでなかなか奸智《かんち》に長《た》けています。察するに、いろいろと条件を出して、ドラゴンランドの土地を囲いこむよう依頼してきたのでは？」

わたしは土地を囲いこんだらあたえるとスノッド国王から約束された報酬を思いかえした。土地、お金、自由、そして貴族の称号……。

「もっといい条件を出してくださるおつもりですか？」どうせブレコン公爵もスノッド国王と同じ穴のむじななんだろうとばかなことを考えて、わたしはきいた。

「いいえ」公爵はいった。「何も条件は出しませんし、何も差しあげるつもりはありません。ブレコン銀貨一枚出しませんよ。職業上の倫理に従ってくださるようお願いしているだけです」

パワーショベルが何台か始動して、日曜の午後に予想される侵略にそなえ、堀をつくりはじめていた。でもあんなのは時間のむだだ。ランドシップならやすやすと渡ってしまうだろう。やはりブレコン公国は軍事力ではヘレフォード王国にはるかにおよばない。

「弓矢で稲妻を射とめようとするようなものですね」わたしは指摘した。

「わかっています」ブレコン公爵が悲しそうにいった。「わが国の砲兵隊ではランドシップにへこみをつくれるかどうかというところでしょう。それでもわれわれは、自由のために戦います。わたしはここで兵士たちとともに愛する祖国を守りますよ。拳銃の弾が尽きるまで、そして命が尽きるまで」

「ご武運をお祈りします」

公爵はただひとことありがとうといった。まだいろいろ仕事もあるのだろう。わたしは深く考えこみながら、ドラゴンランドへもどった。今は、どの方向からも悪い話しか聞こえてこない。でもそのとき、はっと思いあたった。みんな、モルトカッシオン自身のことを忘れている。この騒動の中心にいるのは彼なのに。たしかに予言者たちは、ドラゴンがドラゴンスレイヤーの手にかかって死ぬと予言している。運命では、わたしが日曜日の正午にモルトカッシオンを殺すことになっている。でもモルトカッシオンがドラゴン協定に違反しないかぎり、ドラゴンを殺す必要なんかないのだ。


わたしはこっそりザンビーニ会館にもどって、タイガーにブレコン公爵との会談の様子を話した。会館にはさらに多くの魔術師たちが集まってきたようで、にぎやかな声がひびいている。隠居した魔術師たちが、不連合王国じゅうのあちらこちらからこの小さな王国に集結しつつあるのだ。〝ビッグマジック〟実現のために少しでも力を貸そうという本能にみちびかれて。

ドラゴンの襲撃

夜が明けるころゴードン・ヴァン・ゴードンに起こされた。わたしの袖を引っぱって、ゆりおこそうとしている。わたしはまたドラゴンの夢を見ていたけど、いい夢ばかりではなかった。モルトカッシオンがいかめしい顔で、ドラゴンでいるというのはどういうことかと語っている。なのにわたしはちゃんと聞いていなくて、大切なことを聞きのがしてしまった。それがすごく引っかかる。

「なんの音？」わたしはきいた。

「赤電話が鳴ってます」

「赤電話なんてないでしょう。ゴードン、なんでザンビーニ会館に？」

「ここはザンビーニ会館じゃありません」

そうだった。ドラゴンステーションにいるのだ。「そっか」わたしは眠気を振りはらって直通電話を見つめた。ケーキのカバーの下で、赤電話がじゃんじゃん鳴っている。「だいじょうぶ。きっとまたピザの注文。〈ベニーズピザ〉の番号とまちがえやすいから」

でもピザの注文ではなく、ドラゴンスレイヤーへの呼びだしだった。

十分もたたないうちに、わたしはロールス・ロイスの装甲車に飛びのり、街の南へと向かっていた。ゴードンが何かしたいというので運転は彼にまかせ、わたしは何が起きたのかとひたすら気をもんでいた。クォークビーストは、なぜこんなに朝早くたたきおこされたのかという顔であくびをしている。

のぼったばかりの太陽の光が行く手に薄くひろがっている。ドラゴンランドと境を接するロングタウンの村へ近づくと、ロングタウン城址《じょうし》につづく道路をふさぐ形で、警察の「立ち入り禁止」のテープが張りめぐらされていた。ゴードンはパトカーの大集団のとなりにロールス・ロイスをとめた。わたしは女性警察官に名を名乗り、緊急招集で駆けつけた警官や報道関係者のあいだをぬって、道案内をしてもらった。足元の道路はずぶぬれで、消防車がいたるところにとまっている。だんだん落ちつかない気持ちになってくる。

「またお会いしましたね、ミス・ストレンジ」ノートン刑事だった。となりにはヴィリヤーズ巡査部長が立っていて、少し先に十八輪のトレーラーがひっくりかえっている。「証拠秘匿の罪で、この場で逮捕してもいいんだが」

「あのときは、自分が最後のドラゴンスレイヤーになるなんて知らなかったんです」

「それはきみの側の意見だろう」

「あれからどんどん事態が変わったんです」

わたしがいうと、ふたりはわたしをじろじろとながめまわした。

「ドラゴンスレイヤーにしてはずいぶん若いね？」しばらくしてからノートンがいった。

わたしはノートンをにらみかえした。

「何があったか教えてもらえません？」

「トラックに爪あとが見つかった」

ノートンに手招きされて野原まで行くと、コンスタッフの大型トレーラーがひっくりかえっていた。火事で中身が焼きつくされ、消火に使われた水が野原から流れ出て道路を泥まみれにしている。ノートンがトレーラーを指さした。車体の屋根の下あたりに、引っかいたような形の大きな穴がふたつあいている。まるで何か巨大でものすごく強力なものが、トレーラーをぎゅっとわしづかみにしたあとのようだ。

「どこかの荒くれ者のしわざとか？」わたしはあやふやな口調でいった。

ノートン巡査はばかじゃないのかという顔でわたしを見た。

「かぎ爪だよ、ミス・ストレンジ、かぎ爪。このトレーラーは昨晩、グロスターで盗まれて、きょうここで見つかった。駆けつけた消防隊員はトラックのまわりにタイヤのあとがなかったと断言している。ここを見てくれ」

ノートンはトレーラーの最後尾を指さした。ひどく損傷していて、最後部の車軸がとれかけている。

「まるでとても高いところから落とされたようなこわれ方だ」

「何がいいたいんですか？」

「わかるだろう、ドラゴンスレイヤーさん。モルトカッシオンがこのトレーラーを盗んで、ドラゴンランドまで持ちかえろうとしたものの、途中で落としたというように見えるんだ。そして罪をごまかすためにトレーラーを焼いたと」

「トレーラーは家畜じゃありませんよね？」

「そんなのは言葉尻の問題だ。ドラゴン協定は財産に対する損害も罰すべき罪としてあげている。つまりあそこにいるのは狂竜だということだ」

「それは飛躍しすぎでしょう」わたしはできるだけ軽い口調でいった。「狂竜」というのは重大な告発だ。手がつけられないほどあばれる、協定破りのドラゴンという意味なのだから。そのようなドラゴンは法律によって殺処分にすることができる。これが予言のいやなところだ。なんだかんだ実現してしまうという、腹立たしい傾向がある。

「目撃者は？」

ノートンは足元に目を落とした。

「いない」

「物音を聞いたり、トラックが空を飛んでくるところを見たりした人は？」

「いない」

「それではドラゴン協定にのっとって、ほかに少なくともふたつ、ドラゴンの襲撃と思われる別個の事例がないと、狂竜かどうか判断するところまでいけません」

ノートンはいきりたって、わたしに食ってかかった。

「どう見てもはっきりしてるだろうが！」

「だったら、あなたが罰をあたえればいいでしょう、ノートン。わたしはもっとはっきりした証拠がないかぎり動きません」

ノートンのそばをはなれて〝立ち入り禁止〟のテープをくぐると、たちまち報道陣の大群に囲まれた。

「これはドラゴンの襲撃ですか？」と「ウエルク」紙の記者がきく。

「そうは思えません」

「どうしてモルトカッシオンのしわざじゃないとわかるんです？」

「断言したわけじゃありません。そうは思えないといっただけです」

「つまり混乱しているってことですか？」

「ちがいます」

「〈ヨギ・ベアード・ショー〉で、モルトカッシオンのことを研究したいと発言したというのは事実ですか？」

「ええ、もしできれば」

「ということは、モルトカッシオンを生かしておこうという、利害関係があるってことじゃないですか？」

「いったいなんの話をしてるんですか？」

「あなたにドラゴンの殺処分に関する客観的な決断をくだす力があるかどうか、疑問の声があがっているんです。利害の対立がある以上、ドラゴンスレイヤーの職を別の方にゆずったほうがいいんじゃありませんか？　サー・マット・グリフロンが会見をひらいて、ぜひドラゴンスレイヤーの職を引きつぎたいとおっしゃったそうです。連絡はありましたか？」

答えずにロールス・ロイスへ向かおうとすると、また別のレポーターがマイクを突きつけてきた。

「ＵＫＢＣのソフィー・トロッターです。ミス・ストレンジ、任務を果たさなければと考えると、恐怖でふるえあがってしまうんじゃありませんか？」

「まだ事態はそこまで行ってません」

「でも、もしモルトカッシオンが協定を破ったら、殺処分になさるんですよね？」

「もしもそういうことがあれば、きちんと任務を果たします」

「スノッド国王があなたの能力を『信頼していない』と公言されたことで、あらためて辞任を考えたりなさいますか？」

わたしはいきなり立ちどまった。あとからついてくる報道陣がわたしの背中に突っこみそうになる。

「スノッド国王がそうおっしゃったんですか？」

「はい。昨夜遅くのサー・マット・グリフロンの会見の際に。陛下はあなたの辞任を求め、サー・マットがあとを継ぐことを承認されました。ドラゴンスレイヤー憲章でもそのような引き継ぎは認められているはずですよね？」

「職務を譲渡することはできますが……相手は騎士の称号を持っている人にかぎられます」わたしは小声でもごもごといった。気がつけば、巧妙に追いつめられつつある。

「じゃあ、辞任されるんですか？」

「いいですか」わたしはぴしゃりといった。「わたしは最後のドラゴンスレイヤーなんです。一六〇七年のドラゴン協定に定められた掟《おきて》を、できるかぎり守りぬきます。それ以外のことをするつもりはありません。失礼します」

わたしがロールス・ロイスの装甲車に乗りこむと、ゴードンが車を出して群衆からはなれ、町へ向かった。

「だいじょうぶですか？」ゴードンがきいた。

「うん。暇になったらモルトカッシオンの研究をしたいと思っていたけど、その望みはついえそう」

ゴードンは横転したトレーラーのほうへ向かって頭を動かした。

「あれは、どういうことだったんです？」

「ヴィリヤーズがドラゴンの襲撃によるものだって考えているの。十八輪のトレーラーにかぎ爪のあとがついてるって。でも、たとえモルトカッシオンのしわざだとしても――わたしはそうは思わないけど――あれだけで殺処分にはできない。何度も繰りかえされるようなら、対策を考えないといけないけれど。よかったのはだれも死んでないってこと。人命が失われてさえいなければ、予言の日時以降まで引っぱれる。予知能力者は、未来のひとつの形を見るだけなの。だから予言の日が何事もなく過ぎれば、予言自体、実現する可能性はどんどん低くなる」

「でもモルトカッシオンでなければ、だれがやったんでしょう？」

「さあ。ヘレフォードとブレコンのどちらがやってもふしぎじゃない。どちらの国にとっても、ドラゴンランドは戦略的にものすごく重要だもの。だれが真実を話しているかは、知りようがないよ。ブレコン公爵は土地はいらないといって、侵略されることをひたすら心配しているけど、スノッド国王はブレコンがドラゴンランド全体を手中におさめようとしているというし。だれを信じればいいかわからないから、数式で等号の両側にある数を相殺するように、今はふたりとも信じないことにしたの。事態が進むにつれて、ほんとうのところを判断していかないと」

わたしはだまりこみ、無言のままドラゴンステーションにもどった。ステーションの前にも報道陣がつめかけていたが、ゴードンが車をそのままガレージに入れてくれたので、彼らを避けることができた。確証がなければドラゴンを殺すことはしないというわたしの発言は、ニュースになってさっそく世の中を駆けめぐり、いくつかひどい電話がかかってきたので、受話器をはずしておくはめになった。そのうち、外で群衆が「臆病者」とシュプレヒコールをあげはじめた。それが一時間ほどつづいたあと、こんどは動物保護団体のデモ隊がわたしの擁護にかけつけた。両者がもみあいになり、警察が割ってはいって放水したり催涙ガスを発射したりという騒ぎになった。たぶんけが人はいないと思うけど、煉瓦が飛んできて、家の正面の窓を突きやぶった。

「お茶をいかがです？」ゴードンがこれ以上ないほどのタイミングできいてくれた。「ケーキも焼きましたよ」

「ほんとうにありがとう」

ミスター・ホーカー

朝食を食べながら『ドラゴンスレイヤーの手引き』を読み、バナナを使ってエグゾービタスを研ぐというページに差しかかったとき、玄関に鋭いノックの音がした。ドアをあけると、よれよれのスーツを着た小さな男がいた。となりには大男の警官がふたり、こぶしが地面につきそうなほど、のっそりした姿勢で立っている。

「はい？」

「ドラゴンスレイヤーのミス・ストレンジですね？」

「はい、そうですが」

「ホーカーといいます。ホーカー・アンド・シダレー債務取立代行社の代表です」

頭のなかで警報が鳴りひびいた。スノッド国王が何かいちゃもんをつけてくるだろうとは思っていたけれど、これは予想していなかった。ホーカーがわたしに書類の束をどさっと手渡した。どれも国の裁判所の印章が入った、ものすごく正式そうな文書だ。正式で、法的に穴がなく、そしてどこまでもでっちあげに決まっている。

「どういうことですか？」わたしがきくと、ホーカーは楽しくてたまらないという顔で答えた。

「このドラゴンステーションは、四百年にわたり、国から無償で貸与されてきました」と説明する。「しかし、それが手続き上のまちがいであることが判明しましてね」

「今朝気がついたということ？」

「そのとおり。家賃の滞納分、電気、ガス、水道その他の未納分、しめて四百年分、耳をそろえて払ってもらいますよ」

「わたし、二日前に来たばかりですけど」

ホーカー——と、おそらく国王の顧問——は、そんな反論はとっくに予想していたにちがいない。

「ドラゴンスレイヤーとして、あなたはご自身のみならず、同じ役職のかつての成員についても法的に責任があります。王国は長年にわたりドラゴンスレイヤーに対して寛大に接してきましたが、ここへ来て状況が変化したと感じているわけです」

ホーカーは笑みを浮かべて先をつづけた。

「あなたは国に対して九万七千四百八十二ムーラー四十三ペンスの負債があります」

わたしはポケットをさぐって小銭を取りだし、ホーカーに渡した。相手は笑っていない。

「これで残りはおいくら？」

「事態の深刻さがおわかりではないようですな、ミス・ストレンジ。支払いができなければ、逮捕状を行使しますよ。債務不履行で留置所行きということになります」

本気のようだった。スノッド国王は、わたしを牢屋にぶちこめばいうことをきくようになると思っているのだろう。でもそんなにかんたんに逮捕されるつもりはない。わたしはホーカー氏に少し待つようにいうと、ゴードンを呼んで口座の金額を調べるようたのんだ。ブライアン・スポールディングが、銀行にドラゴンスレイヤーの資金があるといっていたからだ。

「支払期限は?」

取立屋はにやりとし、警官のひとりがぽきぽきと指を鳴らしはじめた。

「われわれにもフェアプレーの精神というものはありますからね」ホーカーがほくそえむ。

「十分後ということにしましょうか」

そこへゴードンが銀行明細を持ってもどってきた。

「どうだった?」

「残念ながら、足しにはなりません。二百ムーラー弱しか入っていませんでした」

「おやまあ、なんてこった」と、ホーカー。「おまわりさん、逮捕してください」

警官たちが足をふみだしたとたん、わたしは手をあげた。

「ちょっと待って!」

ふたりは立ちどまった。

「十分後っていいましたよね?」

ホーカーは腕時計に目をやった。

「十万ムーラー集められるというんですか。あと……八分で?」

わたしはすばやく考えた。

「ええ、たぶんできると思う」

モルトカッシオン、ふたたび

一時間後、わたしはまたドラゴンランドへ向かっていた。ロールス・ロイスに〈フィジーポップ〉のシールがベタベタ貼ってある。ドアにはこういう文字がペンキで記された。

ドラゴンスレイヤー

提供
フィジーポップ株式会社
勝者のドリンク

ときには大義のために、望まないこともしなくてはならない。ホーカー氏に逮捕するとおどされたあと、わたしは外へ駆けだしてドラゴンステーションの前にずっと陣どっていた〈フィジーポップ〉の営業マンをつかまえた。〈フィジーポップ〉と、食品業界のライバルである〈ヤミーフレークス〉の営業マンは、すばやく上司に電話し、そのまま電話越しにわたしのCM契約の競りをはじめた。〈ヤミーフレークス〉は九万五千ムーラーで撤退したものの、〈フィジーポップ〉はわたしの望みどおり十万ムーラーで合意してくれた。契約内容はいたってシンプルだ。わたしは、公の場に出るときはかならず〈フィジーポップ〉の帽子とジャンパーを身につける。スレイヤーモービルにも〈フィジーポップ〉の装飾をほどこす。わたしは五本のCMに出演し、〈フィジーポップ〉製品の名を傷つけるようなことは、いっさいしない。これを受けいれるか、負債者の留置所に入るかだったので、選択の余地はなかった。ホーカーは、ご想像のとおりかんかんだった。弁護士に電話してなんとか穴を見つけようとしていたが、わたしの対応は予想外だったらしく、最後にはすごすご引きさがった。これで終わりでないことはわかっていたけど、とりあえず今回はわたしの勝ちだ。それに、ほんとうのところ〈フィジーポップ〉はきらいじゃない。

ドラゴンランドに近づくと、人の数はさらに増えていた。境界の五百メートル近く手前から、テントや屋台、簡易トイレ、係員の詰め所、救護所、人々のとめた車などがびっしりとならんでいる。うわさがひろまって、不連合王国の最果ての国々からも人々が押しよせていた。それどころか大陸からも不連合王国民をよそおった人たちがやってきて、どさくさまぎれに土地をせしめようとしているらしい。オクスフォードではバス一台に乗りこんでやってきたデンマーク人が拘留された。トランクいっぱいに瓶詰めのニシンを積んでいたので、デンマーク人だとばれたらしい。

日曜日の正午まであと二十四時間とちょっとだ。もしも予言のとおりになったら、バリアが消えた瞬間に、土地を囲いこもうという人たちがなりふりかまわずドラゴンランドに殺到するだろう。予想では六百二十万人の人たちが九百平方キロの土地に殺到し、四時間以内にすべての土地が囲われる。大半の人々は失望して終わるはずだ。その騒動で二十万人が負傷し、土地をめぐるいざこざで三千人が死ぬという試算まである。

食べ物など必需品の配達のためにあけてある道路を走ってドラゴンランドに近づくと、一万人の人たちが、さっと振りかえってこちらを見つめ、ざわめきが静まって沈黙が舞いおりた。人々はすばやく道をあけてわたしを通してくれたが、これは敬意からではなく自分たちの利益を願ってのことだった。この騒動全体の鍵をにぎっているのは、わたしなのだ。

行く手をはばまれずにすんだので、わたしは車で乗りいれて丘をあがり、モルトカッシオンのねぐらへ向かった。とてもいい天気で、ドラゴンランドのなかは今も平和と静けさが支配していた。小鳥が巣づくりにいそしみ、ミツバチが花々のあいだを飛びまわる。手つかずの土地には野花がにぎやかに咲きみだれている。モルトカッシオンは、ねぐらである森の空き地にいた。空き地の真ん中の指標石が前回より少し大きな音でうなっている。老ドラゴンは、オークの古木にしきりに背中をこすりつけ、その重みでオークはたわんだりきしんだりしている。

「やあ、ミス・ストレンジ！」モルトカッシオンは機嫌よくあいさつしてくれた。「なんの用だね？」

「話があって来たの」

「元気を出しな、お嬢さん。そんなにうなだれたら、頭が地面についちまう」

「外の騒ぎを知らないんでしょう？」わたしはみじめな気持ちで、外の世界のほうを手で指した。

「いや、知ってるよ」モルトカッシオンがいった。「あんたらは可視光線のスペクトルが見えるだろう？　赤から紫までの」

わたしはうなずいて石の上に腰かけた。

「それしか見えないのは、ちょっとしょぼいな！」ドラゴンは背中をかくのをやめて、話をつづけた。たわんでいたオークの木は、さぞほっとしたことだろう。「おれにはもっと幅ひろい波長が見える。電磁波のスペクトルのうち、うんと波長が長いほうには、長波の無線がある。こいつはヘビみたいにのたくってる。つぎに来るのが、中波、短波の明るい無線で、たまに太陽からもフレアの形で飛んでくる。ＡＭラジオ局の発信源は、池に落ちる雨粒のように、波紋がひろがって見えるぞ。赤外線は奇妙な熱画像として見えるし、その上にはあんたらにも見える可視光線がひろがっている。青と紫をぬけると、また人間には見えない光線だ。紫外線を超えると、波長はいっそう短くなって部長も課長も通りすぎ、ふしぎなX線の世界に入っていく。そこでは、よほど密度の高いもの以外は透明に見える。おれにはそれがすべて見えるのだ。人間には理解できないほど美しく、光に満ちた世界が。だが、楽しいばかりではない。わかるだろう？」

モルトカッシオンは耳を見せてくれた。木の葉の葉脈に似た、メッシュ状の繊細な構造で、目のうしろにぴたっとたたまれていたのをわたしのためにひろげてくれたのだ。それを前後にまわしてみせてから、また元どおりにたたんだ。

「ドラゴンの感覚は人間よりはるかに鋭い。スペクトルのうち、無線の周波数のあたりではテレビやラジオの信号が見えるし、読むこともできる。六十七のテレビ局と、四十七のラジオ局の電波が受信できるのだ。あんた、〈ヨギ・ベアード・ショー〉では切れ味抜群だったよ」

「ケーブルテレビは？」

「さいわいにして、そこまでは受信できない」

「じゃあ、今朝の事件のことは聞いた？　トラックが燃やされて、警察があなたのしわざだと思ってるって」

「ああ、なんだかそんな話をしていたな。おれが十八輪のトレーラーなんか盗んで何をするつもりだったのかは知らんが。運転免許も持っていないんだぞ。それはそうと、昼飯は食ったかい？」

「ねえ、腹が立たないの？」わたしは思わず立ちあがって、声を張りあげた。「ドラゴンランドの外にものすごくたくさんの人がいて、この天国のような場所を乗っとろうと、あなたが死ぬのを待ちかまえているんだよ！　こわくないの？」

そうたずねると、モルトカッシオンは宝石のような目でまばたきをした。

「昔は腹が立った。だがもう年寄りだし、あんたが現れるのを何年も待ちわびていた。それに、もうひとつ見える場所があるんだ。無線でもガンマ線でもなく、まったく別の領域が。エーテルのような、もやもやとした〝潜在的結果〟の世界だ」

「未来？」

「ああ、それそれ！」モルトカッシオンは、かぎ爪を一本立てた。「未来。未発見の国。われわれはみんな、遅かれ早かれそこへ向かって旅をする。未来が定まっているなどと、だれにも思いこまされちゃいかん。予言者が語るものは、将来最も起こりそうな選択肢にすぎない。あたえられた未来をそのまま受けいれるか、変えようとするかは、われわれにまかされているんだ。そりゃあ、流れに身をまかせたほうが楽さ。流れにさからうには、大変な勇気が必要だからな。はるか昔から、われわれの種族の最後の一頭を看取《みと》るのは、たぐいまれなる精神と優秀な頭脳と広い心をそなえた若い女性だと予見されてきた。その人がわれわれを自由の身にしてくれるのだと」

「それってほんとうに、このジェニファー・ストレンジでまちがいないの？」

そうたずねると、ドラゴンは急に話を変えた。

「ほかにもあるが、すべてがぼんやりしている。昔はおぼえていたんだが、頭のなかにあんまりたくさんの考えが詰まっているから思いだせない」

「スノッド国王とブレコン公爵が戦争の準備をはじめたことは知ってる？」

「ああ。すべては計画どおりだよ、ミス・ストレンジ」

「計画どおり？　あなたのしわざなの？」

「何もかもではない。だがこの件については、おれを信頼してくれ」

「そんなこといわれたって、わけがわからないんだもの」

「そのうちわかるさ、小さな人間よ。そのうちわかる。もう行きなさい。日曜の朝にまた会おう。剣を持ってくるのを忘れぬようにな」

「いやよ、来ない！」わたしは体重四十トンのドラゴンに、せいいっぱい歯向かった。

「来ることになるよ」モルトカッシオンがなだめるようにいった。「あんたにはどうにもできないし、おれにもどうにもできない。〝ビッグマジック〟が動きだして、何者もそれを止められないのだ」

「これが〝ビッグマジック〟なの？　あなたもわたしもドラゴンランドも？」

モルトカッシオンはすごく人間じみた仕草で肩をすくめた。こんなときなのに、少しゆかいな気持ちになる。

「わからん。日曜日の正午以降のことは何も見えない。その理由はひとつしか考えられん。予知というものは、人々が望むから実現するのだ。観察者はつねに事象の結果を変化させてしまう。何百万人もの観察者がいるのだから、まちがいなく結果に影響をあたえるだろう。おれもあんたも何か大きな出来事の小さな一部でしかない。さあ、もう行きなさい。日曜日にまた会おう」

わたしは答えを知るどころか疑問を深めて、しかたなく家路についた。

ザンビーニ会館にもどると、モルトカッシオンのしわざだという新たな事件が浮上していた。わたしは両方の現場に順番に呼びだされた。大騒ぎになるとこまるし、報道陣に追いかけられたくもなかったので、スレイヤーモービルではなく自分の車で出かけた。

脇道でヴィリヤーズ巡査部長が待ちかまえていた。きのうの現場と同じくらいたくさんのパトカーと鑑識課の警官が集結している。でもきょうはヴィリヤーズが自信満々で、ほくそ笑むとしかいいようのない表情をくっきりと浮かべている。

「これはどう見たってドラゴンのしわざだろう！」

ヴィリヤーズはいやな目つきでそちらを見てから、先に立って歩きだした。そして、グッドリッチ村の近くに自分で張った非常線を越え、地面を指さした。道路に黒い焦げあとがある。加熱したアイロンをシャツの上に放置してできたようなその焦げあとは、人間の形をしていた。両手両足をひろげた姿が、くっきりと残されている。いやな感じだ。

「焦げあとだけで死体はない。これぞまさしくドラゴンの印だ。しかも……」ヴィリヤーズはもったいぶって間を置いた。「目撃者がいる！」ヴィリヤーズはマジパンのにおいがするしわくちゃの老人を紹介した。老人はこの有害物質を紙袋から取りだして口にほうりこんでいるので、ろれつがまわらないし、足元もふらついている。

「ドラゴンスレイヤーさんに自分の見たことを話してください」

ヴィリヤーズにうながされると、老人はちらっと目をあげて、わたしを見た。どもりながら、しわがれ声で夜に目撃した火の玉とすさまじい音のことを語る。友達が「さっきまでそこにいたのに、つぎの瞬間いなくなってた」という。そして、自分の焦げた眉毛を見せてくれた。

「これでいいか？」ヴィリヤーズ巡査部長がにこりともせずわたしにきいた。

「いいえ」わたしは答えた。「モルトカッシオンははめられたのよ。二時間足らず前まで、わたしといっしょにいたんだもの。この目撃者とやらは、法廷に出ても十分ともたないでしょうね。ほかのあらゆる生き物と同じく、ドラゴンに対しても立証責任は必要なんだから」

「きみはほんとうに厄介者だな」ヴィリヤーズ巡査部長がいった。「わたしは二十年以上も警察官をやっているんだぞ。モルトカッシオンでなければ、いったいだれがやったというんだ?」

「ドラゴンランドをなんとしても自分のものにしたい人かもしれない。スノッド国王か、ブレコン公爵か。ふたりともあの土地には関心を持っている」

「頭をやられたのか?」ヴィリヤーズはわたしに人さし指をつきつけた。

「危険分子だな。国王が殺人の片棒をかついだって? あんたの言葉を公表したら、いったいどうなると思ってるんだ?」

ヴィリヤーズがにらむので、わたしもにらみかえした。

「まあ、いい」しばらくして彼はいった。「もうひとつ見せたいものがある」

わたしはパトカーに取りかこまれて、ピーターズタウまで十五キロあまりの道のりを走った。そこでは牧場の牛がすべて、文字どおり八つ裂きにされて死んでいた。見るも無残なありさまで、暑さのなかでもうハエが喜んでたかっている。

「若い雌牛が七十二頭やられた」と、ヴィリヤーズ。「すべて死亡。かぎ爪だよ、ミス・ストレンジ。きみの友達モルトカッシオンのしわざだ。きみには、人々を守り任務をまっとうする義務がある。モルトカッシオンは老齢で頭がおかしくなっちまったんだ。王国を守れ」

「モルトカッシオンはやってません」

ヴィリヤーズは、わたしの肩に手をかけた。勝ちほこった仕草には見えなかった。きっと自分でも、目の前にあるものを心から信じてはいないのだろう。あの国王の法執行機関に務めていれば、でっちあげの証拠は見ればすぐにわかるようになる。そして、でっちあげを見のがすこともできるようになる。

「正直なところ、あいつがほんとうにやったかどうかなんて、どうでもいいんだ。大切なのは別々の事件が三件あるってことだ。気になるなら『ドラゴンスレイヤーの手引き』を調べたっていいんだぜ」

調べる必要はなかった。ヴィリヤーズのいうとおりだ。ドラゴンの企みをあばくためには、ドラゴンの襲撃らしき特徴をそなえた、別々の事件が三つあればいい。それが四世紀前にマイティ・シャンダーが定め、ドラゴン評議会で承認された取りきめだ。やはりわたしはドラゴンを殺す運命にあるのかもしれない。結局わたしはドラゴンスレイヤーなのだから。

サー・マット・グリフロン

　ドラゴンステーションにもどるとドアがあいていた。ゴードンの姿はなくて、代わりにキッチンのテーブルで『ドラゴンスレイヤーの手引き』を読んでいる人がいた。あごががっしりしてブロンドの長髪が波打つ、とてつもなくハンサムな男性。わたしが帰ってきたのを見ると、かがやくような笑みを浮かべて、礼儀正しく立ちあがった。この人の顔は、テレビや、いたるところに貼られたポスターで見かけるから、だれなのかすぐにわかった。サー・マット・グリフロン。わたしは自分がいやになった。嫌いになってもおかしくないし、恐れる理由だってあるのに、興奮して脈が速くなっている。実際、彼のアルバムすべてとポスターも何種類か持っている。きわめつけに恥ずかしいのが、ファンクラブの会員でもあるということだ。わたしはパニックになって、有名人と対面したとき、いちばんやりがちなことをした――目の前の人がだれだか知らないふりをしたのだ。

「どちらさまですか？」わたしはきいた。

サー・マット・グリフロンは、ひどく驚いた顔をした。

「冗談でしょう？」

「いいえ。さっぱりわかりません。あ、ひょっとして配管工事の人？」

「あのねえ」サー・マットは吐きすてるようにいった。「きみがスノッド陛下に謁見《えつけん》したとき、わたしも同席していましたよ」

「ああ、従僕の方ですか？　ごめんなさい、かつらもつけてないし、ひざ丈ズボンでもないので、気がつきませんでした」

サー・マットは顔をしかめた。

「ではヒントをあげよう。『馬、剣、そしてわたし』という歌は聴いたことがあるかね？」

「作詞家なんですか？」

「もういい。遊びはおしまいだ」突然、わたしがわざと無礼を働いていることに気づいたらしい。「わたしの名前は……サー・マット・グリフロン」

芝居じみた、うんと低い声で名乗ったので、食器棚のティーカップがカタカタと鳴った。

「慈悲深きスノッド四世国王陛下から」と、事務的な口調で先をつづける。「わたしにドラゴンの駆除を一手に引きうけるようにとのお達しがあった。現在のなげかわしい状況にできるだけ早くきちんと終止符を打ちたいとのご配慮からだ。どのような手段をとるかは、わたしにまかされている。そして、わたしの命令はすべて陛下ご自身がくだされた勅令だと思ってもらってかまわない」

サー・マットは吐き気がするほど自信満々だ。

「すみません、お名前はなんでしたっけ？」

わたしがきくと、サー・マットはすごい目でこちらをにらみつけた。

「事の重大さがわかっていないようだね。ドラゴン協定の決まりは明確だ。襲撃が三度繰りかえされたら、ドラゴンは殺さなければならない。しかも今回の調査ではもう証拠は必要ないのだよ、ミス・ストレンジ。仕事を成しとげるのがいやなら職を辞したまえ」

サー・マットのいうとおりだった。ヴィリヤーズもいっていたとおり、この件に関する決まりは明確で、わたしにはそれに縛られている。

「責務は果たします」

「ドラゴンを殺すのか？」

「職務上、必要ならば」

「そんな答えではじゅうぶんではない！」サー・マットが声を荒らげる。

「わたしの同意がなければ、だれもわたしに取ってかわることはできません！」わたしも熱くなっていいかえした。

「ドラゴンを殺す気があるのか？　イエスかノーで答えろ」

「もしもドラゴンが協定をやぶったのなら責務を果たします」

「イエスかノーかときいている！」

どなり声で詰めよるので、わたしもどなりかえした。

「ノーです！」思いきり声を張りあげると、サー・マットはだまりこんでから、ふつうの声にもどっていった。

「思ったとおりだ。スノッド陛下はきみがドラゴンの魔法で目をくらまされているとお考えだ。わたしもそう思う。きみの職を解くよう、すぐに手を打たねば。ドラゴンスレイヤーとしての基本的な務めも、ヘレフォード王国臣民としての務めも果たしていないのだからな」

「ねえ、グリフロン」いらつかせるために、わざと「サー」をはずして呼びかけた。「悪いことはいわないから、とっととおうちに帰れば？　わたしが死んでからでないと、あなたはドラゴンスレイヤーになれないいんだから」

グリフロンは危険な目つきでこちらをにらみつけた。ふいにわたしは、自分がいいすぎたことに気がついた。

「きみがしむけたのだぞ、ミス・ストレンジ」グリフロンが声を低める。「あくまでもドラゴンを殺さないといいはるからだ。ムシャド・ワシードの時代の古魔術によれば、ドラゴンスレイヤーが殺されたあと、最初にエグゾービタスを手にした者が、つぎのドラゴンスレイヤーになるはずだ。ドラゴン協定でもそのように定められている」

残念ながらそれはほんとうだった。サー・マット・グリフロンは、腹黒い笑みを浮かべながら、こちらへ一歩詰めよった。わたしの手のとどく範囲に武器はなかったし、正直なところ、たとえあってもそれで身を守る方法はわからなかっただろう。

「じたばたしないことだ」グリフロンはいって、ポケットから小型の短剣を取りだした。

「じっとしていれば、痛くないように片づけてやる」

　グリフロンがドアの前に立ちふさがっているから、窓から飛びだして逃げるしかない。そんなことを考えていると、わずかひとつの言葉がグリフロンの足を止めて、わたしを救ってくれた。短くて、単刀直入で、このうえなくはっきりした言葉、「クォーク」。いったのはクォークビーストだった。

「クォーク」クォークビーストがまたいって、グリフロンとわたしのあいだに挑戦的に立ちふさがった。

　とてつもなくハンサムな暗殺者は、恐怖にかられた目でクォークビーストを見つめた。ビーストは口をあけ、五本の犬歯をまわしながら相手を威嚇している。

「そいつを追っぱらえ、ミス・ストレンジ」

「わたしを殺せるように？　わたしだって、そこまでばかじゃない」

「クォーク」クォークビーストが賛同して、グリフロンに一歩詰めよると、相手はこわごわとあとずさりした。

「いつまでもクォークビーストのかげにかくれているわけにはいかないぞ、ミス・ストレンジ」

「あすはもう日曜日よ。モルトカッシオンが死ぬという予言がまちがっていたことがわかれば、わたしはもうどこにもかくれる必要はない」

グリフロンはもう一度わたしをにらみつけると、ドアをあけて走りさった。クォークビーストはじゅうたんの上にちんまりとすわって、大きな藤色の目でわたしを見あげた。
「りっぱだったよ」わたしはいった。「ありがとう」

ドラゴンステーションから外の通りをのぞいてみた。今さっきまでステーションの前に群がっていた人波が一気に引いている。おそらく、あすドラゴンランドのなかに飛びこんで土地を囲いこむため、場所取りに行ったのだろう。今は根強いドラゴンスレイヤーファンが数人と、何人かの報道陣、それにサー・マットの従者がいるだけだ。従者たちは、わたしが逃げださないよう見はっているようだ。わたしはなかに引っこみ、ドアに鍵をかけて午前のテレビニュースをつけた。スノッド国王が会見で、ドラゴンランドは「歴史的にヘレフォードの国土である」から、国をあげて悪辣《あくらつ》なブレコン公爵の侵略をふせぎ、「われわれが親しみ、愛するすべてのもの」を守らなければならないと語っている。わたしはテレビを消してキッチンへ行った。そこにはゴードン・ヴァン・ゴードンの置き手紙があった。
「親愛なるミス・ストレンジ
申しわけありません。母が通風をわずらっており、介護のため帰省することになりました。困難な日々がつづきますが、ごぶじを心よりお祈りします。どうか勇気を持って、ご自分が正しいと信じる道をつらぬかれますように。

あなたのゴードン・ヴァン・ゴードン」

「臆病者」わたしはむかっ腹を立ててつぶやき、手紙を破りすてた。それからすわって、つぎの一手を考えようとしたけれど、何も思いつかない。そのまま三十分たったとき、ドアをガンガンたたく音がした。クォークビーストが毛をさかだてる。

「はい？」わたしはドアをあけずにきいた。

「警察だ」

「なんのご用ですか？」

「クォークビーストが危険動物に指定された」警官が冷ややかな声でいう。「飼育は違法だ」

「いつ違法になったんです？」

「国王陛下が勅令をくだされた七分前からだ」

国王はわたしを追いつめようと、どんどん手を打ってくる。

「クォークビーストは護衛として必要なんです」わたしは少し気弱になっていった。

「陛下もそのことはご配慮くださっている」警官がドア越しに大声でいう。「だから、きみの身の安全を守るために、サー・マット・グリフロンを遣わされた」

せすじにぞっとふるえが走った。

「グリフロンはわたしを殺して、ドラゴンスレイヤーの職をうばおうとしました」

警官が少しだまりこんでからまたいった。

「きみはドラゴンにまどわされているのだ、ミス・ストレンジ。サー・マットはきみを助けようとしたのに、きみはあの方にクォークビーストをしかけた。スノッド国王陛下は、きみに害がおよばぬようにすると言明された。我が国でそれ以上の保証はない」

それから保護者ぶった口調でつづけた。

「きみのこともクォークビーストのことも、傷つけたりしたくないのだよ、ジェニファー。われわれは、きみを助けたいだけなんだ」

わたしは、そうっと窓の外をのぞいた。通りは封鎖され、パトカーが三台とまっている。警官が十人以上いて、そのうちふたりは分厚い鎧に身を固めている。ふたりは力を合わせて、鋲で補強したチタンの箱をぶらさげていた。あれにクォークビーストを閉じこめるつもりなのだろう。厚さ二センチのチタン板は、クォークビーストが噛みきれない唯一の金属だ。サー・マット・グリフロンは警官隊の端のほうに立っているが、指揮をとっているのはきっと彼だ。

「ジェニファー、お願いだ。ドアをあけてくれ」警官がいう。

「ちょっとまってください」わたしは裏口のほうへ走っていって、窓から外をのぞいた。そっちも警官隊が固めている。完全に包囲されてしまった。

「クォークビーストを引きわたしなさい。さもなくば突入してそいつを捕獲し、きみのことは勅令に歯向かったかどで逮捕する」わたしが玄関のほうへもどると、警官はいった。

「クォークビーストがわれわれを変な目でにらんだりすれば、武力を行使せざるを得ないだろう。さあどうする。一分だけ時間をやるから早く決めろ」

わたしは足元のクォークビーストにきいた。

「十四対二だよ、相棒。どうする？」

「クォーク」

「そういうと思った。でも、自分を守るためにあんたの命を危険にさらしたくないの。別の逃げ道を見つけないと」

わたしはロールス・ロイスに駆けよって、エグゾービタスを取りはずした。クォークビーストが興味津々で見つめてくる。わたしは剣をふるって、壁に切りつけた。剣は煉瓦づくりの壁に深く突きささり、ぬれた紙でも切るようにするすると壁を切りさいた。三回剣を振ると、となりの家への通路がひらけた。

「失礼！」ぎょっとしている隣人に向かっていう。おとなりさんは「スノッド対ブレコン戦争緊急中継」を見ていたのに、いきなりドラゴンスレイヤーとクォークビーストが飛びこんできたのだ。

でもここで止まるつもりはない。剣をかかげて部屋を駆けぬけると、反対の壁をたたききって、となりのコインランドリーに飛びこんだ。洗濯機をまっぷたつにしたので、そこらじゅうに水が吹きだす。ドラゴンステーションのほうから爆発音が聞こえた。警察がドアを吹きとばしたのだ。でもそのときにはもうコインランドリーも通りぬけて、そのとなりの家に入っていた。さいわいそこは空き家で、つぎの壁を突きやぶると棟続きのテラスハウスをぬけて太陽のもとに出た。エグゾービタスは大きすぎて走りにくいし、どっちみち人に向けるつもりはなかったから、ひとけのないビルの裏手の廃棄物置場の下にかくし、大聖堂の裏に網の目のようにひろがる旧市街地の路地に飛びこんだ。うしろのほうで怒鳴り声が聞こえて足を止めた。永遠に走りつづけることはできない。フォルクスワーゲンとは反対の方向に走っているし、安全なドラゴンランドまでは三十キロもはなれている。わたしはクォークビーストに向かって、ひとりで逃げてどこかに身をかくすようにいった。クォークビーストがものすごく悲しそうな顔をして、自分の居場所はわたしのそばだという仕草をしたので、こわい顔で説得した。今はまだ最後の抵抗を試みるときじゃない。そんなことをしたらふたりとも死んでしまう。ふた手に分かれれば、相手はきっとクォークビーストではなくわたしのほうを追ってくるだろう……。クォークビーストは、説明をすべて理解して、走りさった。わたしは路地の向こう端からサー・マットと警官たちがわたしの姿を見つけるまで待ってから、さっと反対側に駆けだした。細い路地をぬけて、グリフロンたちの百メートルぐらい前を走る。左に曲がり、それから右に曲がると、ザンビーニ会館の前に出た。息が切れ、運も考えも尽きはてていたので、何も考えずになかへ飛びこみ、内側からかんぬきをかけた。

ウィザード・ムービンが帰っていれば助けてもらえるかもと思ったけれど、飛びこんだ瞬間、この古い建物が空っぽだということがわかった。ふだんは音のひびきがちな廊下が、不気味なほど静まりかえっている。こんなことは、わたしがここへ来てからはじめてだ。ブーンとうなる音も、静電気のようなパチパチいう音も、それ以外の奇妙な音も何も聞こえない。すべての魔術師が——頭のおかしい十一階の住人たちまでもが——ドラゴンランドへ繰りだしてしまったのだ。どんな形でもいいから〝ビッグマジック〟の実現に力を貸すつもりなのだろう。わたしには、助けてくれる人もたよれる人もいない。自分ひとりでなんとかするしかない。

〈パーム・コート〉のドアがあいていたので、隠れ場所を求めて飛びこんだけれど、なかへ入ったとたんに気持ちが沈んだ。噴水のとなりにレディ・モーゴンがすわっている。せすじをぴんとのばし、両手をひざに置いて。ふだんよりさらに黒い、漆黒《しっこく》のドレスをまとい、手袋とヴェールまで身につけて、いつも以上に葬式じみた格好をしている。ロビーに飛びこんだわたしを自分のいるほうへおびきよせるなんて、赤子の手をひねるようなものだったにちがいない。

「こんにちは、レディ・モーゴン」

「待っていたよ、ジェニファー」

「ねえ、対立してるのはわかっているけど、明日の正午に〝ビッグマジック〟が起こるかもしれなくて、わたしはどうしてもドラゴンランドに行かなくちゃならないの」

それ以上いう暇はなかった。玄関で銃声がひびき、錠前が破壊されて、サー・マットの大声が聞こえてきたからだ。少なくとも六人の警官が玄関の階段をあがってくる足音がひびき、ロビーが叫び声や怒声で満たされた。わたしはあわてて噴水のかげに身をかがめた。入り口からは見えないだろうけど、〈パーム・コート〉のなかをちょっとさがせば、かんたんに見つかってしまう。

「サー・マット？」レディ・モーゴンが声をあげた。「〈パーム・コート〉へ来ておくれでないかい？」

サー・マットが入ってきて、レディ・モーゴンにうやうやしく礼をした。

「奥さま、彼女を引きわたしていただけませんか」

こういうときにありがちな沈黙が舞いおり、永遠とも思えるほど時間がたった。わたしは目をつぶった。

「朝からあの悪辣な子どもは見ていないんだよ」レディ・モーゴンがいった。「見つけたら、あたしのところへよこしておくれでないかい」

「うたがうわけではありませんが、調べさせてください」サー・マットがいって、警官たちを手招きし、〈パーム・コート〉のなかを調べるよう命じた。サー・マットが前に進みでると、レディ・モーゴンはわたしの肩に手をのせた。わたしを見のがすはずがないのに、サー・マットは気づかない。わたしはそっと息をついた。レディ・モーゴンはわたしを視野からさまたげたのだ。姿を消したわけではない——その魔法は、最高の魔術師でさえ、もう何世紀も成功していない——そうではなく、車のキーが目の前の机にのっているのに見つからない、というのと同じ現象を利用して、姿を見えにくくする魔法だ。うまくいくように、わたしは完璧に動きを止めて、音もいっさい立てないようにした。

「ここには何もありません」ひとりの警官がいい、急ぎ足で会館のほかの部屋を調べにいった。

「遠くへは行っていないはずだ」グリフロンがいう。「旧市街は完全に封鎖している」

彼はレディ・モーゴンに向きなおると、声をひそめていった。

「かくまっていたことがわかったら、また来るからな。そのときは、ただではすまないと思えよ」

レディ・モーゴンはこのうえなく傲然としたまなざしを返し、サー・マットは館内の捜索を打ち切った。魔術師たちはみな泥棒を警戒して、それぞれの部屋に怪物などのトラップをしかけていったのだ。厳い警官たちすらもふるえあがって、そこここで悲鳴をあげていた。

一行が五分で引きあげていくと、レディ・モーゴンはわたしの肩に置いた手をどけた。

「〝ビッグマジック〟を完成させることが肝要だからね」レディ・モーゴンは、わたしの目を見ずに静かな口調でいった。「そりが合わないことは、ひとまず忘れるのがあたしの務めだ。ひと晩よくお休み。番をしていてやるから」

抱きつきたかったけれど、やめておいた。

「ありがとう、レディ・モーゴン、わたし――」

「責務だよ。それ以上のものじゃない」

わたしはだまってタイガーをさがしにいった。

ザンビーニ会館からの脱出

レディ・モーゴンは約束どおりひと晩じゅうロビーで番をしてくれた。そしてグリフロンの手下が捜索にくるたびに、ものすごく険悪なまなざしでにらみつけたので、みな恐れをなしてすごすごと引きあげていった。タイガーとわたしは、キッチンで夜遅くまで話しあった。夜中の一時に洗濯室でドスンという音がしたのでどきっとしたけれど、たしかめてみるとクォークビーストだった。こっそりもどってきて、だれにも見られないようランドリー・シュートからザンビーニ会館に入りこんだのだ。

未明のラジオニュースによれば、ドラゴンランドのまわりの群衆は推計八百万人を越えたらしい。人々の期待はいやが上にも高まっていた。一方、スノッド国王とサー・マット・グリフロンからは何も新しい発表がない。きっとまだわたしをさがしているのだろう。〝怒れるメイベル〟が、朝食にパンケーキを焼いてくれた。クォークビーストには、小麦粉ではなくカレー粉でつくった特製パンケーキ。これがお気に入りなのだ。

朝食後、タイガーがざっとあたりの様子を見てきて教えてくれた。

「出口という出口に、少なくとも三人の近衛兵が張りついてるよ」いい知らせとはいえない。

「ゴミ置き場にエグゾービタスをかくしたから、それを回収してからドラゴンランドに行かなくちゃならない」わたしはいった。「職務遂行中のドラゴンスレイヤーは、だれも妨害してはいけないことになっているし、はっきりいってあのロールス・ロイスの装甲車に乗りさえすれば、大砲の弾でも飛んでこないかぎり、だれもわたしを止められないはず。いくらスノッド国王だって、昼間にテレビカメラの前でわたしを殺すのはまずいと思うだろうし」

「でも、ここからドラゴンステーションまでは五百メートルあるよ」と、タイガー。「ぼくは追われてないから、ドラゴンステーションまで行って、スレイヤーモービルを取ってこようか？」

「運転できるの？」

「運転って、むずかしい？」

そのとき、レディ・モーゴンがキッチンに入ってきて、「デイリー・モラスク」紙を渡してくれた。一面には大見出しで、何もかもだいじょうぶ、ドラゴンスレイヤーはモルトカッシオンを殺す必要なし、とある。さらにブレコン公爵とスノッド国王はキスして和解し、クォークビーストはもう違法動物ではなく、全国各地の捨て子は両親と再会することになったと伝えている。

「いくらなんでもうまくいきすぎでしょ」思わずつぶやいたとたん、魔法が切れた。わたしは新聞ではなく、ただの灰色の石ころを見つめていた。

「これはポリアンナ・ストーン」レディ・モーゴンがいった。「手にした者は、自分が期待したり望んだりするものを見る。途中で呼びとめられたとき、役に立つかもしれない」

レディ・モーゴンはくるりと背を向けると、少し考えてまた向きなおった。

「いいかい、あたしに親切にしてもらったなんて、人にいうんじゃないよ」そういって、けわしい目つきになる。「そんなことをしたら、人生を耐えがたいものにしてやる。それと、これでもう首になる心配はないなんて思わないように。月曜になったら、ちゃんと首をすげかえてやるから」

それだけいうと、レディ・モーゴンは部屋を出ていった。

「魔術師って、ほんとにおかしな人たちだね」タイガーがにやっとしていった。

「うん。だんだん好きになっていくんだ」わたしはいった。「あのレディ・モーゴンでさえも」

「聞こえてるよ！」部屋の外から声がひびいた。

朝食を終えると、わたしたちはドラゴンステーションから脱出する方法を考えた。いくつか案が出たけど、どれもきびしく検討すると、「いいかもしれない」というレベルにすら遠くおよばない。ふたりで頭をかかえていると、部屋の外で物音がした。クォークビーストが、会館にたくさんある納戸のひとつから乳母車を引っぱってきて、すごいでしょという顔でこちらを見ながら、しっぽをぶんぶん振っている。

「あったまいい！」タイガーがいった。「クォークビーストは天才だよ！　ねえ、いいかい、ベビー服を何着かと、厚紙を一枚、フェルトペンを一本、それから古着と、かつらをひとつ用意して」

二十分後、タイガーに心からの励ましを受けながら、わたしはザンビーニ会館の裏のガレージのドアから外へ出て、道の角に立つ見張りのほうへ歩いていった。わたしはカラマゾフ姉妹の古着を着て、ミスター・ザンビーニのショー用の衣装箱から引っぱりだした赤いかつらをつけ、乳母車を押している。乳母車に乗せたクォークビーストは、赤ちゃん用のショールでくるんで、かわいらしいピンクのボンネットをかぶせた。乳母車の前には、「トロール戦争孤児基金におめぐみを」と書いた厚紙をくくりつけた。うまくいくかどうか自信がなかったけれど、タイガーは賢いし、使えそうなアイディアはこれしかなかった。

「トロール戦争ではだれもが身近な人を亡くしてるでしょ」タイガーは説明してくれた。「だから、だれもとがめだてしないと思う」

タイガーのいうとおりだった。トロール戦争で夫を亡くし、寄付をつのって歩く女たちはめずらしくない。だから通行中の車をすべて止めて検問している近衛兵にも、まったく呼びとめられずにすんだ。建物の壁には、わたしの写真を印刷したポスターがべたべた貼られ、わたしが頭のおかしい危険な反逆者だから国家の安全のためにさがしださなければならないと呼びかけていた。通りを渡ったときには屋根に大きな拡声器をのせたパトカーが通りすぎ、道行く人に、わたしを見つけて通報すれば伯爵領を提供し、さらにクイズ番組〈ユー・ベット・ユア・ライフ！〉へのゲスト出演をプレゼントしますと呼びかけていた。わたしは足を速めて、エグゾービタスをかくした廃棄物置場へ向かった。そこで剣を救出すると毛布にくるんで乳母車の下の物置台に置き、角を曲がってドラゴンステーション前の道路に入った。

ステーションの前は「立ち入り禁止」のテープで封鎖され、建物の前には近衛連隊の装甲車が二台と、十数人の武装兵が陣どっていた。わたしは深呼吸し、テープのほうへ向かって歩いた。ここまではすべてうまくいっている。なんとかしてロールス・ロイスに飛びのれれば、あとは――

「クォーク」

「シィィーッ」

「おはようございます、奥さん。どこへ行くんです？」

近衛兵がふたり、わたしが何者で何をしようとしているのか、たしかめにきた。すごくじりじりする。ドラゴンステーションは目と鼻の先なのに。

「トロール戦争のあわれな寡婦に、どうかお恵みを」

「この道路は封鎖されている」ひとりめの近衛兵がぴしゃりといった。あまり情け深い人ではないみたいだ。「ここで何してるんだ？」

「あわれな、病気持ちの父《てて》なし子を医者に連れていくところでございます。両の脚にはひどいたこができるし、頭にははげができるし、父親をなくして心は痛めるし、ほんとうに――」

「もういい、わかった。身分証明書は？」

わたしはポリアンナ・ストーンを渡した。ほんとうに戦争寡婦だと思ってくれていれば、うまくいくはずだ。でも最悪の事態を予期していたり、あるいはかすかに怪しむだけでも、すべてが失われてしまう。運がよかった。近衛兵は、まるで本物の身分証明書を見るように石ころを見つめ、ひっくりかえして裏を見てからたずねた。

「名前は？」

「ミセス・ジェニファー・ジョーンズです」

「ＩＤ番号」

「８６２３１５２４」

兵士はうなずいて、石ころを返してくれた。

「通っていいぞ」

わたしはありがとうといって、歩きだした。

「ちょっと待て！」ふたりめの兵士に呼びとめられ、わたしは息を止めた。

すると彼はポケットをさぐって……硬貨を一枚取りだした。

「これを持っていきなさい。ぼくもトロール戦争に従軍して、友人を何人か亡くした。赤ちゃんの顔を見てもいいかい？」

　ごまかしたり制止したりするまもなく、兵士は乳母車に寝ているクォークビーストの顔をのぞきこんだ。わたしはまた息をひそめた。クォークビーストが兵士の顔を見つめる。

「お名前は？」

「クォーク？」クォークビーストが、不安げにまばたきしながらいった。

「かわいいね。いいですよ、ジョーンズさん。お通りください」

　わたしは心臓をばくばくさせながら通りすぎた。手のひらが冷や汗でびっしょりだ。

「いやはや」ふたりめの兵士が相棒に向かってささやくのが聞こえた。「これまでにも不細工な赤ん坊は見たことがあるが、あのクォーク・ジョーンズって子は、不細工の集大成みたいな赤ん坊だったな」

　ふたりの兵士はわたしに背を向けた。ドラゴンステーションの爆破された玄関の前まで来ると、わたしはなかへ駆けこみ、ロールス・ロイスまで走っていって飛びのった。スレイヤーモービルが静かに息を吹きかえした。ギアを一速に入れ、アクセルを踏みこむ。鍵のかかったガレージのドアを突破し、近衛連隊の装甲車を押しのける。ハンドルをめいっぱい切って道路に飛びだし、スピードをあげると、スレイヤーモービルの鋼板にライフルの弾が当たってはねかえった。封鎖地帯の端にはパトカーのバリケードが築かれ、警官隊が待機していたが、武器が貧弱だからスレイヤーモービルの敵ではない。警官たちはあわてて飛びのき、スレイヤーモービルはパトカーのバリケードを突破した。鋭いとげが車のボディを、ティッシュペーパーのようにやすやすと切りさく。

旧市街地のまわりの非常線を突破すると、そこにはまるで別の光景がひろがっていた。沿道にはドラゴンスレイヤー――わたしとはかぎらない――が、午前中にドラゴンランドへ向かうと聞かされた一般の人たちが詰めかけ、わくわくしながらその時を待っていた。スレイヤーモービルが姿を見せると、どっと歓声があがり、数百の小旗がいっせいに振られた。どこかでブラスバンドの演奏がはじまり、ロールス・ロイスの前に花輪がつぎつぎと投げこまれた。きっとサー・マット・グリフロンが、自分のためにお膳立てしたのだろう。傲慢にも、わたしが朝までにつかまって処分されるものと思いこんでいたにちがいない。

危険がなくなったので、スピードを落とした。これだけおおぜいの目撃者がいては、グリフロンもスノッド国王も手出しができないだろう。スレイヤーモービルが通りすぎると、人々は沿道を飛びだして、車のあとをついてきた。長い長い行列ができた。大工の棟梁《とうりょう》の団体、マーチングバンドがふたつ、それにトロール戦争復員兵協会の人たちも行列に加わった。町の角ごとにすえられたテレビカメラが、このパレードを全世界の五億人の視聴者に中継する。中国からパタゴニア、ハワイ、ベトナムにいたるまで、世界じゅうの視聴者がわたしの旅を熱心に見まもった。

四たび、ドラゴンランドにて

邪魔が入らなかったので一時間後にはドラゴンランドの前に着き、左右に分かれる人波のなかをゆっくりと走った。そして、かすかなうなりを感じながら指標石のあいだを通りぬけると、ドラゴンランドのなかで車をとめた。ようやく安全なところまで来たので、わたしはスレイヤーモービルをおりた。記者たちが指標石ぎりぎりまで近づいてくる。

最初に駆けつけたのは、モラスクニュースの撮影班だった。レポーターは、うしろから押されながらもしゃべりをはじめた。彼女のジャーナリスト人生のなかでも最大のレポートになるはずだ。

「ただ今、ヘレフォード王国から中継でお送りしています。四百年前、ドラゴン協定の締結とともにはじまった壮大な戦いの最終ラウンドがまもなく幕をあけます。戦いは、きょうの正午、このヘレフォード王国の小高い丘の上で終わりをむかえます。ついに、不連合王国からドラゴンがいなくなるのです」

彼女はわたしにマイクを差しだした。

「放送中です。ひと言いただけませんか?」

「わたしはジェニファー・ストレンジ。最後のドラゴンスレイヤーです」わたしはいった。

「ドラゴンにかけられた嫌疑に対しては重大な疑念をいだいていますが、ドラゴン協定の取りきめにより、務めを果たすしかありません。いつの日かみなさんがわたしを許してくださいますように。自分ではけっして自分を許せないと思いますけど」

報道陣はさらなるコメントを求めてきたけれど、わたしは無視した。サー・マット・グリフロンがすさまじい目つきでにらんでいるのが、ちらりと見えた。となりにバーサーカーがふたりいて、戦いの準備運動として煉瓦でなぐりあっている。その全員に薄い笑みを投げると、わたしはまたスレイヤーモービルに乗って、大声で叫ぶ群衆からはなれた。彼らの姿が見えなくなったところで、いったん車からおりた。まだ十一時になったばかりだから、少し時間を取って息をととのえたかった。

「また来たのか」声がいった。

声の主はすぐにわかった。わたしは振りむきもせずにいった。

「こんにちは、シャンダー」

シャンダーは岩に腰かけていた。

「ドラゴンを殺してはならない」シャンダーが単刀直入にいった。「これは命令だ。ドラゴンを殺すな。後悔することになるぞ。ドラゴン協定が反故《ほご》にされる。ドラゴンがふたたび自由の身になり、不連合王国じゅうをのさばって、殺戮《さつりく》と略奪をおこなうだろう。国は新たな暗黒時代へ突入し、想像もできないほどの悪と災いがはびこることになる。人間はドラゴンの奴隷になり、支配を受ける。彼らは心に深い洞窟のごとき闇をたたえ、ひとえに人間を蹂《じゅう》躙《りん》することだけを望んでいる」

「これも録画なの？」

「わたしは、最後のドラゴンを殺そうとしている者に警告するため、この録画をおこなった。ドラゴンの言葉を信じてはならない。彼らは思考でも行動でも仕草でもうそをつくことができる。繰りかえす。ドラゴンには手をふれず、今すぐ引きかえせ」

わたしは混乱した。

「でも、あなたが定めた協定では、悪事を働いたドラゴンは殺さなくてはいけないはずです！」

シャンダーの映像はちかちかまたたいて、また巻きもどってしまった。

「ドラゴンを殺してはならない」シャンダーが単刀直入にいう。「これは命令だ。ドラゴンを殺すな……」

もう一度メッセージを見たけれど、はるか昔にかけられた魔法で力も弱まっていたので、三周めに突入するころには、シャンダーの声だけが風に乗って聞こえてきた。ドラゴンを殺すなというシャンダーの言葉にはもちろん賛成だけれど、ドラゴン退治の報酬として荷馬車二十台分の重さの金を受けとっておきながら、最後のドラゴンをぜったいに殺すなと命じるその口調には、どこか違和感をおぼえた。わたしはドラゴンにたぶらかされているのだろうか？　ドラゴンには何か別の目的があるの？　わたしはうそを見ぬけるほど聡明だろうか？　完全に混乱したまま、また車に乗り、ドラゴンランドの奥へ向かって出発した。

丘をのぼり峰沿いに少し走ってから、ブナの木の林へ向かっておりていった。ロールス・ロイスは大きいので、木の切り株や倒木をよけながら慎重に運転しなくてはならない。バックして別の道をたどったことも二度あった。しかしまもなく木々はまばらになり、ひろびろとした平坦な草原が見えてきた。草原のとなりには小川が流れている。丈の短い草の上を走っていくと、草を食《は》む羊たちがのんびりと道をあけてくれた。そのまま小高い丘にのぼったとき、思わず自分の目をうたがってブレーキを踏んだ。

わたしはエンジンを切って、ふかふかした芝草の上におりたった。眼下にひろがる谷に白いテープが縦横に張りめぐらされている。人手の加わっていないはずの土地に点々と杭が打ちこまれ、そこにテープがくくりつけてあるのだ。ドラゴンランドにだれかがいる。早くも土地の囲いこみをはじめている。

風に乗って陽気な口笛が聞こえてきたので、低い丘の上まで歩いていった。下の方に茶色のスーツと、トレードマークの山高帽をかぶった小男がいる。ゴードン・ヴァン・ゴードンだ。わたしは、まさかという思いで、じっと見つめた。はじめからうそをついていたのだ。勇気があるわけでもなければ、信頼に足る人間でもなかった。母親の介護をしている様子もない。わたしは自分のまぬけさを呪った。彼を見習いに指名してしまったから、こんなことが可能になったのだ。ドラゴンランドに入れるのは、ドラゴンスレイヤーかその見習いだけなのだから。ゴードンはわたしが見ていることにも気づかず、せっせと杭を打ちこんでいる。

「ゴードン、信頼してたのに」

声をかけると彼はびくっとして振りかえり、わたしを見あげた。でも、たいして悪びれる様子もない。

「人を信頼するのは、あなたのいいところですよ、ジェニファー。それに、あなたが感じのいい人で助かりました。鼻持ちならぬ人物だったら、わたしの仕事は十倍やりにくくなっていたでしょうからね」

「それ、見せて」

わたしがいうと、ゴードンは杭を一本差しだした。杭のてっぺんにアルミの円盤が取りつけてあり、先日、弁護士のミスター・トリンブルが取りつごうとしていた会社の名前が記されていた。〈コンソリデーテッド・ユースフル・スタッフ不動産〉。ゴードンは、定められたとおりに土地を囲いこんでいた。この名前つきの杭で囲われた土地は、合法的にコンスタッフのものになる――ドラゴンが死んでバリアが効力を失った瞬間に。それにしても、ものすごくたくさんの土地を囲いこんだものだ。目のとどくかぎりの土地が、杭に結びつけられたテープで仕切られている。

わたしは悲しい気持ちで首を横に振った。

「どうしてこんなことをしたの、ゴードン？」

「ビジネスですよ、ミス・ストレンジ——別にあなたの鼻をあかそうとしたわけじゃありません。あなたには人間的にりっぱなところがたくさんある。ただ、時代おくれだ。百年前に生まれていれば、そんな価値観も意味があったかもしれませんがね」

ゴードンはにやりと笑った。見たことのない笑い方だ。わたしの知っているゴードン、人なつこくてたよりになるドラゴンスレイヤー見習いは、はじめから存在しなかったのだ。

「だまされたわ」

「あまり気に病まないほうがいいですよ」彼はやさしげな口調でいった。「われわれは何年も前から、最後のドラゴンスレイヤー対策をしてきたんですから」

わたしは顔をしかめた。

「昔から計画してたっていうこと？」

ゴードンはまた杭を打ちこんでそのまわりにテープをくるりと巻き、小川のほうへ歩きだした。わたしは、いまだに信じられない気持であとを追った。

「ブライアン・スポールディングが後継者をずっと待っていたのは知っていました。彼は、われわれがいくら働きかけても、けっして見習いを指名しようとしなかった。だからひたすら彼の動向を見はって、新たなドラゴンスレイヤーが就任するときを待っていました。そしてたまたまわたしが担当しているときに、あなたが現れた」

「何年間待ったの？」

「六十八年間。六人の社員が、このために昼夜の別なく働いてきました。わたしの父なんかは、コンスタッフに仕事人生のすべてをささげましたよ。ブライアン・スポールディングを三十年以上も見はりつづけたんですからね」

「三十年以上？　土地を手に入れるためだけに？」

「さっぱりわかっていないでしょう、ミス・ストレンジ？」ゴードンは、頭のにぶいやつだとでもいわんばかりの口調でいった。「スノッドもブレコン公爵もたしかに力がある。あなたも見たように、気まぐれで法律を変えたり、勅令で国民をおたずねものにしたりできるんですから。しかしそんな彼らでも、経済という力の前では吹けば飛ぶような存在でしかない。政府は移りかわり、不連合王国も戦争によって何度も姿を変えるでしょう。しかし企業は変わらずに根をはって、繁栄しつづける。この地球上の大きな出来事をいくつかあげてごらんなさい。その背後にかならずある経済的理由を教えてあげますから。経済は最強なのですよ、ミス・ストレンジ。われわれの生活を支配しているのは経済だ。コンスタッフは、この〈プロジェクト・ドラゴン〉に多大な時間と経費をつぎこんできました。そして今、その投資がまさに実を結ぼうとしている」

「お金なのね」わたしはつぶやいた。

「そのとおり」ゴードンがうなずく。「お金です。大金です」彼は両手をひろげ、強調するようにあたりを見まわした。「これだけの区画の土地が、どれほどの価値を生むか、知っていますか？」

「もちろん」わたしはいった。「ドラゴンランドの価値はじゅうぶんにわかってるつもり。でも、あなたとわたしは別々の価値について語ってる。あなたの通貨は金や銀、それに現金と有価証券。でもわたしが考える価値は土地の美しさそのもの。野生化した、けがれのない緑地の持つ価値なの」

「いつまでも夢を見ていればいいさ、ストレンジ」ゴードンがせせら笑った。「どっちを向いても、何百万人という貪欲な投機家たちが、ほんのわずかでもいいから土地をせしめようと、血眼《ちまなこ》になっているんだ。あんたが考えてもしかたのないことを考えてさまよっているうちに、わたしはドラゴンランドの六割を囲いこんだ。もう利用計画だってできている。まずはオークの林を切りひらいて工事用の道路をつくる。そして、そのあたりを——」と、シダレカンバの小さな雑木林を指さして、「七十軒以上の店舗が集まるショッピングモールにする。駐車場も千台分用意する。そしてあのへんは——」と、こんどは反対側にある別の丘を指さす。「宅地として開発し、高級住宅街をつくる。丘の向こうには発電所やマジパン精製工場も建てる。これが進歩というものだよ、ミス・ストレンジ。何十億ムーラーもの価値を生む進歩だ。あんたが理想家でわれわれは助かった。もしあんたがスノッド国王に乗せられて、いわれるままに土地を囲いこんでいたら、こちらにとっては邪魔な存在になっていただろうからねえ。おかげさまで、今は何もかも理想的に進んでいるよ」

「あわれな人」わたしはいった。「真っ当なおこないというものを知ることも、見ることもないのね。あなたは何もささげてないんだから、受けとるものも何もない」

「そんなことはない。わたしの銀行明細を見ればわかる。このプロジェクトでの取り分だけで三千万ムーラーを超えているんだ。わたしはブライアン・スポールディングを二十三年間も、ねばり強く見はってきた。その苦労が報酬に値しないなんていわないでくれよ！」

「値しないわ」

しばらくにらみあってから、わたしはきいた。

「つまり、あのドラゴンの襲撃もコンスタッフが捏造《ねつぞう》したということ？」

「そのとおり。予言が流れはじめてから、あれをうまく利用してやろうと考えていたのでね。スノッド国王やブレコン公爵ですら、ドラゴンの襲撃をでっちあげるところまでは踏みきれなかっただろうよ。われわれは事態をうながしているだけだ。いずれ起こることを少しだけ操作しているといってもいい。われわれの観点から物事を見たらどうだ。ドラゴン問題の解決に尽力しているんだから。きっとマイティ・シャンダーも喜ぶだろう」

「じゃあ、おおもとの予言は？　あれもあなたたちが？」

「それができれば苦労はない！」ゴードンは笑った。「そんな力があれば、六十八年前にやっている。予言を流したのは、われわれじゃない」

　わたしはもうしばらくゴードンとにらみあった。コンスタッフもゴードンも、自分の理解を超えたものをあやつろうとしている。マザー・ゼノビアがよくいっていたっけ。「お金は一種の錬金術です。心やさしい、ふつうの人たちを、物欲まみれの意地きたない人間に変えてしまうのだから」と。

「あなた、自分でも何が起こっているか、わかってないでしょう？」思わず声を張りあげた。「わたしにもわからないもの。ドラゴンスレイヤーなのに。わたしとシャンダー以外はだれもがドラゴンを殺したがってる。ドラゴン自身さえも死にたがってる。わたしがあなただったら、命があるうちにさっさとドラゴンランドから逃げだすわ」

「なにを、わけのわからないことをいってるんだ、ジェニファー。わたしは杭を打ちつづける。バーサーカーがあの丘を越えて乗りこんでくるまではね」

　ほかにすることを思いつかなかったので、無意味だとは知りながらゴードンの杭を一本引きぬいて、川に投げこんだ。ゴードンはおもしろくなかったらしい。腰のベルトからリボルバーを引きぬいてわたしに向けた。

「おりこうにして、邪魔だてはしないことだ。もっと役に立つことをしたらどうなんだ。早くドラゴンを殺せ。そうすればとっととこの仕事を終わらせて、わたしはたんまりと――」

　そのとき、うなり声と歯がガチガチなる音が聞こえて、わたしははっと顔をあげた。クォークビーストが安全なロールス・ロイスをぬけだして、短い脚を懸命に動かし、全速力で丘をくだってくる。いつもはわたしのいいつけどおり、怒りを抑えておとなしくしているのに、ドラゴンランドでは本能がまさってしまうのか。わたしの望みにおかまいなく、とにかく守ってくれるつもりらしい。わたしはゴードンのことは好きではないけど、それでもクォークビーストに食われてほしいとは思わない。

「やめさせろ、ミス・ストレンジ。さもないとあいつを撃つぞ！　撃ってやる！」

「来ちゃだめ！」わたしはクォークビーストに向かって叫んだ。「危ない！」

　でもクォークビーストは、歯を鳴らして恐ろしい音を立てながら走ってくる。とがった黒曜石の歯が、日の光に冷たくかがやく。そのとき鋭い銃声がひびき、クォークビーストが横ざまに飛ばされた。二回ころがってヒースの茂みにたおれ、そのまま動かなくなる。わたしがゴードンをにらむと、煙をあげるリボルバーをまたこちらに向けた。

「抵抗してもむだだ」ゴードンは吐きすてるようにいった。「もともとあのけだものは、いやでたまらなかった。さあ、早くドラゴンを始末しろ。さもないとスノッド国王と聖グランクの名において、ここであんたを撃ちころし、代わりにサー・マット・グリフロンを呼んできて仕事をしてもらうことになるぞ。そうすりゃ、あんたをしとめた報奨金までもらえるだろう！」

　何かいおうとしたけど、何も浮かんでこない。

「ははん」ゴードンがせせら笑った。「たいしたドラゴンスレイヤーさんだな。どうやった